Lisa Bratt, erfolgreiche Krimiautorin, ist eine Frau in den besten Jahren. Perfekt und harmonisch wirkt ihr Leben, und nach zwei gescheiterten Ehen scheint sie nun auch den perfekten Mann gefunden zu haben. Die Rosenzüchterin Nelly, Hauptfigur in Lisa Bratts neuem Roman, hat es nicht so gut getroffen und spielt mit dem Gedanken, den Ehemann zu ermorden, vielleicht mit Gift ... Inmitten der Arbeit an diesem Buch, dessen Plot überraschend widerspenstig ist, nimmt Lisa Bratt eine junge Fremde bei sich auf. Die perfekte Welt gerät aus den Fugen – und nur eine leise, grausame Tat kann sie retten.

Mirjam Pressler, 1940 in Darmstadt geboren, ist eine der beliebtesten Kinder- und Jugendbuchautorinnen Deutschlands. Sie ist eine international renommierte Übersetzerin aus dem Hebräischen und Niederländischen. Im April 2004 erhielt sie den Deutschen Bücherpreis für ihr literarisches Lebenswerk. Nach langen Aufenthalten in Israel lebt die Autorin jetzt in der Nähe von München. Mirjam Pressler hat drei erwachsene Töchter.

Mirjam Pressler

Rosengift

Roman

Berliner Taschenbuch Verlag

März 2006
BvT Berliner Taschenbuch Verlags GmbH, Berlin

Bloomsbury Berlin
Umschlaggestaltung:
Nina Rothfos und Patrick Gabler, Hamburg,
unter Verwendung einer Fotografie von © Plainpicture
Gesetzt aus der Stempel Garamond durch
Fotosatz Reinhard Amann, Aichstetten
Druck und Bindung: Clausen & Bosse, Leck
Printed in Germany
ISBN 3-8333-0347-6

Danke, Frank

9. KAPITEL

Es war noch früh am Morgen, als Nelly auf die Terrasse trat. Sie blieb einen Moment lang stehen und atmete die frische, nach Rosen duftende Herbstluft ein, erst dann stieg sie die wenigen Stufen hinunter zu ihrem Garten. Im Licht der aufgehenden Sonne sah die Welt freundlicher aus, trotz der langen Schatten, die von den Zypressen auf die Hauswand geworfen wurden.

Langsam ging sie von einem Strauch zum anderen, schnitt sorgfältig die verwelkten Blüten ab und legte sie in einen Korb. Sie zwang sich, ruhig und gelassen zu arbeiten, auch wenn es ihr heute besonders schwer fiel. Sie hatte eine unruhige Nacht verbracht. Immer wieder hatten die lauten Schlafgeräusche ihres Mannes sie aufgeweckt, und sie hatte sich neben ihm von einer Seite auf die andere gedreht, gequält von bösen Gedanken, bis die Müdigkeit sie überwältigte und sie wieder einschlief. Doch auch dann hatten ihre Wahnideen sie nicht in Ruhe gelassen. Wenn sein Schnarchen sie erneut geweckt hatte, war sie froh, alles nur geträumt zu haben, bis die Gedanken an das Leben, das sie führen könnte, wenn ihr Mann endlich tot wäre, doch wieder in ihr aufstiegen und sie quälten.

Sie hielt es nicht mehr aus, es musste geschehen, und zwar bald. Mit Gift, das hatte sie sich in der Nacht überlegt. Gift war sicherer als alles andere, Vergiftungen haben die höchste Dunkelziffer von allen Morden, das hatte sie irgendwo gele-

sen. Man musste nur einen Wirkstoff finden, nach dem kein Pathologe suchte, denn was man nicht suchte, konnte man nicht finden, so funktionierten Analysen nun mal. Am besten wäre natürlich ein Mittel, das wie ein Herzanfall wirken würde. Jeder würde denken, ein dritter Infarkt, der arme Kerl, und der Arzt würde ohne zu zögern den Totenschein ausstellen. Sie beschloss, noch an diesem Nachmittag, wenn er sein Schläfchen machte, in die Stadtbibliothek zu gehen und sich einige medizinische Bücher auszuleihen, um sich ein wenig zu informieren. Notfalls könnte sie immer noch auf den Plan mit den Pilzen zurückgreifen. Schließlich wussten alle, die Nachbarn, seine ehemaligen Kollegen, seine gelegentlichen Skatbrüder, wie gern ihr Mann Pilze sammelte und noch lieber aß. Ein tragisches Versehen, so etwas passiert immer wieder. Sie erinnerte sich, dass sie im letzten Herbst etwas Ähnliches in der Zeitung gelesen hatte. Ein kleiner Knollenblätterpilz, der zufällig neben einigen Champignons wuchs. Sie würde eine Magenverstimmung vorschützen müssen, vielleicht würde sie an dem fraglichen Tag sogar einen Arzt aufsuchen, um zu begründen, warum sie selbst nichts von den Pilzen gegessen haben würde.

Eine fröhliche Stimme riss sie aus ihren Gedanken. »Hallo, Frau Miller, was für ein schöner Morgen, nicht wahr?«

Das war Karo Sommer, ihre Nachbarin. Sie stand am Zaun, ein paar bunte Astern in der Hand. Nelly ging die wenigen Schritte zu der jungen Frau hinüber und zwang sich zu einem Lächeln. Sie musste ihre Rolle als fürsorgliche Gattin und liebende Mutter spielen, niemand durfte etwas merken, am wenigsten diese neugierige Reporterin, die ihre Nase in alles steckte, was sie nichts anging. »Guten Morgen«, sagte sie. »Was für schöne Astern.«

Karo Sommer nickte. »Ja, nicht wahr? Ich möchte sie in die Redaktion mitnehmen. Ein Schreibtisch sieht doch gleich viel hübscher aus, wenn ein paar Blumen darauf stehen. Wie geht es Anastasia?«

»Danke, sehr gut.« Bei dem Gedanken an ihre Tochter lächelte Nelly. »Sie kommt am Freitagabend. Wir haben ihr ein Auto gekauft, sie hatte in der letzten Prüfung wieder eine Eins.«

»Toll«, sagte Karo Sommer. »Sie können wirklich stolz auf Ihre Tochter sein. Haben Sie übrigens schon gehört, was drüben in der Waldsiedlung passiert ist?«

»Nein.« Nelly schüttelte den Kopf. »Was denn?« Sie wusste, dass diese Frage von ihr erwartet wurde, auch wenn das, was Karo Sommer erzählte, sie überhaupt nicht interessierte.

»Ein siebzehnjähriger Junge hat seine Tante ermordet. Die Polizei ist sehr schnell auf ihn gekommen, weil er nicht nur ihr Bargeld und ihren Schmuck mitgenommen hat, sondern auch ihre Scheckkarte, und er war gierig genug, sich sofort Geld zu beschaffen. Ich sage Ihnen, hinter den meisten Morden steckt nichts anderes als Geld. Die Gier nach Geld.«

»Meinen Sie wirklich?«, fragte Nelly.

»Ja«, sagte die junge Reporterin im Brustton der Überzeugung. »Geld oder verschmähte Liebe. Aber meistens ist es Geld.« Sie warf einen Blick auf ihre Armbanduhr. »Oje, so spät, ich muss jetzt los. Grüßen Sie Anastasia, wenn sie anruft.«

Nelly nickte. »Gern. Ich wünsche Ihnen einen angenehmen Tag.«

»Danke, ebenfalls«, rief Karo Sommer schon im Weggehen.

Nelly drehte sich um und ging zu der Pergola hinüber, an deren Ostseite sie mehrere Alba-Rosen gepflanzt hatte, darunter eine Blush Hip, die sie wegen ihrer kirschroten Knospen und der zauberhaften zartrosafarbenen, lila schattierten Blüten besonders liebte. Diese Blüten hatte sie in diesem Jahr nicht abgeschnitten. Wenn erst die Hagebutten reif waren, würde sie sie ernten und mit ihrem Samen eine andere Rose kreuzen, vielleicht eine Belle Isis, sie hatte sich noch nicht entschieden. Damit wäre sie die nächsten Jahre beschäftigt. Es könnte ja sein, dass sie noch einmal einen solchen Erfolg wie mit der Sweet Anastasia haben würde. Bei diesem Gedanken lächelte sie versonnen.

»Nelly«, rief ihr Mann von der Terrasse herüber. »Nelly, machst du mir jetzt mein Frühstück?«

Nellys Gesicht verfinsterte sich. Die bösen Gedanken waren wieder da.

Und vor die Sonne hatte sich eine Wolke geschoben.

aus »Rosengift« von Lisa Bratt

1

Ich habe sie nachts von der Straße aufgelesen, aus Mitleid, wie ich mir lange einzureden versuchte, so wie man vielleicht einen halb verhungerten, herrenlosen Hund mitnimmt und sich vormacht, man habe es aus Mitleid getan, bis der Hund in die Hand beißt, die ihn streicheln will, und man dann erst merkt, dass man Liebe oder Zuneigung gewollt hat, oder wenigstens Dankbarkeit.

Es war eine besonders dunkle Nacht Anfang März, grau verhangen, kein Stern war zu sehen, nur der Mond tauchte manchmal als heller Fleck hinter einer dahintreibenden Wolke auf, verschwommen wie eine schwache Glühbirne hinter einer Milchglasscheibe. Es hatte geregnet, die Straße lag als schwarzes, von grauen Randsteinen gesäumtes Band vor mir, das Pflaster der Bürgersteige glänzte nass im Licht meiner Scheinwerfer. Ich war an der Ampel in eine selbst tagsüber ziemlich ruhige Seitenstraße eingebogen, ein kleiner Umweg, der aber, wie ich meinte, die Gefahr verringerte, in eine der Polizeikontrollen zu geraten, die in diesen Wochen besonders häufig waren. Ich kam von einem festlichen Empfang zurück, den der Verlag mir zu Ehren gegeben hatte, mein neuer Roman war gerade erschienen, man hatte Kritiker eingeladen, Buchhändler, Journalisten, du weißt ja, wer da war, es war der Abend, an dem auch wir uns zum ersten Mal gesehen haben, du und ich, ohne dass ich geahnt hätte, welche Rolle du einmal in meinem Leben spielen würdest. Eine Frau aus dem Vertrieb hatte dich mitgebracht, und ich erinnere mich noch, dass ich gedacht habe, was für eine nette Mischung aus Latin Lover und Bernhardiner, wir plauderten sogar ein wenig miteinander, wie man es bei solchen Veranstaltungen eben tut, und vermutlich haben wir beide eine halbe Stunde später bereits nicht mehr gewusst, worüber, aber gefallen hast du mir schon damals, das gebe ich gern zu.

Ich saß also in meinem Auto, ich war aufgekratzt, hatte etwas Wein getrunken, vielleicht sogar ein Glas zu viel – der Wein war ausgezeichnet gewesen, der Verlag hatte es sich etwas kosten lassen –, und ich fühlte mich gut, richtig rund und satt vom Essen, vom Trinken und von den vielen schmeichelhaften, bestimmt zu schmeichelhaften Worten, die bei solchen Anlässen immer gesagt werden, und freute mich auf mein Bett, schon immer habe ich mein Bett geliebt, und ich schätze es umso mehr, je kälter und unfreundlicher das Wetter ist. Ich hatte die Heizung etwas höher gestellt und achtete sorgfältig darauf, nicht zu schnell zu fahren, aber auch nicht ungewöhnlich langsam, weil ich es mir nicht leisten konnte, aufzufallen und kontrolliert zu werden, als ich plötzlich am Ende der Straße, mitten in der Kurve, zwei Gestalten sah, plump, mit kleinen Köpfen und Spinnenbeinen, die sich vor einem erleuchteten Schaufenster, von dem ich erst später sah, dass es zu einem Sanitätsgeschäft gehörte, wie Schattenfiguren bewegten, aufeinander zu, voneinander weg, aufeinander zu, noch nicht einmal besonders schnell, eher verzögert, aber vielleicht lag die Verzögerung auch an mir, denn ich fuhr nun unwillkürlich langsamer, näherte mich ihnen im Schritttempo und dachte, bewegliche Scherenschnitte, was für ein wunderbares nächtliches Straßentheater, eine Privatvorstellung nur für mich, die einzige Zuschauerin. Dann, ich war vielleicht noch zwanzig, dreißig Meter von ihnen entfernt, wurden die Silhouetten langsam dreidimensional, ihre Bewegungen verloren die Verzögerung, und das, was mir vorher spielerisch vorgekommen war, traumtänzerisch, zeigte sich nun als rohe Gewalt, das Schattenspiel wurde zum Kampf zweier Menschen, eines Mannes und einer Frau, fast gleich groß, in dicken Winterjacken über engen schwarzen Hosen.

Mein erster Impuls war weiterzufahren, schnell an ihnen vorbei, nicht hinzuschauen, jeder normale Mensch hätte so reagiert, denn was ging mich das an, sie werden schon einen Grund haben, sich zu prügeln, Gesocks schlägt sich, Gesocks verträgt sich. Halt dich da raus, sagte ich zu mir, da im Auto, und wollte fester aufs Gaspedal treten, eigentlich wollte ich das, aber wie das so ist bei Sätzen mit »eigentlich«, mein rechter Fuß gehorchte mir nicht, rutschte unwillkürlich zur Bremse, da stand das Auto auch schon und ich war draußen, schrie halt, aufhören, sofort aufhören, und sah, wie der Mann überrascht den Kopf in meine Richtung drehte, nur für einen kurzen Moment und ohne den erhobenen Arm zu senken. Halt dich da raus, rief er, das geht dich nichts an, und eigentlich hatte er ja Recht damit, es ging mich nichts an, und am liebsten wäre ich gleich wieder zu meinem Auto zurückgelaufen, denn in Wirklichkeit hatte ich Angst, wie immer, wenn ich Gewalt begegne, zugleich spürte ich aber auch eine gewisse Faszination, von der ich selbst nicht wusste, woher sie kam, es wird wohl dieselbe Faszination gewesen sein, die Autofahrer zu Gaffern macht, wenn sie an einer Unfallstelle vorbeifahren. Aufhören, wollte ich noch einmal schreien, aber das Wort blieb mir in der Kehle stecken, wurde zu einem Würgen, als seine Faust mit voller Wucht die Frau traf, die sich die Hände vors Gesicht schlug und lautlos zusammensackte. Die Szene kam mir so unwirklich vor und zugleich so vertraut, als hätte ich sie schon oft erlebt, und dann fiel mir ein, woher ich sie kannte, natürlich aus Kriminalfilmen, in denen sie zu den geläufigen Versatzstücken gehört, gewöhnlich von dramatischer Musik begleitet. Doch das hier spielte sich lautlos ab und war real, so real wie die Übelkeit, die in mir aufstieg und die ich gerade noch zurückdrängen konnte.

Ich stolperte auf meinen hohen Absätzen zu der Frau hinüber, vorbei an dem Mann, der zurückgewichen war, und die Zeit, die ich für diese paar Schritte brauchte, kam mir länger vor, als sie es gewesen sein konnte. Ich kniete mich neben sie. Sie sah jung aus, sehr jung, wie sie da lag, fast noch ein Kind, und ihr Gesicht, halb zur Seite gedreht und mit geschlossenen Augen, hob sich hell und stumpf von den regendunklen Steinen ab, umrahmt von kurz geschnittenen, sehr hellen Haaren, noch heller als meine, und der einzige Farbstreifen war das Blut, das seltsam flüssig aus ihrer Nase lief und auf das Pflaster tropfte. Ich wühlte in meiner Manteltasche nach Papiertaschentüchern und wischte an ihrem Gesicht herum, gab es aber gleich wieder auf, denn das Blut ließ sich nicht stoppen. Die Kälte drang durch meine dünnen Strümpfe, meine Knie wurden nass, ich fühlte mich hilflos und irgendwie deplatziert, was hatte ich hier zu suchen, und ich wollte schon zum Auto gehen, um über das Handy einen Notarzt anzufordern, da drehte das Mädchen den Kopf zu mir und machte die Augen auf, grau wie der Nachthimmel über uns, und sagte, während sie sich mit der Hand das Blut aus dem Gesicht wischte, lass mich in Ruhe.

Zum ersten Mal hörte ich ihre Stimme, die etwas rau

klang, doch es war nicht dieser raue Ton, den eine Stimme durch unterdrückte Emotionen bekommt, sie hörte sich vollkommen unbeteiligt an, gleichgültig, fast gelangweilt, aber sie meinte es ernst, das war mir klar. Warum habe ich das ignoriert, warum habe sie nicht wirklich in Ruhe gelassen, wie sie es selbst wollte? Ich hätte doch aufstehen und weggehen können, aber ich tat es nicht, ich blieb neben ihr, zusammengekauert auf den kalten Steinen, unfähig zu irgendetwas anderem, und hatte, obwohl ich nicht dazu neige, Zufall und Schicksal zu verwechseln, das Gefühl, einen schicksalhaften Moment zu erleben, auch wenn mir diese Formulierung erst jetzt einfällt und vielleicht nur die nachträgliche Interpretation eines Unbehagens ist, das ich damals wohl empfunden habe, jedenfalls kann ich mir nicht vorstellen, es nicht empfunden zu haben. Doch an jenem Abend, in jener Nacht war mir alles, was ich tat, so selbstverständlich wie das Atmen oder so folgerichtig wie ein Händedruck, wenn einem eine Hand hingehalten wird.

Tut dir etwas weh, fragte ich, das vertrauliche Du widerstrebte mir, was ging sie mich an, dass ich sie duzen sollte, ich hätte sie lieber gesiezt, obwohl sie so jung aussah, ein Sie schafft eine gewisse Distanz, die ich meistens vorziehe, aber sie zu siezen, nachdem sie mich geduzt hatte, wäre mir noch unpassender vorgekommen. Tut dir etwas weh, fragte ich daher, soll ich einen Krankenwagen rufen? Ich schob meinen Arm unter ihren Rücken, um ihr beim Aufstehen zu helfen.

Sie ballte die Hand, eine kleine weiße Hand mit kurzen Kinderfingern, und stieß mir die Faust gegen die Brust, und obwohl diese Bewegung so schwach aussah, so unbeholfen und hilflos, war der Stoß doch kräftig genug, dass ich zur Seite fiel und mich gerade noch mit der Hand abstützen konnte, sonst wäre ich der Länge nach auf den schmutzigen Bürgersteig gefallen. Sie legte den Arm über das Gesicht, vielleicht, um sich vor meinen Blicken zu schützen, oder auch, um etwas vor mir zu verbergen, Verlegenheit, Scham oder so etwas, ihr Arm in dem dicken Ärmel bildete ein dunkles Dreieck, dessen Spitze den Haaransatz verdeckte. Verpiss dich, sagte sie mit einer vom Gewicht ihres Arms gedämpften Stimme, aber genauso gleichgültig wie zuvor, verpiss dich, und als ich nicht reagierte, sagte sie noch einmal, lass mich in Ruhe, doch diesmal so leise, dass ich sie fast nicht verstand.

Später habe ich mich oft gefragt, was mich wohl dazu gebracht hat, neben ihr sitzen zu bleiben, eine wirklich befriedigende Antwort habe ich allerdings nie gefunden. Solche Dinge passieren eben, Menschen tun zuweilen etwas Unerklärliches, verhalten sich anders, als man es erwarten würde. Und das ist auch gut so, in meinem Beruf als Kriminalschriftstellerin bin ich von solchen unerklärlichen und unerwarteten Abweichungen im üblichen Verhalten genauso abhängig wie vom Zufall, wie sonst sollte ich einen akzeptablen Plot entwickeln, ein Buch lebt schließlich von der Mischung aus Vorhersehbarem und Zufälligem, aus Bekanntem und Unbekanntem, das ist es, was die Leser reizt und sie bei der Stange hält, und ein Teil meines Erfolgs hängt vermutlich davon ab, dass ich diese Mischung beherrsche. Beim Schreiben, wohlgemerkt, denn in der Realität ziehe ich das Bekannte, Vorhersehbare, im Voraus Durchdachte vor, es bewahrt einen vor Irritationen, schließlich ist das Leben selbst chaotisch genug, chaotisch und bedrohlich, man braucht, um sich davon zu überzeugen, nur eine Zeitung aufzuschlagen oder den Fernseher einzuschalten. Ich blieb also sitzen, dort auf dem Bürgersteig, in dünnen Strümpfen und hochhackigen Schuhen, und obwohl ich einen Wollmantel über meinem taubenhalsfarbenen Seidenkleid trug, spürte ich, wie mir die feuchte Kälte allmählich an der Wirbelsäule entlang nach oben kroch und mich innerlich erstarren ließ.

Ich drehte mich zu dem Mann um, wollte ihn auffordern, mir zu helfen, er war ja schuld an der Situation, sagte ich mir, und sonst war niemand da, an den ich mich hätte wenden können, aber er hatte sich davongemacht, ich sah nur noch seinen Rücken, wie er die Straße entlanglief, in die Richtung, aus der ich gekommen war. Unter der Straßenlaterne leuchteten seine blonden Haare auf wie ein Messinghelm und wurden dann wieder von der Dunkelheit gedämpft, und je weiter er sich von mir entfernte, umso mehr verlor er seine menschliche Gestalt, wurde zu einem überdimensionalen Käfer mit zappelnden Gliedmaßen. In meiner Erinnerung lebte dieser Mann, der für mich nur der Schläger hieß, als Schatten weiter, zuerst als Scherenschnitt im Profil, wie die meisten Scherenschnitte ja sind, danach, von hinten, als plumpes Insekt. Ich hatte keine Ahnung, wie er aussah, denn als er mir das Gesicht zugewandt hatte, hatte ich es im Gegenlicht des beleuchteten Schaufensters nicht erkennen können, es war ein augenloser, mundloser dunkler Fleck gewesen, nur seine Stimme war mir in Erinnerung geblieben und sein gelispeltes S, wie man es manchmal bei kleinen Kindern hört.

Auch nachdem er verschwunden war, blieb ich unbeweglich auf dem Pflaster sitzen. Ich hätte zu meinem warmen Auto gehen und die Polizei anrufen und sagen können, dass da und da eine offensichtlich verletzte, hilfsbedürftige Person liege, aber ich tat es nicht. Ich drehte, ohne den Kopf zu bewegen, die Augen nach rechts, betrachtete einen ausgestellten Rollstuhl und eine behindertengerechte Toiletteninstallation und überlegte, warum zum Teufel solch ein Schaufenster mitten in der Nacht beleuchtet war, auch tagsüber wollte ich so etwas nicht sehen, niemand will das, es weckt doch nur Ängste vor dem, was einem alles passieren könnte, und dann dachte ich an mein Bett und fror noch mehr. Außer uns beiden, mir und dem Mädchen, war die Straße menschenleer, und erstaunt registrierte ich, dass während der ganzen Zeit, in der ich hier gesessen hatte, kein einziges Auto vorbeigefahren war.

Ich blieb also, wo ich war, und wartete, bis sie den Arm vom Gesicht nahm und sagte, du bist ja immer noch da, und wieder fiel mir auf, wie gleichgültig ihre Stimme klang, es fehlte der erstaunte Ton, den man bei diesen Worten eigentlich erwartet hätte. Ich hielt ihr ein Taschentuch hin, sie wischte sich damit über Nase, Lippen und Kinn, riss, immer noch liegend, von dem blutigen Papier zwei Stücke ab, zerknüllte sie zu kleinen Pfropfen und schob sie sich in die Nasenlöcher, genau wie mein Bruder das früher als Kind immer getan hatte, wenn er hingefallen war, und es sah genauso ekelhaft aus, wie es bei ihm ausgesehen hatte. Ich schaute ihr zu, wie sie sich endlich hochrappelte und dann, im Stehen, erst die Arme und anschließend die Beine bewegte, als wolle sie sich versichern, dass ihre Glieder noch heil und ganz waren und taten, was sie sollten. Jetzt stand ich ebenfalls auf, steif und halb erfroren, und fragte sie, ob ich sie irgendwohin fahren könne. Ich weiß noch genau, dass ich »irgendwohin« sagte, nicht »nach Hause«, als hätte ich bereits gewusst, dass sie kein Zuhause hatte, als wäre es eine Selbstverständlichkeit, dass dieses Mädchen so heimatlos war wie eine streunende Katze.

Ohne zu antworten, nahm sie ihren Rucksack, dunkelblau wie ihre dicke, unförmige Jacke, der unter dem Schaufenster auf dem Boden lag und den ich vorher nicht bemerkt hatte, und ging neben mir her zu meinem Auto, und erst, als sie schon auf dem Beifahrersitz saß und ich den Motor angelassen hatte und sie fragend ansah, sagte sie, kann ich heute Nacht bei dir schlafen?

Darauf war ich nicht gefasst, ich fühlte mich überrumpelt. Hätte sie mich das vorher gefragt, noch auf der Straße, hätte ich vermutlich nein gesagt, ohne Angabe von Gründen, ich hätte mir kaum die Mühe gemacht, irgendwelche Ausflüchte zu erfinden, aber nun saß sie ja schon in meinem Auto, rückte ganz selbstverständlich den Sitz etwas nach hinten, schnallte sich an, lehnte sich zurück, so dass man die Pfropfen in ihren Nasenlöchern deutlich sah, die vom Taschentuch verschmierten Blutspuren auf Wangen und Kinn, und machte die Augen zu, ohne auf meine Antwort zu warten. Sie hatte meine Behausung sozusagen schon besetzt und rechnete offensichtlich nicht mit meinem Widerstand, vielleicht wusste sie auch, dass es fast unmöglich ist, geschlossenen Augen gegenüber Widerstand aufzubringen.

Ich nahm sie mit nach Hause, was hätte ich auch tun sollen, denn wenn man jemandem das Leben rettet, ist man für alle Zeit für ihn verantwortlich, heißt es, obwohl einen das ja eher abschrecken könnte, ich jedenfalls würde mir, wenn diese Schlussfolgerung stimmt, lieber die Hand abhacken, als sie einem Ertrinkenden hinzuhalten. Außerdem habe ich ihr nicht das Leben gerettet, natürlich nicht, ich habe sie nur von der Straße aufgelesen, aber ein bisschen was von Retten hat das ja wohl auch. Ich habe ihr das Sofa in meinem Arbeitszimmer hergerichtet, sie ist ins Badezimmer gegangen und hat geduscht, und als sie zurückkam, nackt bis auf die Unterhose, so dass ich ihren gepiercten Nabel sah, hatte sie sich die blutigen Pfropfen aus den Nasenlöchern gezogen und roch nach meiner Seife.

Ich erschrak, als ich sie sah. So ähnlich hätte sie aussehen können, wenn sie ein Mädchen geworden wäre, so lang und schmal und hell, das verstand ich sofort, auch wenn ich es immer vermieden hatte, sie mir anders als ein formloses Klümpchen vorzustellen, und auch jetzt schob ich diesen Gedanken sofort zur Seite. Dieses Mädchen war eine Fremde. Im hellen Licht war nun deutlich zu sehen, wie angeschlagen sie war, ihr linkes Auge war verquollen und würde wohl blau werden, mir fielen auch blaue, bereits grünlichgelb verfärbte Flecken an ihren Oberarmen auf, aber ich sagte nichts, ich war zu erschöpft und auch zu verwirrt, um ein Gespräch anzufangen. Ich holte ihr aus dem oberen Schrankfach einen der Pyjamas, die immer noch dort lagen, obwohl ich seit ein paar Jahren nur noch Nachthemden trug, und als ich ihn ihr hinhielt und sie danach griff, konnte ich ihre Armbeugen sehen, in denen die Haut so zart und weiß war, dass die Venen bläulich durchschimmerten. Sie hatte keine Einstichstellen. Vor meinen Augen zog sie den erdbeerroten Pyjama an, in dem sie noch jünger aussah, und ich dachte, vielleicht ist sie von zu Hause weggelaufen, eigentlich hätte ich sie zur Polizei bringen sollen, und dann dachte ich, morgen, das hat Zeit bis morgen, und sah zu, wie sie sich auf das Sofa legte, in die nur selten benutzte schwedenblaue Besucherbettwäsche, und sich die Decke halb über das Gesicht zog, so dass nur noch ihre Augen herausschauten, die jetzt blau und kindlich aussahen, und wieder dachte ich, morgen, soll sie doch erst einmal schlafen.

Gute Nacht, sagte ich, und sie murmelte etwas, was

man mit einem bisschen Gutwilligkeit als gute Nacht deuten konnte. Ich brachte ihr noch zwei Aspirin und ein Glas Wasser, sie stützte sich auf, nahm die Tabletten wie ein gehorsames Kind, trank das Glas leer, ließ sich wieder zurückfallen und drehte sich zur Wand.

Ich machte leise die Tür zu und ging hinüber in mein Schlafzimmer.

Obwohl ich, als ich das Fest verließ, sehr müde gewesen war, schlief ich in jener Nacht kaum. Ich weiß nicht, ob es daran lag, dass sich, zum ersten Mal seit langer Zeit, wieder ein fremder Mensch in meiner Wohnung befand, oder ob ich mich nur über mein eigenes Verhalten wunderte. Es sah mir gar nicht ähnlich, eine wildfremde Person einfach mit nach Hause zu nehmen, ich bin keine Mutter Teresa, wirklich nicht, ich interessiere mich nicht besonders für andere Menschen, auf keinen Fall so sehr, dass ich das Bedürfnis hätte, in ihr Leben einzugreifen. Ich bin es gewöhnt, für mein persönliches Wohlbefinden zu sorgen, darin habe ich mir viel Routine, man könnte fast sagen, eine gewisse Meisterschaft erworben, und es passte so gar nicht zu meinem Naturell, blindlings in irgendeine Situation hineinzustolpern. Doch genau das war mir an jenem Abend passiert, und diese Tatsache irritierte mich vielleicht mehr, als ich mir eingestehen wollte. Ich glaube jedenfalls nicht, dass ich mir Sorgen gemacht habe oder dass es irgendwelche Vorahnungen waren, die mich vom Schlafen abgehalten haben, eher die Angst, unüberlegt in eine Beziehung hineingerutscht zu sein, und Beziehungen waren schon immer problematisch für mich, besonders unüberlegte.

Am Anfang kann man sich ja noch alles Mögliche einbilden, aber wie lange geht das schon, ein paar Wochen, ein paar Monate, höchstens ein Jahr, und mit der Illusion verschwindet auch die Hoffnung. Bei Robert, meinem ersten Mann, hat es ein Jahr gedauert, alles, was danach kam, war nur ein unerträglich in die Länge gezogenes Hin und Her von Vorwürfen und Forderungen und Versprechungen, bei denen man, wenn man sie ausspricht, bereits weiß, dass man sie nicht halten wird, besser gesagt, dass man nicht einmal die Absicht hat, sie zu halten. Die Trennung von Robert ist mir leicht gefallen, ich wachte eines Morgens auf und fror, er hatte mir die Decke weggezogen, lag, in sie eingerollt, mit dem Rücken zu mir und atmete laut, und im Zimmer hing, trotz der Kälte, ein dumpfer und unangenehmer Geruch. Warum habe ich eigentlich geheiratet, dachte ich, und mir fielen Madame Bovary ein, Anna Karenina, Effi Briest, sie hatten das ebenfalls gedacht, und ich dachte auch, so könnte es weitergehen, Tag um Tag, Woche um Woche, Jahr um Jahr. Vielleicht ist es das, was man unter normalem Eheleben versteht, jeden Morgen mit diesem Gefühl aufzuwachen, dass etwas so ist, wie es nicht sein sollte, und jeden Morgen gegen dieses Gefühl anzugehen, bis man es geschafft hat, es zu verdrängen, und schlagartig wurde mir klar, dass ich das nicht wollte. Nicht so. So nicht.

Das Ganze verlief dann auch ziemlich problemlos, wir hatten keine Kinder, wir waren finanziell nicht voneinander abhängig – er hatte seine Assistentenstelle an der Uni, ich hatte gerade meinen ersten Kriminalroman veröffentlicht und träumte von einer Karriere, die tatsächlich auch kam –, wir sortierten den gemeinsam angeschafften Hausrat, er nahm den neuen Fernseher, ich das alte Auto, er die Waschmaschine, ich die Stereoanlage, er das Sofa und den einzigen Sessel, den wir besaßen, ich den Küchentisch und die vier Stühle, die ich bald darauf zum Sperrmüll gab, und auch den übrigen Kleinkram teilten wir auf, ich einen Wunsch, er einen Wunsch, dann wieder ich und so weiter, und das war's auch schon. Wie zwei Kinder, die genug vom gemeinsamen Spielen haben, ihre Sachen sortieren und auseinander gehen, so war es, ganz anders als bei Thomas, meinem zweiten Mann. Aber von dem kann ich noch nicht sprechen, vielleicht erzähle ich es dir später einmal.

Nach der Trennung von Robert litt ich jedenfalls nicht, mein Leiden bestand höchstens in dem Gefühl, nicht zu leiden, denn das warf ich mir vor, es machte meine Ehe im Nachhinein so belanglos, ein paar durchweinte Nächte, ein paar heftige Gefühlsausbrüche hätten dem Ganzen einen Hauch von Schicksal verliehen, von Größe, Leidenschaft, Drama, aber ich habe keine Nacht weinend verbracht, ich war nur erleichtert, ich hatte eine Last abgeworfen, die mich nie wirklich bedrückt hatte, und unsere Hochzeit, die wir mit ein paar Freunden – seinen Freunden, von mir war nur Melanie dabei – in einem griechischen Restaurant gefeiert hatten, wurde in der Erinnerung zur Farce, zu einem Kinderfasching, die ausgelassene Fröhlichkeit bekam braune Flecken wie ein altes Foto. Aber diese Gedanken kamen mir erst später, denn ich war jung, und nur selten tauchte das Gefühl in mir auf, dass etwas mit mir nicht stimmte, dass nicht ich es war, die dieses Leben führte, sondern eine ganz andere – vielleicht meine Zwillingsschwester, die kurz nach unserer Geburt gestorben war, oder eine andere Tochter, die meine Eltern hätten haben können, mir verwandt, aber nicht ich –, dass ich in Wirklichkeit in einer Ecke saß und mir beim Leben zuschaute und darauf wartete, dass etwas passieren würde, ein Unglück, eine Katastrophe, aber das Gefühl war nur flüchtig und wurde schnell von Schmeicheleien, bewundernden Blicken, Gelächter und lauter Musik verdrängt. Und von dem Vergnügen, dass ich mir viele Bequemlichkeiten leisten konnte, nicht nur ein neues Auto. Mein Buch wurde verfilmt und mein Bankkonto wuchs, ich lebte in den Tag hinein, wie man so sagt, und dachte, so ist es also, das Leben. Mir war es recht, vor allem war es mir bequem. Nur manchmal, urplötzlich, aus heiterem Himmel, überfiel mich das Gefühl einer unentrinnbaren Bedrohung, vielleicht vergleichbar mit dem einer Wespe in einem Weinglas, über das jemand einen Bierdeckel gelegt hat, kurz bevor sie die Ausweglosigkeit ihrer Lage erkennt. Verstehst du, ich meine genau diesen Moment, wenn sie die Süße saugt und noch nicht weiß, dass es bald mit ihr zu Ende sein wird, bevor sie merkt, dass noch nicht einmal jemand da ist, den sie stechen kann, um ihre Verzweiflung und ihre Rachegefühle auszuleben.

Doch ich lernte, diese plötzlichen Empfindungen zu verdrängen, sie als alberne Einfälle abzutun. Inzwischen wusste ich längst, dass man nicht so schnell stirbt, ich hatte gelernt, mein Leben als Zuschauerin nicht nur zu akzeptieren, sondern zu lieben. Ich wollte keine großen Emotionen, ich beobachtete sie lieber bei anderen und machte mir meine Gedanken. Keine Aufregungen, keine Verwirrungen, keine Gewalt, keine Unbequemlichkeiten, keine unkontrollierten Gefühle, das waren meine Prinzipien, und irgendwelche Anwandlungen in eine andere Richtung konnte ich mühelos in meinen Büchern ausleben und wurde dafür sogar noch bezahlt.

Darüber habe ich damals, in jener Nacht, nachgedacht, aber als ich endlich einschlief, träumte ich, zum ersten Mal nach vielen Jahren, wieder von einem Fötus im Einmachglas.

2

Am nächsten Morgen wachte ich mit einem Gefühl der Fremdheit auf, wie man sie in den Momenten zwischen Schlaf und Wachsein in einem Hotelzimmer empfindet, wenn man, noch mit geschlossenen Augen, die ungewohnten Proportionen des Raums spürt, die andere Form der Möbel, den anderen Geruch der Bettwäsche, so dass man schnell die Augen aufmacht und sich umschaut, um sich zu orientieren, um die eigene Position in dem fremden Raum auszuloten.

Aber ich war nicht in einem fremden Raum, ich lag in meinem eigenen Bett, in meinem Schlafzimmer, und das Fensterkreuz zerschnitt den Himmel in vier bleigraue Quadrate, seitlich eingerahmt von weißen Leinenvorhängen, die ich abends nicht zugezogen hatte, was ich oft nicht tue. Alles war vertraut, und doch war etwas anders als sonst. Ich merkte es daran, dass ich ungewohnt schnell wach war und erwartungsvoll den Kopf hob, und dann fiel mir der gestrige Abend ein, der gestrige Abend und das fremde Mädchen drüben in meinem Arbeitszimmer. Ich drehte mich auf den Bauch, stützte mich auf die Ellenbogen und lauschte angestrengt, aber es war nichts zu hören, vermutlich schlief sie noch, trotzdem hatte ich das Gefühl, ihre Anwesenheit so deutlich zu spüren, als läge sie neben mir, und auf einmal empfand ich so etwas wie Zärtlichkeit für sie, eine unbestimmte, abstrakte Zärtlichkeit, verstehst du, eine, die unabhängig ist von der Person, an die man gerade denkt, ich konnte mich da, in meinem Bett, sogar kaum an ihr Gesicht erinnern, nur daran, dass sie sehr helle Haare hatte, noch hellere als ich, und ohne dass ich verstand, warum, durchströmte mich bei dem Gedanken an sie ein warmes, angenehmes Gefühl, und ich vermute, dass dieses angenehme Gefühl schuld daran war, dass mir ein paar Stunden später das verhängnisvolle »von mir aus« so leicht über die Lippen kam.

Denn es dauerte noch ein paar Stunden, bis sie aufgewacht war und gefrühstückt hatte. Ich hatte schon längst geduscht, Kaffee gekocht, etwas gegessen und die Küche aufgeräumt und wurde langsam gereizt, weil ich nicht in mein Arbeitszimmer gehen konnte, um an der »Rosengärtnerin« weiterzuschreiben, ich war nicht daran gewöhnt, auf jemanden Rücksicht zu nehmen, und ich hatte nicht die geringste Lust, es jetzt zu tun. Rücksicht zu nehmen bedeutet, auf die eigene Bequemlichkeit zu verzichten, und das war mir schon immer schwer gefallen, Robert und Thomas hatten es mir oft genug vorgeworfen. Ich will nicht sagen, dass dieser Aspekt schuld daran war, dass meine Ehen gescheitert sind, das wäre vielleicht übertrieben, aber den Vorwurf, du denkst nur an dich, habe ich mir immer wieder anhören müssen, und anfangs habe ich geantwortet, an wen denn sonst? Aber das gab ich bald auf, es hat, besonders mit Robert, den Streit nur verschärft und zu endlosen Grundsatzdebatten geführt, die lästig und sinnlos waren. Stattdessen gewöhnte ich mir an zu sagen, ich bin eben ein egoistischer Mensch, daran lässt sich nichts ändern, und ich gebe es ja auch zu. Dieses Argument hat Robert den Wind aus den Segeln genommen, dagegen konnte er sich nicht wehren, er hat höchstens geantwortet, du machst es dir aber verdammt leicht, und das war's dann, mehr ist ihm nicht eingefallen. Und Thomas ist offenen Streitereien sowieso aus dem Weg gegangen, er war ein Meister der unausgesprochenen Vorwürfe, die er mit Blicken, mit herabgezogenen Mundwinkeln, mit bebenden Nasenflügeln und sogar mit flatternden Handbewegungen ausdrückte, und wenn ich darauf abweisend reagierte, schaute er mich immer nur tieftraurig an und litt so sichtbar, dass ich manchmal am liebsten mit den Fäusten auf ihn losgegangen wäre, aber das habe ich nie getan, selbstverständlich nicht.

Auch für meine Rosengärtnerin wurde es langsam zu einem Problem, Rücksicht nehmen zu müssen, eine Haltung, zu der sie erzogen worden war und die sie so verinnerlicht hatte, dass sie ihre Bereitschaft, sich zurückzunehmen, bereits als Tugend ansah, als Bestandteil eines guten Charakters, als angeborene Begabung, auf die sie sich immer etwas eingebildet hatte. Umso entsetzter reagierte sie nun auf ihr eigenes Widerstreben, als wären ihre gereizten Reaktionen die ersten Anzeichen einer plötzlich ausgebrochenen psychischen Erkrankung.

Mein Konzept für dieses Buch war, dass sich ihr Unwille langsam zum Hass steigert, bis sie anfängt, den Tod ihres Mannes zu planen. Ihr Leben lang ist sie eine fürsorgliche Ehefrau gewesen, doch die Situation ändert sich und spitzt sich immer mehr zu, als ihr Mann mit knapp fünfzig nach einem zweiten Herzinfarkt Frührentner wird und immer zu Hause ist. Erst da merkt sie, dass er sie in ihrem sorgfältig ausbalancierten Leben stört, dass sie ihn nur schwer aushält ohne die vielen Stunden für sich, die sie, als er noch arbeitete, gehabt hatte. Er geht ihr auf die Nerven und sie ihm auch, die beiden machen sich gegenseitig das

Leben zur Hölle, bis die Situation am Schluss eskaliert. Kein sehr origineller Plot, ich weiß, aber auf einen originellen Plot kommt es gar nicht so an, nicht immer jedenfalls. Patricia Highsmith soll einmal gesagt haben, man könne seinen Lesern jeden Plot anbieten, wenn ich mich recht erinnere, sprach sie sogar von zumuten.

Dabei ist die Spannung, die sie aufbaut, manchmal kaum zu ertragen, und oft genug lese ich erst die letzten Seiten, damit ich mit der notwendigen Gelassenheit dem Handlungsverlauf folgen kann. Mir bedeutet Spannung nicht viel, häufig gefallen mir Bücher besonders gut, bei denen die Geschichte langsam vor sich hin plätschert und mir Zeit zu vielen Abschweifungen lässt, Bücher, bei denen es nicht darauf ankommt, was erzählt wird, sondern wie, auf welche Seitenwege, Umwege und Schlängelpfade ich als Leserin geführt werde, und sogar Sackgassen akzeptiere ich klaglos, wenn sie nicht zu lang sind und mir ein möglicher Rückweg offen bleibt. Auch bei der Rosengärtnerin ging es mir mehr um den Prozess ihrer allmählichen Veränderung als um das, was tatsächlich passieren würde. Von Kapitel zu Kapitel sollte ihr Ärger zunehmen, ihre Ungeduld, ihre Gereiztheit, und es sollte ihr immer schwerer fallen, ihren wachsenden Widerwillen gegen ihren Mann zu unterdrücken, so wie es mir immer schwerer gefallen ist, meine Abneigung gegen Thomas zu unterdrücken, als ich gemerkt hatte, wie das, was er Liebe nannte, mich fast erwürgte. Ich war noch ziemlich am Anfang meines Manuskripts, hatte kaum mehr als dreißig Seiten geschrieben, und bis Seite zwanzig hatte ich noch nicht gewusst, wer von beiden den anderen umbringen würde, aber inzwischen hatte ich mich entschieden: sie ihn.

Ich wartete also in der Küche darauf, dass dieses fremde

Mädchen, das mein Arbeitszimmer besetzt hatte, endlich aufwachen und gehen würde, damit ich mich möglichst bald wieder an meinen Schreibtisch setzen könnte, und rieb, während ich wartete, überflüssigerweise mit einem speziellen Tuch die beiden silbernen Kerzenständer ab, die ich ohnehin nur selten benutzte. Dabei überlegte ich, wie es mit meinem Manuskript weitergehen sollte. Ich würde eine Szene beschreiben, dachte ich damals in der Küche, eine Szene, in der meine Protagonistin das Frühstück für ihren Mann zubereitet, der mal wieder nicht aus dem Bad kommt, während es sie hinausdrängt in ihren Garten, zu ihren geliebten Rosen, bei denen sie ihr inneres Gleichgewicht wiederzufinden hofft. An diesem Morgen ist sie zum ersten Mal mit dem Gedanken aufgewacht, wenn er doch tot wäre, ein Gedanke, gegen den sie ankämpft und der doch immer stärker von ihr Besitz ergreifen wird, bis sie davon besessen ist. Ich überlegte, ob er Rühreier mit Speck zum Frühstück verlangen würde, entschied mich dann aber für ein Müsli, mit frischem Obst, schließlich musste er auf seine Gesundheit achten, und ganz kurz dachte ich, ich könnte ihn ja auch einfach sterben lassen, bevor es zu einem Mord kommt, ein dritter Herzinfarkt, bei einem kranken Mann ist nichts leichter als das, aber meine Leser erwarteten einen Krimi, auf dieses Genre hatte ich mich selbst festgelegt, und ein Roman ohne Mord ist kein Krimi, auf den Mord konnte ich nicht verzichten.

Weiter war ich mit meinen Überlegungen nicht gekommen, als das fremde Mädchen in der Küche auftauchte. Sie stand plötzlich in der Tür, ohne angeklopft zu haben und ohne mir hörbar einen guten Morgen zu wünschen, sie nickte nur und setzte sich in meinem erdbeerroten Pyjama an den Tisch, den ich für ihr Frühstück gedeckt hatte. Sie sah furchtbar aus, zerbeult wie eine alte Zelluloidpuppe, und ihr linkes Auge war fast völlig zugeschwollen und blau geworden, wie ich es erwartet hatte. Ihr Anblick erschreckte mich, obwohl es nicht das erste Mal war, dass ich so etwas sah, und brachte mich auf der Stelle zurück, in meine Küche.

Mitleid stieg in mir auf, ein plötzliches, heftiges Mitleid, und drohte mich zu überschwemmen – körperliche Schmerzen kann ich leicht nachempfinden, da funktioniert meine Wahrnehmung problemlos –, doch zugleich ärgerte mich ihr Benehmen. Gut, sagte ich mir, sie ist zusammengeschlagen worden, sie sieht furchtbar aus, aber sie ist nicht das erste Kind, das zusammengeschlagen worden ist, und das ist noch lange keine Entschuldigung für ihr unhöfliches Benehmen, sie ist Gast hier, und als Gast hat sie gewisse Regeln einzuhalten, als Gast muss sie Rücksicht nehmen und sich anpassen, und in einer fremden Wohnung anzuklopfen, bevor man ein Zimmer betritt, selbst wenn es sich nur um die Küche handelt, ist ja wohl das Mindeste, was man verlangen kann.

Guten Morgen, sagte ich böse und dachte daran, wie oft Melanie – meine Freundin, sie hat einen Kosmetiksalon, ihr seid euch schon mal begegnet, erinnerst du dich? – sich bei mir über ihre Tochter beklagt hatte, die sich immer nur bedienen ließ. Du kannst dir gar nicht vorstellen, wie unverschämt Kerstin ist, wie faul und anspruchsvoll, hörte ich Melanie empört sagen, und ich antwortete, warum lässt du dir das gefallen, zu jedem Spiel gehören zwei, das weißt du doch, aber bevor ich den Disput weiter ausspinnen konnte, lächelte das Mädchen, du kennst ja ihr Lächeln, und auf diesem geschundenen Gesicht wirkte das Lächeln noch herzergreifender. Nicht umsonst findet man immer wieder Fotos von zerlumpten, schmutzigen Kindern, die den Betrachter anlächeln und ihn alles andere vergessen lassen, er versinkt fast automatisch in einem Morast aus Sentimentalitäten und hält seine Gefühle auch noch für ehrenhaft und edel, ohne zu merken, dass er auf den uralten Trick hereingefallen ist, mit dem sich Schwächere gegen Stärkere wehren und sie sich zu Nutze machen, diese Diskrepanz dringt direkt ins Herz, Widersprüchlichkeit rüttelt auf, versetzt einen sofort in einen anderen Gemütszustand. Auch bei mir klappte es, meine Gereiztheit verflog, als hätte es sie nie gegeben, sogar die Erinnerung daran verschwand, erst viel später fiel mir wieder ein, wie nervös und aufgebracht ich mich gefühlt hatte, bis dieses Lächeln kam, und wie unerträglich sich die Zeit davor in die Länge gezogen hatte.

Wie heißt du eigentlich, fragte ich, während ich die Milch aus dem Kühlschrank holte, und ich wunderte mich, dass ich das jetzt erst fragte, aber dann wurde mir klar, dass ich sie in der vergangenen Nacht nicht angesprochen hatte, außer »hier kannst du schlafen« und »nebenan ist das Badezimmer, im Regal liegen saubere Handtücher« und »nimm diese Tabletten gegen die Schmerzen, du hast ganz schön was abgekriegt« hatte ich, nachdem wir gegen zwei Uhr zu Hause angekommen waren, nichts zu ihr gesagt.

Sie sah mich mit dem intakten Auge an, das andere war nur ein feuchter grauer Fleck, und sagte, Annabella.

Ich stellte ihr Brot, Butter und Honig hin, goss etwas Kaffee aus der Thermoskanne in die Porzellankanne und sagte, ohne es wirklich zu meinen, was für ein schöner Name, dabei war es mir, ehrlich gesagt, egal, wie sie hieß, ich hatte es nur aus Höflichkeit gefragt. In Wirklichkeit wollte ich, dass sie frühstückte und endlich ging, damit ich Zeit für meine Rosengärtnerin hätte.

Das Mädchen, das also Annabella hieß, verzog das Gesicht – schmollen war das Wort, das mir später dazu einfiel, als ich die Tochter der Rosengärtnerin charakterisierte, aber dort, in der Küche, war es nur ein Verziehen des Mundes –, ganz schnell zuckten ihre Mundwinkel nach unten und zurück, dann sah ihr Gesicht wieder aus wie vorher, und sie sagte, ich mag Honig nicht, hast du keine Wurst?

Nun esse ich grundsätzlich keine Wurst, Streichwurst schon gar nicht, weil man nicht weiß, was da alles hineingerät, aber auch keine Salami oder andere Hartwurstsorten, ich finde die weißlichen Fettbrocken eklig, deshalb hatte ich natürlich keine Wurst zu Hause. Im Übrigen fand ich ihre Frage unverschämt. Warum nicht gleich Kaviar, sagte ich, doch als ich ihren verständnislosen Blick sah, nahm ich mich zusammen und fragte, geht auch Käse? Ich holte eine offene Packung Hüttenkäse und ein paar Scheiben Schnittkäse aus dem Kühlschrank.

Sie schob das Honigglas zur Seite, angewidert, auch wenn sie das schnelle Abwärtsziehen der Mundwinkel nicht wiederholte, schmierte Butter auf eine Scheibe Brot, belegte sie mit zwei Käsescheiben, schnitt sie in der Mitte durch und begann zu essen, während ich, mit dem Rücken zum Fenster, an der Spüle lehnte und ihr zuschaute. Ich weiß nicht, warum ich erwartet hatte, sie würde das Essen heißhungrig in sich hineinschlingen, vermutlich war ich dem Klischee auf den Leim gegangen, ein Mädchen von der Straße müsse zwangsläufig schmatzen und schlürfen und überhaupt schlechte Tischmanieren haben, doch da hatte ich mich getäuscht, sie aß langsam und konzentriert, ohne zu schmatzen, und ihren Milchkaffee trank sie geräuschlos, hätte ich nicht gesehen, wie ihr Kehlkopf sich unter der weißen Haut ihres Halses bewegte, hätte ich nicht gewusst, ob sie ihn wirklich hinuntergeschluckt hatte. Als ich probeweise ihren Namen aussprach, hob sie nur kurz den Kopf und schaute mich an, durch mich hindurch, als sähe sie mich gar nicht, bevor sie weiteraß.

Den Namen Annabella hat sie sich übrigens selbst gegeben, wie ich später erfuhr, viel später, als ich schon dachte, Belladonna hätte besser zu ihr gepasst. In Wirklichkeit hieß sie Ulrike, eigentlich ein hübscher Name, aber etwas altmodisch, man stellt sich unwillkürlich ein braves, blondzopfiges Mädchen vom Land vor, er passte wirklich nicht zu einer mit einer hellen, fast weißen Stoppelfrisur, die aus einem Dorf in die Stadt gezogen ist, um anders zu leben, ganz anders, wie sie sagte. Genauere Vorstellungen oder gar irgendetwas, was man als Lebensperspektive bezeichnen könnte, habe ich nie aus ihr herausbekommen.

Sie aß schweigend, sie hat auch später nicht sehr viel gesagt, was mir anfänglich sehr entgegenkam, du weißt ja, ich rede auch nicht so gerne, aber mir wurde bald klar, dass es einen großen Unterschied zwischen uns beiden gab. Ich liebe das Wort, die Arbeit an meinen Texten bedeutet mir viel, eigentlich alles, das Leben selbst, und nie empfinde ich es als Last, an Sätzen herumzufeilen, es ist meine bevorzugte Methode, über etwas nachzudenken. Das geht so weit, dass ich manchmal glaube, andere Menschen nur verstehen zu können, wenn ich sie beschreibe, obwohl natürlich auch das Gegenteil zutreffen könnte, nämlich dass ich Eigenschaften und Gedanken in sie hineinfantasiere, die gar nicht existieren, Gefühle, die sie nicht haben und die ich mir nur ausdenke, weil sie zu dem literarischen Repertoire gehören, das ich selbstverständlich kenne und mit dem ich umzugehen gelernt habe.

Ich kann mir jedenfalls ein Leben ohne Wörter und Sätze nicht vorstellen, ich erkenne und verstehe die Welt durch Formulierungen, vorzugsweise durch geschriebene, während Annabella Wörter und Sätze nicht zu brauchen schien, geschweige denn ausgefeilte Formulierungen. Sie wird wohl eine andere Form der Wahrnehmung haben, dachte ich damals, denn irgendein Bild von der Welt muss sich doch jeder machen, es könnte ja sein, dass ihr Gehirn anders funktioniert, vielleicht sind ihre Assoziationen und Verknüpfungen optischer Natur. Vielleicht muss sie irgendeine Erinnerung nicht in Worte fassen, um die dazugehörigen Empfindungen aufzurufen, sondern es reicht ihr schon, das entsprechende Bild vor ihrem geistigen Auge zu sehen, und statt sich von einem Gedanken zum nächsten treiben zu lassen, sozusagen in einem Meer aus Wörtern zu schwimmen, wandert ihr inneres Auge von Bild zu Bild, so ähnlich, wie ich es mir bei Gehörlosen vorstelle. Als ich sie einmal darauf ansprach, an einem der wenigen Abende, die sie mit mir verbrachte, schaute sie mich nur groß an, zuckte mit den Schultern, stand auf und murmelte, ich geh jetzt ins Bett, ich bin müde.

Dieses Schulterzucken hat mich später fast verrückt gemacht, aber an diesem ersten Tag fand ich es naiv und ein bisschen rührend, so wie ich ihre Wortkargheit als Zeichen jugendlicher Unsicherheit interpretierte. Sie hat mir nie, wirklich nie, unaufgefordert etwas erzählt, und auch auf Fragen hat sie nur zögernd und eher ausweichend geantwortet. So hat sie, als ich mich erkundigte, wer der Mann gewesen sei, der sie geschlagen hatte, nur geantwortet – mit dieser gleichgültigen Stimme, an die ich mich auch nie ganz gewöhnen konnte –, ach, irgendein Typ, und als ich den Grund der Prügelei wissen wollte, bekam ich ein Schulterzucken zur Antwort.

Doch solche Gedanken kamen mir erst viel später, damals dachte ich, glaube ich, gar nicht so viel nach, zumindest nicht genug, um das, was mir dort in meiner Küche geschah und was mir so folgerichtig erschien, zu begründen. Manchmal versteht man offensichtliche Wahrheiten erst viel später, zu spät sogar, und man fragt sich, wie man, um Himmels willen, so naiv gewesen sein konnte, und dann weiß man nicht mehr, ob es ein Augenaufschlag war, auf den man reingefallen ist, ein Lächeln, eine Handbewegung, eine bestimmte Formulierung, jedenfalls hat irgendetwas die Aufmerksamkeit so auf sich gezogen, dass alles andere an Bedeutung verlor und man nicht nur den Wald vor lauter Bäumen nicht gesehen hat, sondern nur einen Goldklumpen, glitzernd und verlockend, von dem sich erst später herausstellt, dass er ein Harztropfen in der Borke eines einzelnen Baumes war, auf den aus irgendeinem Grund das Licht gefallen ist, vielleicht ein Sonnenstrahl, an den man sich aber nicht mehr erinnert, denn auch die Sonne hat man nicht wahrgenommen, nicht den Himmel über dem Wald. So ging es mir damals in der Küche, ich sah hinter diesem fremden Mädchen das Mädchen, das sie hätte werden können, wenn sie ein Mädchen geworden wäre, und ich weiß noch, welche Anstrengung es gekostet hat, mich von dieser Vorstellung zu befreien und den Weg zurück in meine Küche zu finden.

Als ich sie fragte, wo sie denn wohne, schüttelte sie den Kopf, nirgends.

Aber du musst doch irgendwo hingehören, sagte ich.

Sie machte eine unbestimmte Bewegung mit der Hand, dieser kleinen Hand mit den kurzen Kinderfingern, die, wie mir jetzt auffiel, wegen ihrer abgekauten Fingernägel noch kindlicher aussahen, und sagte, ich wohne mal hier, mal dort, und als sie mein ungläubiges Gesicht sah, fügte sie hinzu, irgendwie geht das schon.

Und wo wohnst du zurzeit, erkundigte ich mich und dachte, warum frage ich das, was geht mich das an, in ein, zwei Stunden ist sie weg und in ein, zwei Tagen habe ich sie wahrscheinlich schon vergessen.

Sie schaute an mir vorbei aus dem Fenster und sagte, die letzten Wochen bei dem Typen von gestern, aber jetzt wollte ich nicht mehr.

Sie hatte fertig gefrühstückt und saß noch immer am Tisch, während ich das schmutzige Geschirr in die Spülmaschine räumte. Sie hatte den Kopf auf die Hände gestützt und hob ihn auch nicht, als sie fragte, kann ich nicht eine Weile hier bei dir bleiben, mit einer Stimme, die weder bittend noch fordernd klang, sondern so, als gehe sie das Ganze nichts an, genau wie manche Leute am Telefon fragen, na, wie geht's, und dann sofort von etwas anderem reden, weil es sie gar nicht interessiert, wie es dir geht.

Ich stellte die Kaffeekanne so hart auf die Spüle, dass sie schepperte, ich hielt sie hoch und betrachtete sie prüfend, um Zeit zu gewinnen, fand aber keinen Sprung, was ich fast bedauerte, denn das hätte mir einen Grund für meinen Unmut gegeben, zumindest einen Vorwand, aber die Kaffeekanne war heil. Ich kippte den Rest in die Spüle und sah zu, wie das braune Zeug in den Abfluss gurgelte. Ich fühlte mich ebenso überrumpelt wie am Abend zuvor, im Auto, aber ich war nicht wirklich überrascht, daran erinnere ich mich noch genau, vielleicht hatte ich unbewusst schon geahnt, dass so etwas passieren könnte. Ich spürte, wie Ärger in mir aufstieg, nicht nur auf sie, auch auf mich, weil ich es versäumt hatte, mich gedanklich auf einen solchen Moment vorzubereiten, und ich überlegte schon, wie ich ihr beibringen könnte, ohne allzu kleinlich und spießig zu wirken, dass so etwas einfach nicht zulässig war, man konnte nicht wildfremde Menschen mit einer derartigen Forderung überfallen.

Während ich noch über eine passende Formulierung nachdachte, sagte sie, wenn ich nicht bei dir bleiben kann, muss ich eben wieder zu dem Typen von gestern gehen.

Diese Göre will mich erpressen, dachte ich, wofür hält sie sich, dass sie glaubt, sie könne so etwas mit mir machen, und Wut stieg in mir auf, am liebsten hätte ich sie geschüttelt, ich hatte nicht geahnt, dass ich auf einen fremden Menschen so wütend sein könnte. Und auch das hätte mich misstrauisch machen müssen, dachte ich später, denn so heftige Gefühle passten nicht zu mir, es gab auch keinen Grund für sie, was hinderte mich zu sagen, da ist die Tür, du lebst dein Leben, ich meines, wir haben uns zufällig getroffen, mehr nicht, und jetzt gehen unsere Wege wieder auseinander. Aber das tat ich nicht, ich überließ mich meiner Wut. Hör auf damit, fuhr ich sie an, du musst doch irgendwo eine Mutter oder einen Vater haben, irgendjemanden, zu dem du gehen kannst.

Sie schaute mich an, ihr einäugiger grauer Blick wurde kindlich blau, für einen Moment sah sie so offen aus, so verwundert, als könne sie meine plötzliche Aggression nicht verstehen, und ich versank in diesem Blau und verstand mich selbst nicht mehr. Ich habe mich gegen sie gewehrt, das kannst du mir glauben, ich hatte sogar mit einer für meine Verhältnisse lauten Stimme gesprochen, aber ich wusste, denke ich, in diesem Moment bereits, dass ich verloren hatte, noch bevor sie mir antwortete.

Meine Mutter säuft, sagte sie so selbstverständlich, als würde sie sagen, meine Mutter arbeitet in einem Reisebüro, meine Mutter säuft, von der habe ich nichts zu erwarten, zu meiner Mutter kann ich nicht gehen.

Das war es also, ich hätte es mir denken können, ich hatte es mir wohl auch gedacht, so wie man manchmal denkt, ohne dass man sich die Gedanken bewusst macht, denn ich erschrak zwar, aber ich wunderte mich nicht. Es war ein Erschrecken, mit dem ich längst umgehen konnte, ein paar Bilder zuckten durch meinen Kopf, schnell und in der falschen Reihenfolge, wie ein Film, der mit hoher Geschwindigkeit rückwärts gespult wird, aber da hatte ich sie auch schon zur Seite gedrängt und meine Fassung wiedergefunden.

Ich weiß nicht, ob Annabella mein Erschrecken bemerkt hatte, ich glaube, sie hat etwas gespürt, vielleicht war es auch eine Art Instinkt, der ihr sagte, wie sie mich am besten rumkriegen könnte, denn sie hob den Kopf und schaute mich an, still, ohne zu lächeln. Sie bot mir einfach mit unbewegter Miene und geschlossenen Augen ihr geschundenes Gesicht dar, als würde sie sagen, schau mich an und tu nicht so, als wüsstest du nicht Bescheid.

Das machte mich wehrlos, ich fühlte mich auf einmal verantwortlich für dieses halbe Kind, das da vor mir saß, als besäße diese Parallelität in unseren Biografien die Macht, uns zu verbinden, jedenfalls glaube ich heute, dass es diese Aussage über ihre Mutter war, das leichte Zittern in ihrer Stimme, als sie das Wort Säuferin sagte. Es gibt Dinge, die muss man mir nicht erklären, die verstehe ich auf Anhieb. Ich glaubte auch nicht mehr, dass sie mich hatte erpressen wollen, wenigstens damals, in meiner Küche, glaubte ich das nicht, ich dachte gar nicht mehr darüber nach. In meinem Kopf wiederholte ich immer nur den Satz, ihre Mutter ist eine Säuferin, ihre Mutter ist eine Säuferin, als wäre er die einzige, alles umfassende und alles erklärende Aussage, die man über einen Menschen machen könnte, es war die Kumpanei des Elends, die mich in die biografische Falle stolpern ließ. Ich musste gegen den Impuls ankämpfen, sie in den Arm zu nehmen und zu trösten. Ich habe es nicht getan, es ist nicht meine Art, jemanden einfach in den Arm zu nehmen, und heute denke ich manchmal, es hätte unsere Rettung sein können, ihre und meine. Aber ich habe es nicht gekonnt, damals, als sie mir ihr Gesicht hinhielt, was gingen mich die Teufel eines fremden Mädchens an, ich kämpfte gegen meine eigenen Teufel. Aber ich war schon ins Rutschen geraten, ich rutschte in meine Vergangenheit, die weit zurücklag, oder in ihre, die erst ein paar Jahre her war, wer weiß das schon, jedenfalls hatte ich im Moment den Boden unter den Füßen verloren, und dieses Gefühl der Unwirklichkeit muss mich, zusammen mit dem ungewohnten Anflug von Zärtlichkeit, den ich morgens im Bett empfunden hatte, dazu gebracht haben zu sagen, nun gut, von mir aus kannst du eine Weile hier bleiben, bis du etwas gefunden hast.

Eine Weile, hatte ich gesagt, und eine Weile bedeutete damals für mich ein paar Tage, höchstens eine Woche oder zwei.

3

Später dachte ich oft an diesen ersten Tag zurück, er war, trotz des irritierenden Beginns, wunderbar für mich, etwas ganz Neues, denn ich war, denke ich, so heiter und locker wie noch nie in meinem Leben, auch wenn das vielleicht nicht stimmt, schließlich war auch ich mal ein Kind gewesen, und zur Kindheit gehören, angeblich, Heiterkeit und Sorglosigkeit wie Gänseblümchen zu einer Frühlingswiese. Seltsamerweise habe ich meine Kindheit ganz anders in Erinnerung. Mag ja sein, dass ich nur die eher schwierigen und düsteren Ereignisse wahrgenommen habe, weil sie für mich bestimmender und prägender waren als die heiteren, unbeschwerten, die es vermutlich auch gegeben hat. Die meisten Erwachsenen haben eine selektive Wahrnehmung, nicht nur ich – auch wenn es mir, glaube ich, besonders häufig passiert, dass ich etwas nicht mitbekomme –, warum sollte es bei Kindern anders sein? Von einer sorglosen Kindheit weiß ich jedenfalls nichts, und ein sorgloser Mensch bin ich auch nicht geworden, eher vorausdenkend und genau kalkulierend.

Aber ich wollte ja von diesem ersten Tag erzählen, auch wenn es gar nicht so einfach zu begründen ist, warum er mir so gut gefallen hat, warum er in meiner Erinnerung immer schöner wurde, so dass ich ihn selbst heute, da sich die Ereignisse relativiert haben und ich vieles in einem anderen Licht sehe, nicht missen möchte.

Seltsam, nicht wahr, dass angenehme, heitere Episoden sich so viel schwerer erzählen lassen als dramatische, auch in der Literatur ist das so, wird in einem Buch zu viel heiterer Alltag beschrieben, denken wir als Leser, ja, ist ja gut, ich habe es kapiert: Er lächelt, sie lächelt, die Sonne scheint vom blauen Himmel und in den Rabatten im Park blühen die Stiefmütterchen, aber was soll das, was hat das mit mir zu tun, und fühlen uns gelangweilt, während Enttäuschungen, Demütigungen, unterschwelliger Hass Erinnerungen wachrufen und uns dazu anregen, das Eigene mit dem Fremden zu vergleichen, zu bewerten und einzuordnen und unsere Vergangenheit ständig neu zu erschaffen, bis wir alle Stacheln abgeschliffen haben, denke ich. Hoffe ich.

Zurück zur Küche, Annabella saß am Tisch, ich lehnte mit dem Rücken zum Fenster an der Spüle, noch immer mit der Kaffeekanne in der Hand, und hatte gerade gesagt, von mir aus kannst du eine Weile hier bleiben, bis du etwas gefunden hast. Die Worte hingen in der Luft, sie bliesen sich auf und füllten den Raum zwischen uns so aus, dass ich das Gefühl hatte, aus meiner eigenen Wohnung gedrängt zu werden. Ich drehte mich um und schaute aus dem Fenster, über die Bäume hinweg in den grauen Himmel, unter dem ein paar dunklere Wolken schwammen, aber nicht groß genug, nicht schnell genug, um bedrohlich auszusehen. Ich wollte nicht, dass Annabella, während ich überlegte, mein Gesicht sah, die Zweifel, gegen die ich sofort ankämpfen musste, nachdem ich die Worte ausgesprochen hatte. Ich mag es nicht, wenn man mich beobachtet, während ich über etwas nachdenke, und obwohl sie es offenbar vermied, mich direkt anzuschauen, wollte ich ihr erst gar nicht die Möglichkeit dazu geben.

Mein erster Impuls war, ihr das Wohnzimmer zum

Schlafen anzubieten, aber das war mir doch ein wenig zu privat, zu nahe an meiner Intimsphäre, wie man so sagt, schließlich hatte ich gerade erst beschrieben, wie die Rosengärtnerin unter den Geräuschen litt, die ihr Mann nachts von sich gab, und wer garantierte mir, dass eine einzige geschlossene Tür genügte, die Geräusche ausreichend zu dämpfen? Zudem jagte mir die Vorstellung, dass ich, wenn ich nachts oder morgens zum Bad wollte, an einem fremden Menschen vorbeigehen müsste, nicht gerade einen Schauer über den Rücken, aber sie war mir doch unangenehm. Du kennst ja meine Wohnung, man muss durch das Wohnzimmer gehen, um zum Schlafzimmer zu gelangen. Außerdem stand der Fernseher im Wohnzimmer, und es konnte ja sein, dass ich mir etwas anschauen wollte, während sie gerade Lust hatte, früh schlafen zu gehen. Der wichtigste Grund war allerdings ein anderer: Mein Wohnzimmer ist mit großer Sorgfalt eingerichtet, ein Raum, in dem man sich wohl fühlen kann, ohne dass er sich zu sehr aufdrängt, alles ist auf mich zugeschnitten, auf meine Bedürfnisse, auf meine Art der Ästhetik, das fremde Mädchen schien mir nicht hineinzupassen, ebenso wenig wie die meisten meiner seltenen Besucher, außer Melanie und dir fällt mir niemand ein, der mir nicht unpassend vorgekommen wäre, und bei Melanie ist es kein Wunder, die kenne ich seit über zwanzig Jahren, noch dazu sieht sie so gut aus, dass sie jeden Raum schöner macht. Nein, es blieb nichts anderes übrig, Annabella musste das Arbeitszimmer bekommen. Mein Arbeitszimmer.

Ich stand, die Hände auf den Rand der Spüle gestützt, vor dem Fenster und schaute hinaus, den grauen Wolken nach, die vom Wind weitergetrieben wurden, bis sie hinter den Bäumen verschwanden, und bedauerte, dass ich mich zu einem solchen Angebot hatte hinreißen lassen. Aber es war ja kein Angebot gewesen, eher eine Zustimmung, die Idee stammte nicht von mir, ich hatte mich lediglich gefügt, hatte mich auf ihre unverschämte Forderung, wie es mir jetzt schien, eingelassen. Was sprach dagegen, dass ich mich umdrehte und sagte, ich habe mich geirrt, du kannst doch nicht hier bleiben, ich muss verreisen, oder tut mir Leid, ich hatte vergessen, dass morgen mein Bruder zu Besuch kommen wird, schließlich konnte sie nicht wissen, dass ich meinen Bruder seit Jahren nicht gesehen hatte und dass er mich auf keinen Fall besuchen würde, es wäre wirklich ein Leichtes gewesen, das zu sagen.

Ich drehte mich zu ihr um und wollte schon den Mund aufmachen, aber ich tat es nicht, ich konnte es nicht. Ihr Anblick rührte etwas in mir an, über das ich erst gar nicht versuchte, mir Rechenschaft abzulegen, manche Dinge hält man besser unter der Decke, sonst führen sie zu unnötigen Irritationen. Verdammt, warum habe ich mich damals, in meiner Küche, so anders verhalten, als ich es gewöhnt war, warum habe ich mich von irgendwelchen zweifelhaften Gefühlen leiten lassen und sie nicht hinterfragt, mich noch nicht einmal darum bemüht? Das ist es eigentlich, was ich mir vorwerfe.

Annabella saß noch immer am Tisch und schaute mich an, mit diesem seltsam leeren Blick, bei dem man sich unwillkürlich fragte, ob sie einen überhaupt sah. Sie lächelte nicht, nicht in diesem Moment, aber mir fiel ein, wie sie gelächelt hatte, und ich dachte, so schlimm ist das doch nicht, soll sie das Arbeitszimmer haben, schließlich habe ich früher, bevor ich diese Wohnung gekauft habe, auch im Wohnzimmer gearbeitet und erfolgreiche Bücher geschrieben, wozu brauche ich ein Arbeitszimmer? Wenn ich das Sofa, den Sessel und den Tisch in die Ecke neben der Tür zum Flur stelle, bleibt vor dem Balkonfenster genug Platz für meinen Computer, und ich habe noch dazu einen schönen Ausblick.

Du kannst das Arbeitszimmer haben, sagte ich zu ihr, aber dann musst du mir helfen, meine Sachen ins Wohnzimmer zu räumen, und ich dachte, wenn sie jetzt etwas Falsches sagt, wenn sie eine unpassende oder aufdringliche oder zu vertrauliche Bemerkung macht, schicke ich sie doch weg, mir wird schon eine Ausrede einfallen, notfalls muss mein Bruder herhalten, aber sie nickte und stand sofort auf.

Wir haben gemeinsam gearbeitet, wir haben das blaue Sofa, den Tisch und die Sessel in die Ecke geschoben und den Fernseher neben die Vitrine mit den Gläsern gestellt, damit man ihn vom Sofa aus sehen konnte, wir haben die Stehlampe, die jetzt keinen Platz mehr hatte, keinen sinnvollen Platz, in mein Schlafzimmer gebracht, wo sie zwar auch keinen sinnvollen Platz fand, aber wenigstens nicht mehr im Weg stand. Danach haben wir den Bürotisch und den Computer samt Drucker und Faxgerät ins Wohnzimmer geschleppt, auch den großen Schreibtisch, an dem ich zwar selten sitze – ich habe mich daran gewöhnt, das meiste gleich in den Computer zu tippen –, aber der Tisch ist eine bequeme Ablagefläche für ausgedruckte Manuskriptseiten, unerledigte Post und Ähnliches, und außerdem hatte Annabella, als ich sie fragte, den Kopf geschüttelt und gesagt, nein, ich brauche keinen Schreibtisch. Wir stellten ihn, weil kein Platz mehr war, vor die Bücherwand neben der Balkontür, und unter das zweite Fenster, vor die Heizung, kam noch das kleine Bücherregal aus dem Arbeitszimmer, mit einigen Nachschlagewerken, dem Rechtschreib-Duden und der Fachliteratur über Gartenbau und Rosenzucht, die ich mir für den neuen Roman angeschafft hatte, mein Brockhaus stand sowieso im Bücherschrank im Wohnzimmer.

Annabella bekam das Arbeitszimmer, das auch vorher eher spartanisch eingerichtet gewesen war und nun, nur mit dem Sofa, einem Bücherregal, das fast die ganze hintere Längswand einnahm, der dazugehörigen dreistufigen Trittleiter und dem Blumentopf mit der gelb blühenden Orchidee auf der Fensterbank, ziemlich kahl aussah, auch als ich ihr einen der beiden Wohnzimmersessel und, als Nachttisch, einen Hocker aus der Küche hingestellt und einen bunten Schal darauf gelegt hatte.

Sie war willig und geschickt, und ich wurde immer fröhlicher, sogar der Anblick des Wohnzimmers, das seine ausgewogene Ästhetik, das Ergebnis langen Nachdenkens, Planens und Ausprobierens, verloren hatte, versetzte mir nur einen kleinen Stich und wurde verdrängt von der Freude, mit jemand anderem zusammen etwas zu arbeiten. Von Minute zu Minute wuchs meine innere Befriedigung, ich fühlte mich auf einmal jung und abenteuerlustig, und als mir eine teure Vase, die im Regal mit den Nachschlagewerken gestanden hatte, auf den Boden fiel und zerbrach, lachte ich nur über das Missgeschick, und Annabella holte die Schippe und den Handfeger aus der Küche und kehrte die Scherben zusammen, und ich schaute ihr zu und freute mich.

Verstehst du, ich hatte mich daran gewöhnt, alles allein zu machen oder das, was getan werden musste, Frau Schuster aufzutragen, die seit Jahren einmal in der Woche kam, um die Wohnung zu putzen. Ich hatte vergessen, dass gemeinsame körperliche Arbeit eine unmittelbare Beziehung zwischen zwei Menschen schafft, intimer vielleicht als gemeinsames Essengehen.

Aber auch das taten wir an diesem Tag, als wir mit der Arbeit fertig waren, und danach kaufte ich ihr eine Jeans und zwei Pullover, denn das, was sie anhatte, sah schon ziemlich abgetragen und nicht sehr sauber aus, und die Witterung war, wie von der Vorhersage angekündigt, noch immer zu kalt für diese Jahreszeit. Ich wollte sie nicht fragen, welche Kleidungsstücke zum Wechseln sie in ihrem Rucksack hatte, aber viel konnte es nicht sein, so groß war er nicht, deshalb bestand ich noch auf Unterhosen, blau, grün und rot im Dreierpack, und auf einem Paar dicker Socken. Auch ihre dunkelblaue Winterjacke aus glänzendem Synthetikstoff war an den Ärmeln und am Kragen schon abgeschabt und sah vor allem unförmig und hässlich aus, aber ich verkniff es mir, ihr eine neue zu kaufen, nicht aus Geiz, sondern weil ich sie nicht in Verlegenheit bringen wollte, denn hätte ich gesagt, komm, wir kaufen dir eine neue Jacke, hätte sie ja gemerkt, dass ihre mir nicht gefiel, und das mit den Unterhosen war schon aufdringlich genug gewesen. Du brauchst jetzt nicht zu denken, ich hätte ihr die Sachen nur aus Großzügigkeit und Freundlichkeit gekauft, es war eher eine Art Selbstschutz, ich wollte keine Person in meiner Wohnung haben, die nicht sauber angezogen war oder keine Unterwäsche zum Wechseln hatte. Geld ist mir nicht so wichtig, die paar Euro taten mir nicht weh.

Als wir am späten Nachmittag nach Hause kamen, ging sie in ihr Zimmer und ich setzte mich ins Wohnzimmer, um noch ein bisschen zu arbeiten. Der Anblick des Raums, hässlich und unausgewogen, traf mich, konnte mir aber meine heitere, fast ausgelassene Stimmung nicht verderben, und als ich an meinem Computer saß, mit dem Rücken zum Zimmer, war es mir auch nicht mehr so wichtig, wie es hinter mir aussah, ich erinnerte mich vielmehr daran, wie oft ich drüben, in meinem Arbeitszimmer, in dem jetzt Annabella ein paar Tage wohnen würde, vielleicht auch ein oder zwei Wochen, aus dem Fenster auf die Dachwohnung gegenüber geschaut und gedacht hatte, wie viel schöner doch die Aussicht aus dem Wohnzimmerfenster sei, von wo aus man über den großen Park sieht, mit seinen Blumenrabatten, den breiten Kieswegen und den verschlungenen Pfaden, auf denen man fast das Gefühl haben kann, im Wald herumzulaufen. Ich liebe den Anblick der Bäume sehr, besonders in dieser Jahreszeit, wenn das junge Laub frisch und grün aufbricht und die Blätter noch so klein sind, dass man durch die Wipfel der vorderen Bäume die der dahinter stehenden sieht, eine Illusion von Weite, die sich zum Sommer hin, wenn das Laub dicht wird, wieder verlieren würde.

An jenem Tag, dem ersten mit Annabella, habe ich den bereits fertigen Teil meines Manuskripts noch einmal überarbeitet und geändert, nun ja, ich habe meiner Rosengärtnerin und ihrem Mann eine Tochter gegeben, Anastasia, ein schönes, intelligentes Mädchen von sechzehn, siebzehn Jahren, das von den Eltern vergöttert wird und ihnen, trotz der wachsenden Spannungen, auch Momente der Zusammengehörigkeit und der Gelöstheit gibt. Es machte mir Spaß, und befriedigt dachte ich, das hat nicht nur dem Manuskript gut getan, sondern auch mir. Bestimmt habe ich gelächelt, als ich das dachte, denn ich war glücklich, zumindest war ich dem Gefühl, glücklich zu sein, so nahe, wie es jemandem wie mir überhaupt möglich ist.

Als Annabella – wieder ohne anzuklopfen – ins Zimmer kam, in den neuen Jeans und dem neuen Pullover, dem blauen mit den breiten roten Streifen an den Ärmeln und am Bund, schreckte ich auf. Es war Abend geworden, ohne dass ich es bemerkt hatte, ein Blick aus dem Fenster zeigte mir, dass es draußen schon dunkel war. Ich musste sogar irgendwann aufgestanden sein und das Licht angemacht haben, obwohl ich mich nicht daran erinnerte.

Ich möchte noch ein bisschen weggehen, sagte sie und blieb in der Tür stehen, und ich fragte, ohne nachzudenken, wie alt bist du eigentlich?

Achtzehn, sagte sie, und ihre Stimme hatte für einen Moment den üblichen, gleichgültigen Ton verloren, klang überrascht.

Ich verbot mir die Frage, wohin sie gehen wolle, das ging mich nichts an, und außerdem erinnerte ich mich noch genau daran, wie mich die ewige Fragerei meiner Stiefmutter, wo gehst du hin, wann kommst du nach Hause, verrückt gemacht hatte. Ich unterdrückte auch eine gewisse Enttäuschung, denn eigentlich hatte ich angenommen, wir würden den Abend gemeinsam verbringen, gemütlich essen, fernsehen, vielleicht ins Kino gehen, wenn sie das lieber wollte. Ich empfand den begreiflichen Wunsch, sie besser kennen zu lernen, nein, das stimmt nicht, sie überhaupt kennen zu lernen, denn was wusste ich schon von ihr, außer dass sie Annabella hieß, achtzehn Jahre alt war und mal hier, mal dort gewohnt hatte. Stell dich nicht so an, sagte ich mir, du bist eine Frau in den Wechseljahren und sie ist ein junges Ding, das ein paar Tage bei dir schläft, mehr nicht, mach dich nicht lächerlich. Die Kumpelhaftigkeit des gemeinsamen Umräumens und Aufräumens gehört zum Vormittag, abends verändert sich die Stimmung, das weißt du doch, und in ihrem Alter glauben alle, etwas zu versäumen, wenn sie zu Hause bleiben, sie werden von dem Gefühl getrieben, dass sich das Leben überall dort abspielt, wo sie gerade nicht sind, überall ist die Welt bunter und aufregender, hast du das vergessen?

Ich zwang mich zu einem freundlichen Gesicht. Sie wollte weggehen, na und, vermutlich zog es sie zu anderen jungen Leuten, das war normal, Jugendliche treiben sich immer in Horden herum, wie geschlechtsreife Affen, die noch keinen Paarungspartner gefunden haben, so war es früher und so ist es heute, und so wird es vermutlich auch noch sein, wenn die Menschen es verlernt haben werden, sich auf eigenen Beinen vorwärts zu bewegen. Vielleicht hatte sie ja eine Freundin, der sie erzählen wollte, was ihr seit der letzten Nacht passiert war, wer war ich denn, dass ich ihr dieses Vergnügen missgönnen dürfte? Und außerdem, sagte ich mir, könnte ich dann in Ruhe weiterarbeiten. Mir war nämlich, kurz bevor sie ins Zimmer gekommen war, aufgefallen, dass Anastasia älter sein musste, als ich zuerst gedacht hatte, sie durfte nicht mehr zu Hause leben, sonst konnte sich das Drama zwischen ihren Eltern nicht mit der Dynamik entwickeln, die für den Verlauf der Handlung nötig war.

Annabella stand noch immer in der Tür und schaute mich an, und ich war noch so in Gedanken, dass es eine Weile dauerte, bis ich merkte, dass es nicht Anastasia war, die mich abwartend anschaute, sondern Annabella, und mir auch einfiel, warum sie nicht einfach weggegangen war.

Du brauchst einen Hausschlüssel, sagte ich, und sie nickte. Ich holte ihr aus der Küchenschublade die Reserveschlüssel für das Haus und für die Wohnung, und als ich fragte, wie ist es mit Geld, zuckte sie nur mit den Schultern.

Ich hielt ihr, nach einigem Zögern, zwanzig Euro hin, sie nahm sie, sagte danke und ging. Ich blieb in der offenen Wohnungstür stehen, bis der Aufzug mit dem vertrauten Knarren und Rucken im Erdgeschoss hielt, hörte, wie die Aufzugtür zufiel, kurz darauf die Haustür, erst dann ging ich wieder in die Wohnung zurück.

Zwanzig Euro. Ich hatte keine Ahnung, ob das nicht zu wenig war, andererseits hatte ich ihr auch nicht zu viel geben wollen, nicht aus pädagogischen Erwägungen, sondern weil ich nicht als die dumme Gans dastehen wollte, bei der man nur die Hand ausstrecken muss, um das goldene Ei aufzufangen, das sie legt. Ich ärgerte mich, dass ich nie gefragt hatte, wie viel Geld Kerstin bekam, wenn sie abends wegging, vielleicht hatte Melanie es mir ja erzählt, und ich hatte, was mir manchmal passiert, wenn sie zu lange über Kerstin oder Thomas redet, nicht richtig zugehört. Doch dann sagte ich mir, es hätte mir ohnehin nichts genützt, Kerstin war noch nicht mal sechzehn, zwischen ihr und Annabella lagen Welten, nicht nur, was das Alter betraf.

Ich fühlte mich noch zu verwirrt, um mich gleich wieder an die Arbeit zu setzen, ich kochte eine Tasse Tee, machte mir ein Käsebrot und aß es stehend in der Küche, dann rief ich Melanie an.

Es gehe ihr gut, sagte sie, sie habe sich nur mal wieder über Thomas geärgert, er lasse sich alles von seinem tyrannischen Vater gefallen und beklage sich dann bei ihr. Ein typischer Angestellter, sagte sie, tut nur, was man ihm sagt, und ist noch nicht mal zufrieden damit, solche wie ihn habe ich auch immer wieder im Salon, sie machen mich wahnsinnig. Eins kann ich dir sagen, wenn ich so lahm gewesen wäre, hätte ich nie was auf die Beine gestellt.

Aber du bist nicht so lahm gewesen, sagte ich, weil ich wusste, dass sie das jetzt erwartete, du bist alles andere als lahm, das weißt du auch.

Nein, ich bin nicht lahm, sagte sie, und ich hörte den Stolz in ihrer Stimme, den Stolz darauf, dass sie es geschafft hatte, dass ihr Kosmetiksalon gut lief und sie genug verdiente, um sich und ihrer Tochter ein angenehmes Leben zu verschaffen, und dass sie sich sogar einen Liebhaber leisten konnte, der den Arsch nicht hochbekam, wie sie es etwas vulgär, aber durchaus zutreffend formulierte, um endlich aus dem Geschäft seines Vaters auszutreten und sich selbstständig zu machen.

Und während sie über Thomas herzog, tauchte das Bild meines zweiten Mannes vor mir auf, nicht nur wegen der Namensgleichheit, Männer, die Thomas heißen, gibt es wie Sand am Meer, aber beide waren einander ähnlich im Typ, freundlich, sanft, sehr gut aussehend und antriebsschwach. Ich habe Thomas geliebt, glaube ich, aber eben nicht sehr lange und vielleicht auch nicht genug, und als ich merkte, dass ich nicht bereit war, mich auf seinen zögernden Lebensrhythmus und seine, wie es mir damals schien, Gefühlsduseligkeit einzustellen – ich weiß noch genau, dass ich dieses Wort gedacht habe, Gefühlsduseligkeit –, war ich schon verheiratet. Ich habe nie verstanden, warum ausgerechnet er, für den es schon ein Problem war, sich zwischen einer blauen und einer grünen Krawatte zu entscheiden, so schnell hatte heiraten wollen, viel zu schnell, wie sich bald zeigte.

Vielleicht sollte ich dir, auch wenn es mir schwer fällt, einfach sagen, was passiert ist, dann habe ich es hinter mir und brauche es nicht mehr zu erwähnen. Natürlich spielte dabei ein anderer Mann eine Rolle, einer, von dem ich längst vergessen habe, wie er aussah, denn er hatte mir nur als Rückenstärkung gedient, um mir die Entscheidung zu erleichtern, wie es bei Trennungen oft der Fall zu sein scheint. Jedenfalls habe ich häufig beobachtet, dass der angebliche Scheidungsgrund nach der Scheidung ziemlich rasch in der Versenkung verschwunden war, der Mohr hat seine Schuldigkeit getan, der Mohr kann gehen.

Am Morgen, nachdem ich Thomas gesagt hatte, dass ich mich von ihm trennen würde, fuhr er für ein paar Tage in die Berge, wo seine Eltern eine Hütte hatten, um mit sich ins Reine zu kommen, wie er zu mir gesagt hatte, als er sich verabschiedete. Auf der Rückfahrt stürzte er mit dem Auto in eine dreißig Meter tiefe Schlucht und war sofort tot. Man hat keine Bremsspuren gefunden, deshalb ging die Polizei davon aus, er sei wohl abgelenkt gewesen und es sei dadurch zu diesem tragischen Unfall gekommen, menschliches Versagen nannten sie es, denn sowohl ich als auch seine Kollegen und sogar seine Eltern hatten ausgesagt, er habe keine Probleme gehabt, ein Selbstmord sei nicht vorstellbar, er sei zwar ein ernsthafter Mensch gewesen, der nichts auf die leichte Schulter genommen habe, aber depressiv sei er nicht gewesen, nein, das sei ausgeschlossen.

Ein Tod ohne Fremdeinwirkung also. Genau genommen bin ich daher ja Witwe, aber wenn mich jemand fragt, sage ich immer, ich sei geschieden. Es fällt mir schwer, mich als Witwe zu sehen, es käme mir auch wie eine Lüge vor, denn für mich war es so gut wie eine Scheidung gewesen, als ich ihm meinen Entschluss mitgeteilt hatte. Wir waren elf Monate verheiratet gewesen, elf Monate, drei Wochen und fünf Tage, ich habe es am Tag seiner Beerdigung ausgerechnet und mir gemerkt, auch wenn ich normalerweise ein eher gestörtes Verhältnis zu Zahlen habe und sie schnell vergesse. Vier Wochen nach seinem Tod fuhr ich nach Holland und ließ eine Abtreibung vornehmen, obwohl ich vermutlich bereits damals nicht genau wusste, warum ich das tat, ob ein Kind nicht zu meiner egoistischen Lebensplanung passte oder ob mir wirklich die Vorstellung, nicht zu wissen, wer der Vater war, Thomas oder der andere, so unerträglich vorgekommen war. Egal, ich habe es getan, und falls ich mich deshalb schuldig gefühlt haben sollte, habe ich dieses Gefühl in die hinterste Ecke meines Herzens verbannt, zu den anderen, die ich schon dort aufgehäuft hatte. Langsam erkenne ich, dass ich eine Meisterin im Verdrängen bin, im Vertuschen und Selbsttäuschen.

Nach Thomas habe ich mich nie wieder auf eine längere Beziehung eingelassen, ich war nicht mehr an Dauer interessiert, ich arrangierte mich mit meinem Leben als Single. Nicht, weil ich mich an seinem Tod schuldig gefühlt hätte, Liebe lässt sich nicht erzwingen, auch Duldungsfähigkeit nicht, und ich kann schließlich nichts dafür, dass es ihm an innerer Stärke fehlte. Wie hätte ich auch ahnen können, dass er so reagieren würde, es ist mir heute noch unbegreiflich. Doch ich hätte ihn nicht heiraten dürfen, das war mir klar, nur – wie soll man so etwas rechtzeitig wissen? Er konnte offenbar mit einer Konsequenz lieben, die ich nicht verstehe, meine Begabung zur Konsequenz liegt in ganz anderen Bereichen. Es war seine Entscheidung, das zu tun, was er getan hat, aber ich muss gestehen, dass ich nach seinem Tod immer häufiger von dem Gefühl bedrängt wurde, dass etwas mit mir nicht stimmt, dass ich nicht wahrnehme, was andere Leute mühelos wahrnehmen, dass mir bestimmte Fähigkeiten fehlen, ich rede nicht von charakterlichen

Defekten, eher von psychischen Mängeln, vielleicht sind meine Gefühle einfach flacher als bei anderen Menschen. Genug, ich muss aufhören, es gibt Gedanken, die niemandem etwas nützen …

Melanie sprach immer noch über Thomas. Ich wollte sie ablenken, denn ich war es leid zu hören, wie er, ein begnadeter Goldschmied, ein wahrer Künstler, sich die ganze Zeit von seinem Vater ausbeuten ließ, und erkundigte mich deshalb nach Kerstin. Melanie ging sofort darauf ein, erzählte begeistert von der guten Note, die Kerstin gerade in Mathe geschrieben hatte, in den naturwissenschaftlichen Fächern ist sie ausgezeichnet, sagte sie stolz, aber in Latein, du lieber Himmel, eine Katastrophe, kann ich dir sagen. Und ich dachte, während Melanies Stimme durch meinen Kopf rauschte, vielleicht kann ich Annabella ja dazu bringen, eine Ausbildung zu machen oder noch einmal in die Schule zu gehen, denn es war unwahrscheinlich, dass sie einen vernünftigen Abschluss hatte, und sofort dachte ich, noch mit dem Hörer in der Hand, was ist bloß los mit dir, es kann dir doch egal sein, was dieses Mädchen mit seinem Leben anfängt oder nicht.

Als ich den Hörer auflegte, überlegte ich verwundert, warum ich Melanie nichts von Annabella erzählt hatte, das wäre doch normal gewesen, nicht wahr? Ich hätte doch einfach sagen können, übrigens, ich habe seit gestern ein Mädchen bei mir wohnen, sie hat nicht gewusst, wo sie schlafen soll, und da habe ich sie eben mitgenommen, ganz nebenbei hätte ich das sagen können, und wenn Melanie sich aufgeregt oder mir Leichtsinn vorgeworfen hätte, hätte ich das mit irgendeiner beiläufigen Bemerkung wegwischen können, schließlich war ich ihr keine Rechenschaft schuldig. Warum also hatte ich ihr nichts von Annabella erzählt?

Nach dem Gespräch schaute ich mir noch die Abendnachrichten an, dann machte ich mir eine Flasche Wein auf und setzte mich an die Arbeit, um noch einmal die dreißig Seiten zu überarbeiten, die inzwischen, dank Anastasia, auf fast vierzig Seiten angewachsen waren. Obwohl mich Annabella erst auf die Idee mit der Tochter gebracht hatte, besaß Anastasia keine Ähnlichkeit mit ihr, weder charakterlich – als hätte ich damals Annabellas Charakter gekannt oder auch nur eine Vorstellung davon gehabt – noch im Aussehen. Anastasia war kleiner, untersetzter, weiblicher, sie war dunkelhaarig wie ihr Vater, hatte auch seine braunen Augen und die etwas breite, stumpfe Nase geerbt. Sie war nun einundzwanzig, studierte Germanistik in einer etwa hundert Kilometer entfernten Stadt, kam aber fast jedes Wochenende nach Hause, nicht nur wegen der schmutzigen Wäsche, die ihre Mutter für sie wusch und bügelte, bevor ihr Vater sie sonntagabends mit dem Auto wieder in ihr Studentenwohnheim zurückfuhr, sondern auch, weil beide, ihr Vater und ihre Mutter, ihr immer wieder heimlich einen Geldschein zusteckten, für Bücher, wie ihr Vater sagte, oder um sich etwas Hübsches zu kaufen, wie ihre Mutter meinte. Ich fand das nicht in Ordnung, aber etwas anderes konnte ich mir bei der Rosengärtnerin und ihrem Mann nicht vorstellen. Mein Vater hat das übrigens nie getan, wenigstens nicht bei mir, und meine Stiefmutter erst recht nicht. Vielleicht hat er ja meinem Bruder manchmal etwas zugesteckt, das ist möglich, mein Bruder wurde von dem Moment an, als wir zu ihm gezogen sind, sein Sohn, während ich, aus welchen Gründen auch immer, die Tochter meiner Mutter blieb, so wie Anastasia vor allem die Tochter ihres Vaters war.

Ich goss mir noch ein Glas Wein ein – das zweite, mehr als zwei Gläser gestatte ich mir fast nie – und dachte daran, wie wir am Nachmittag für Annabella eingekauft hatten. Wir waren zur Innenstadt gefahren und durch die Fußgängerzone geschlendert. Immer wieder trafen uns neugierige Blicke, Annabella schien sie nicht zu bemerken, aber mir fielen sie auf. Ich konnte uns beide sehen, wie wir von Schaufenster zu Schaufenster gingen, eine gepflegte, gut angezogene Frau in einem teuren Fellmantel mit einem Mädchen, das ihre Tochter sein könnte, aber warum hatte sie so eine hässliche Steppjacke an, und dann das blaue Auge, wer hatte sie so brutal geschlagen? Die Frau sah bestimmt nicht aus, als würde sie zuschlagen, aber vielleicht hatte sie ja einen reizbaren, unbeherrschten Mann zu Hause, vielleicht spielten sich bei ihnen in der Familie ja ganze Tragödien ab, doch dazu passte nicht, dass die beiden so vergnügt aussahen.

Ich wollte mit ihr in ein gutes Geschäft gehen, nicht gerade in eine der sündhaft teuren Boutiquen, in denen ich manchmal mit Melanie einkaufte – man soll seine Gutmütigkeit nicht übertreiben –, aber sie schüttelte den Kopf, nein, das ist zu teuer, und deutete auf ein Kaufhaus auf der anderen Straßenseite. Und selbst dort achtete sie auf jedes Preisschild und entschied sich für eine auffallend billige Jeans und für einen Pullover vom Wühltisch, einen schwarzen mit irgendeiner bunten Stickerei. Sie scheint keinen besonders guten Geschmack zu haben, dachte ich, als sie ihn anprobierte, schade, aber mir kann's egal sein. Den zweiten Pullover, der doppelt so teuer war und den sie heute Abend zum Weggehen angezogen hatte, musste ich ihr regelrecht aufdrängen. Was für ein bescheidenes Mädchen, hatte ich gedacht, in diesem Laden, den ich freiwillig nie betreten hätte, sie will nicht, dass ich mehr Geld als nötig für sie ausgebe.

Sie hatte vor dem Spiegel gestanden und sich hin und her gedreht, mit einem erstaunten Gesicht, es war das einzige Mal, dass ich so etwas wie Eitelkeit an ihr sah. Ich trat hinter sie, wir schauten uns im Spiegel an, und sie hob langsam die Hand und legte sie auf ihre lädierte Gesichtshälfte, deckte jedes Anzeichen der Schlägerei zu.

Der Pulli steht Ihrer Tochter aber besonders gut, mit diesen Haaren, sagte die Verkäuferin zu mir, und ich wunderte mich nicht, zwei weißhäutige, hellhaarige Frauen, beide langgliedrig, beide eher dünn – wenn man nicht genau hinschaute, konnte man schon von einer gewissen Ähnlichkeit sprechen, und warum sollte eine Verkäuferin schon genau hinschauen, sie war doch nur daran interessiert, etwas zu verkaufen, vermutlich bekam sie dafür einen Bonus.

Ich lächelte Annabella im Spiegel an, sie lächelte zurück, ein verschwörerisches Lächeln auf einer Gesichtshälfte, aber dann wurde sie wieder ernst, das eine Auge weit offen unter einer Braue, die gewölbt war wie eine Vogelschwinge auf einer japanischen Tuschzeichnung. Langsam ließ sie die Hand sinken und sah auf einmal sehr erwachsen aus. Danach war sie still, in sich zurückgezogen, bis wir in einem Café saßen und sie sich ein großes Stück Schokoladentorte bestellte.

Ich arbeitete weiter und dabei lauschte ich mit einem Ohr auf jedes Geräusch, ich wollte hören, wann Annabella zurückkam, es war schon nach Mitternacht. Und als mir auffiel, dass ich mich wie eine besorgte Mutter verhielt, verspottete ich mich selbst, dachte, jetzt weißt du endlich, wie Melanie sich fühlt, wenn Kerstin zu spät nach Hause kommt, aber sofort wehrte ich mich und nahm Annabella in Schutz. Das ist etwas ganz anderes, sagte ich zu Melanie und ignorierte ihr spöttisches Lächeln, Kerstin ist erst fünfzehn und Annabella ist achtzehn, das kann man nicht vergleichen.

Ich fing ein neues Kapitel an, kam aber nicht so richtig vorwärts, mir wollte nicht einfallen, was die Rosengärtnerin samstags und sonntags mit ihrer Tochter unternehmen könnte. Ich brauchte etwas Normales, eher Belangloses, vielleicht sogar Heiteres, um den Spannungsbogen nicht zu früh zu überreizen, aber es fiel mir nichts Brauchbares ein. Beim Schreiben ist es manchmal schwierig, Szenen zu erfinden, die sich einerseits dazu eignen, die Handlung weiterzutreiben oder ein bestimmtes Lebensgefühl zu transportieren, sich andererseits aber auch interessant beschreiben lassen, eine Aussage szenisch auflösen, hat meine erste Lektorin, der ich viel verdanke, das genannt.

Ich ging um den Schreibtisch herum, der mehr als nur im Weg stand, ich musste mich regelrecht an ihm vorbeiquetschen, öffnete die Balkontür und atmete eine Weile die kalte Nachtluft ein. Aus einer Wohnung im zweiten oder dritten Stock drang Musik, eine Männerstimme mit Gitarrenbegleitung, einer von diesen Songs, die Thomas so gerne gehört hatte, besonders abends, im Bett, solche Musik brachte ihn in Stimmung.

Mein Weinglas war leer, und ich wurde langsam müde, da hörte ich, wie die Wohnungstür aufgeschlossen wurde. Es war Viertel nach drei.

Sie kam nicht mehr ins Wohnzimmer. Sie ging ins Arbeitszimmer, dann ins Bad und wieder zurück, und ich wartete vergeblich.

Aber vielleicht hatte sie angenommen, ich würde schon

lange schlafen, vielleicht hatte sie ja gar nicht bemerkt, dass im Wohnzimmer noch Licht brannte. Trotzdem ärgerte ich mich. Ein bisschen Dankbarkeit hätte mir zugestanden, dachte ich, dort auf dem Balkon, dann ging ich ins Bett.

Ich war schon am Einschlafen, da kam meine Zwillingsschwester herein und legte sich neben mich. Mir scheint, du bist komplett verrückt geworden, sagte sie zu mir, gibst dieser kleinen Nutte zwanzig Euro und findest dich auch noch großzügig.

Sie ist keine Nutte, sagte ich, eine Nutte sieht anders aus.

Sie lachte spöttisch, hältst du sie etwa für eine Jungfrau und den Typ, der sie verprügelt hat, für ihren Bruder?

Was heißt das schon, wenn sie keine Jungfrau mehr ist, sagte ich, davon verstehst du nichts. Sie ist einfach ein Kind, das nie eine Chance gehabt hat, und jetzt lass mich in Ruhe, ich habe keine Lust mehr, mir dein Gerede anzuhören. Außerdem solltest du langsam kapieren, dass ich nicht mehr das Restkind von früher bin.

Restkind, so hatte mich meine Mutter immer genannt, ein übrig gebliebener Zwilling nach dem Tod meiner Schwester. Wenn sie noch leben würde, das hat mich meine ganze Kindheit begleitet, so sehr, dass ich manchmal das Gefühl hatte, sie lebe in mir weiter, ich wäre in Wirklichkeit zwei ineinander verschmolzene Kinder, und das, was ich lange als Verlust erlebt hatte, war im Lauf der Jahre zu einer Hilfe geworden, auf die ich in Notfällen zurückgreifen konnte. Aber manchmal auch zur Last.

Beim Einschlafen dachte ich noch darüber nach, ob Anastasia einen Freund hatte. Natürlich hatte sie einen, es wäre seltsam, wenn sie mit einundzwanzig keinen hätte. Er studiert Elektrotechnik. Oder Pharmazie, das würde noch besser zu ihr passen. Und wegen dieses Freundes fuhr sie nicht mehr jedes Wochenende zu ihren Eltern, vielleicht würde sie ihn ja auch mal mit nach Hause bringen. Es könnte allerdings auch sein, dass sie zu Hause immer noch das brave, unschuldige Mädchen spielte. Anastasias Doppelleben. Das wäre auch kein schlechtes Thema, und sofort kam mir die Idee zu einem neuen Buch, eine glückliche Familie, Vater, Mutter und eine Tochter, die alle Erwartungen ihrer Eltern erfüllt, zumindest nach außen, sie ist gut in der Schule, spielt wunderbar Klavier, eine Tochter zum Vorzeigen. Doch in Wirklichkeit ist sie längst jemandem verfallen, einem Mann oder einer Frau, das müsste ich mir noch überlegen, jedenfalls irgendeiner Person mit dämonischen Zügen, unter deren Einfluss sie immer mehr gerät. Ihre Eltern merken nichts, erst als die Polizei eines Tages bei ihnen vor der Tür steht und ihnen mitteilt, dass ihre Tochter verhaftet worden ist.

4

Es sind immer die ersten Male, an die man sich genau erinnert, die ersten Tage und vielleicht Wochen, denn später, wenn man bestimmte Dinge wieder und wieder erlebt, werden sie zur Routine und verschwimmen ineinander, ohne dass man sie diesem oder jenem Tag zuordnen könnte, dieser oder jener Abfolge von Ereignissen, und am Schluss weiß man nicht mehr, ob es, als man an einem bestimmten Tag das Haus verließ, regnete oder ob es vielleicht jener andere Tag war, an dem die Hausmeisterin einen Eimer Wasser über die Eingangsstufen gekippt hatte. Wiederholungen schärfen nicht die Erinnerung, wie man annehmen sollte, sondern verwischen sie und hinterlassen ein Bild wie auf einem mehrfach belichteten Foto, mit mehrfachen Konturen, so dass man nicht mehr weiß, ob man etwas zehn, zwanzig oder hundert Mal erlebt hat. Das ist der Grund für dieses diffuse Immer-Gefühl, das man im Nachhinein so leicht entwickelt: Immer war es Sommer, als ich ein Kind war, immer war meine Mutter betrunken, immer habe ich alles allein machen müssen und so weiter. Nur das Ausgefallene bleibt uns gestochen scharf im Gedächtnis.

Zum Beispiel erinnere ich mich genau an die erste Zeit mit Thomas, an diese verrückten, wunderbaren Tage, an die Leidenschaft, mit der wir uns geliebt haben, gleich beim ersten Mal, nachts, auf einem Kinderspielplatz. Hast du es schon einmal in einer engen, unbequemen Kinderschiffschaukel gemacht, die anfängt, im Takt der Liebe zu pendeln? Es war eine wilde, ausgelassene Zeit, und ich war überwältigt von seiner Anbetung. Doch dann wurde die Anbetung zur Besessenheit, ich wurde seine Königin, seine Göttin, ich war nicht mehr ich selbst und verlor jedes Gefühl für Proportionen, für meine eigenen und die meiner Umwelt. Er hat mich auf einen Sockel gestellt, auf dem meine Bewegungsfreiheit so eingeschränkt war, dass ich mich nur noch um meine eigene Achse drehen konnte, kein Wunder, dass mir schwindlig wurde, und ich war dumm genug, mich auf dieses Spiel, wie ich lange dachte, einzulassen.

Es hat mir geschmeichelt, natürlich hat es das, jede Frau hätte sich geschmeichelt gefühlt, ich habe, wie man so sagt, den Kopf verloren, ausgerechnet ich, und es hat wirklich eine ganze Weile gedauert, bis ich merkte, dass seine Liebe nicht so selbstlos und uneigennützig war, wie es den Anschein hatte. Er benutzte mich, oder besser gesagt, das Bild, das er sich von mir gemacht hatte, um seine innere Leere auszufüllen, er kreiste nur um mich, er hat mich mit süßen Worten und Liebesbeweisen eingesponnen, wie eine Spinne ihre Beute einspinnt, und wie eine Beute zappelte ich schließlich in den klebrigen Fäden, unfähig, noch irgendetwas anderes zu sehen oder zu hören. Allmählich wurden unsere Tage klebrig und unsere Nächte wurden es auch, egal, ob wir uns geliebt haben oder nicht. Aber den Anfang, das Glück des Neuen, werde ich nie vergessen.

So ähnlich ging es mir auch mit Annabella. Die ersten Tage haben sich in mein Gedächtnis eingegraben, alles, was später folgte, verschwimmt in meiner Erinnerung zu einer grauen Masse, aus der nur manchmal einige besondere, einmalige Erinnerungen aufglühen wie Funken in einem Aschenhaufen, den ich – eigentlich – schon für erloschen gehalten habe. Da ist zum Beispiel der Tag, als sie morgens in die Küche kam, sehr früh für ihre Verhältnisse, normalerweise ist sie erst gegen Mittag aufgestanden, daran änderten auch die spitzen Bemerkungen nichts, die ich mir manchmal nicht verkneifen konnte und die an ihr abperlten wie Wassertropfen an einer geölten Haut, Ironie oder Sarkasmus hat sie nie verstanden.

Es war, wie es manchmal Ende März oder Anfang April passiert, plötzlich heiß geworden, als wäre bereits Sommer, eine schwüle, trügerische Hitze, die ich, obwohl mein ohnehin niedriger Blutdruck dann noch weiter sinkt, sehr genieße, ich fühle mich bei solchem Wetter seltsam umnebelt und zugleich angeheitert, als hätte ich schon morgens Sekt getrunken oder irgendwelche Pillen geschluckt. Bereits in der Nacht musste ich den Wetterumschwung gespürt haben, ich hatte unruhig geschlafen und wilde, verstörende Träume geträumt, du weißt schon, solche Träume, die unerfüllbare Sehnsüchte wecken und fiebrige, überhitzte Bilder in einem aufsteigen lassen, Bilder, die das Gehirn, wenn wir wach sind, aus Selbstschutz sofort unter die Bewusstseinsschwelle drängt, wo sie sich verstecken und auf eine günstige Gelegenheit lauern, auf einen Spalt in der Selbstdisziplin, durch den sie dann hervorbrechen und uns attackieren. Es sind Träume, die einen verrückt machen und die man doch nicht missen möchte.

Beim Aufwachen, mit geschlossenen Augen, hatte ich noch gewusst, was ich geträumt hatte, aber als ich die Augen aufmachte und mein Zimmer sah, die Ecken, in denen sich noch die Überbleibsel der Nacht zusammendrängten, als ich vom Park herüber das unmelodische Gurren der Tauben hörte, die das Gezwitscher der anderen Vögel übertönten, war die Erinnerung auch schon verschwunden, und zurückgeblieben waren nur diese wirren, fiebrigen Gefühle, die angespannten Bauchmuskeln, das Kribbeln in den Fingerspitzen.

Ich war aufgestanden und in die Küche gegangen, ich hatte die Kaffeemaschine angemacht, den Tisch gedeckt, nur für mich, und stellte mich ans offene Küchenfenster, wie ich es oft tue, während der Kaffee durchläuft, um den morgendlichen Joggern zuzuschauen, von denen ich die meisten schon von weitem erkenne, an ihrer Kleidung und an ihrer Art, sich zu bewegen, lange bevor sie, nicht weit von hier, durch den Seiteneingang den Park betreten. Draußen, auf der Straße, gehen sie noch ganz gemächlich, doch kaum spüren sie den Kies unter ihren Sohlen, fangen sie an zu laufen, manche staksig und ungelenk, mit rechtwinklig angehobenen Unterarmen, andere dagegen bewegen ihre Arme und Beine so elegant, dass man an Raubkatzen erinnert wird. Ich habe ihnen Namen gegeben, nach ihrem Laufstil oder nach der Farbe ihrer Jogginganzüge oder nach beidem.

Der Löwin, einer Frau mit einer braunen Mähne und in einem sandgelben Jogginganzug, die sehr oft morgens um diese Uhrzeit läuft, schaue ich besonders gerne zu, sie bewegt sich energisch vorwärts, strebt schnell, wie getrieben, mit geschmeidigen Bewegungen irgendeinem Ziel entgegen, das nur sie kennt, ich sehe sie schon seit über einem Jahr mindestens dreimal in der Woche in den Park hineinlaufen, aber noch nie ist sie da, wo sie ihn betreten hat, wieder herausgekommen. Ich weiß noch, dass ich sie auch an jenem Morgen, von dem ich erzählen möchte, beobachtet habe, ich habe mir überlegt, ob sie vielleicht eine moderne Lady Chatterley ist, die weiter hinten im Park, wo die Büsche dichter und die Bäume höher werden, ihren Liebhaber trifft, irgendeinen Gärtner oder Parkwächter, denn Wildhüter gibt es hier nicht, jedenfalls einen Mann, mit dem sie sich in der Öffentlichkeit nicht zeigen darf oder nicht zeigen möchte, vielleicht, weil sie verheiratet ist, obwohl ich sie eher für eine allein stehende Frau halte, für eine Bankdirektorin oder eine erfolgreiche Rechtsanwältin. Ich schaute ihr nach, wie sie den Kiesweg zum Springbrunnen entlanglief und dann in einen Seitenpfad abbog, sah, wie zwischen den Büschen ab und zu noch etwas Gelbes aufblitzte, dann war sie verschwunden.

Inzwischen war mein Kaffee durchgelaufen, ich füllte ihn in die Porzellankanne mit den blauen Blumenornamenten um, weil ich die Thermoskanne, die zur Kaffeemaschine gehört, so hässlich finde, und setzte mich, noch immer im Nachthemd, mit einem neuen, sauberen Ausdruck meiner Rosengärtnerin an den Tisch.

Ich schmierte mir gerade Butter auf eine Scheibe Schwarzbrot, als die Küchentür aufging. Annabella war nackt bis auf die Unterhose, die blaue aus dem Dreierpack, und der Silberring in ihrem Nabel blitzte in der Sonne auf. Sie kam nicht herein, sie blieb im Türrahmen stehen, eine weiße Gestalt vor dem dämmrigen Flur, wie ein Gemälde in einem braunen Holzrahmen sah sie aus, eher Klimt als Botticelli. Sie lehnte sich mit der rechten Schulter an den Türpfosten, die Hüfte, hinter der ihr rechter Unterarm und die Hand verborgen waren, war leicht abgeknickt, das linke Bein vorgeschoben, eine laszive, provozierende Haltung, und ich schaute sie an und dachte, wie schön sie ist, wie jung und wie schön. Ihre Brüste waren voller, als man annehmen würde, wenn man sie in einem ihrer weiten Pullover sah, und ihre Brustwarzen waren prall und rosafarben, mit sehr kleinen Höfen. Mir fiel der kitschige Vergleich mit Rosenknospen ein, und ich dachte, so etwas Abgedroschenes dürfte man, auch wenn ihre Brustwarzen wirklich aussehen wie Rosenknospen, nie schreiben, es ist schon peinlich genug, dass man es denkt.

Sie musste meinen Blick gespürt haben, denn ihre Lippen lösten sich voneinander, wölbten sich vor, als wolle sie etwas sagen, aber ich hörte nur meinen eigenen Atem, der wie Windstöße durch die Küche fuhr und alles zum Vibrieren brachte, alles, bis auf diesen weißen, provozierenden Körper. Ich ließ meine Augen zu ihren Armen wandern, die blauen Flecken waren in den zwei Wochen, die sie jetzt hier wohnte, fast verschwunden, lediglich ein leichter grünlicher Schimmer zeigte, wo sie gewesen waren. Sie reckte, ohne mich anzuschauen, das Kinn höher, ein paar Millimeter nur, nicht mehr, vielleicht schob sie es auch ein bisschen nach vorn und spannte die Schultern, sie sah auf einmal amazonenhaft aus und das Laszive war verschwunden, und ich überlegte schon, ob ich es mir vielleicht nur eingebildet hatte. Dann hob sie die linke Hand, die vorher schlaff an ihrer Seite heruntergehangen hatte, und stützte sie leicht in die Hüfte, eine glatte weiße Hüfte, so weiß wie ihr Bauch. Gegen das dunkelblaue Dreieck des Slips strahlte ihre Haut noch heller, ein Weiß mit einem Hauch Altrosa, wie man es vom Inneren mancher Muscheln kennt, und im Schritt, unter dem Beinausschnitt, verlief sich das bräunliche Gekräusel ihrer Schamhaare, und ich weiß noch, dass ich dachte, wieso hat sie nicht den Bikinischnitt, den angeblich alle Mädchen heutzutage haben. Auch ihre Beine waren unrasiert, ein zarter Flaum leuchtete in der Morgensonne, die durch das offene Küchenfenster fiel, in einem hellen Goldbraun.

Sie stand da, unbeweglich, wie um mir die Möglichkeit zu geben, dass ich alles sah, alles, auch das letzte Härchen, die weichen Schatten zwischen ihren Schenkeln und unter den Achseln, den zarten Schwung ihres kindlichen Bauchs, die plötzliche Vertiefung des Nabels, die in dem starken Licht fast schwarz aussah, wie eine tiefe Kerbe, in das weiße Fleisch geschnitten und von dem silbernen Ring zusammengehalten, und dann hob sie langsam den linken Arm, sehr langsam, entblößte die etwas dunkleren Achselhaare, ihre Kinderhand bewegte sich wie in Zeitlupe zu ihrem Kopf und strich über die noch ungekämmten hellen Haare. Sie hatte die Lider halb gesenkt, ihre Augen, auch das inzwischen abgeschwollene, nur noch bläulich verschattete, waren schmal gegen die Sonne, und ich konnte nicht erkennen, wohin ihr grauer Blick gerichtet war, auf den Himmel hinter dem Fenster oder auf einen Fleck an der Wand hinter mir, nicht weit von meinem Gesicht, aber weit genug, um mir klar zu machen, dass nicht ich es war, auf der ihr Blick ruhte.

Ich senkte den Kopf und griff nach dem Honigglas. Erleichtert, dass ich etwas zu tun hatte, schmierte ich Honig auf das Brot, und dabei dachte ich, ich habe sie so ungeniert angestarrt, als hätte ich noch nie eine halb nackte Frau gesehen, und bei dem Gedanken daran, dass sie mich dabei beobachtet hatte, voyeuristisches Opfer und Täterin zugleich, senkte ich den Kopf noch tiefer und spürte, wie mir die Röte aus dem Ausschnitt des Nachthemds ins Gesicht stieg. Meine Hände zitterten, das Messer rutschte mir aus der Hand, fiel klirrend auf den Teller und von dort auf den Boden. Ich bückte mich, tastete mit blinden Fingern danach. Was für eine peinliche Situation, schoss es mir durch den Kopf, peinlich und auf eine unbestimmte Art demütigend. Als ich mich langsam aufrichtete – wie lange kann man sich schon nach einem hinuntergefallenen Gegenstand bücken –, sah ich erst ihre Füße, kleine feste Füße mit auffallend kurzen Zehen, dann ihre Beine, die Knie, die Oberschenkel, doch als mein Blick das blaue Dreieck erreichte, drehte ich den Kopf zur Seite und konzentrierte mich auf mein Brot, obwohl meine Kehle so zugeschnürt war, dass ich das Gefühl hatte, keinen Bissen schlucken zu können.

Und endlich stieg sie aus dem Rahmen, den sie sich – aus Berechnung oder aus Zufall, wer weiß das schon – gewählt hatte, und ging zum Kühlschrank. Sie machte die Tür auf, bückte sich und sagte mit einer Stimme, der nicht anzuhören war, ob sie meine Unsicherheit und Verwirrung bemerkt hatte, ist keine Cola mehr da?

Ich hob den Blick von meinem Honigbrot und sah sie vor dem Kühlschrank stehen, leicht nach vorn gebeugt, mit dem Rücken zu mir. Die Unterhose spannte sich prall über dem runden Po, der in einer schwungvollen Linie aus den schmalen Oberschenkeln aufstieg und sich nach oben zu wölben schien. Als sie mir über die Schulter hinweg einen Blick zuwarf, schüttelte ich den Kopf.

Pass auf, dein Honig, sagte sie, und ich merkte auf einmal, dass der Honig von meinem Brot über meine Finger lief und auf die blaue Leinenserviette tropfte, die ich unter meinen Teller gelegt hatte. Ich fing an zu lecken, den Kopf halb gesenkt, die Hand halb erhoben, und wunderte mich, wie süß und klebrig der Honig schmeckte, was hatte ich denn erwartet?

Ich hörte ihre nackten Füße über den Boden tappen,

dann stand sie neben mir am Tisch – ich sah nur ihren Bauch und den Silberring in ihrem Nabel – und fragte, kann ich eine Tasse Kaffee haben? Ich nickte, ich war in diesem Moment, an meinem eigenen Küchentisch, unfähig, etwas zu sagen. Ich leckte meine Finger ab, verlegen und gedemütigt leckte ich, so lange und ausgiebig, wie eine Katze sich die Pfoten leckt, bis man sich fragt, was es denn da noch zu lecken gibt.

Sie holte eine Tasse aus dem Schrank, und während sie sich Kaffee eingoss, stand sie so dicht neben mir, dass mir ihr Geruch in die Nase stieg, dieser typisch weibliche Schlafgeruch, etwas dumpf, wie es unter einer zu warmen Bettdecke riecht, und doch mit der Süße der Jugend, und ich unterdrückte den Wunsch, über ihre Hüfte zu streichen, die weich und knochenlos aussah wie bei einem Kind.

Als sie mit der dampfenden Kaffeetasse die Küche verlassen hatte, warf ich mein angebissenes Honigbrot in den Mülleimer, weil ich mich auf einmal davor ekelte, ich wusch mir, noch immer ganz durcheinander, unter dem Wasserhahn die honigverschmierten Finger und den Mund ab, doch das klebrige Gefühl blieb an mir haften, es ließ sich durch Waschen nicht entfernen. Es war mir peinlich, das, was passiert war, und es half mir auch nichts, dass ich mir sagte, eigentlich ist doch gar nichts passiert. Selbst heute ist es mir peinlich, daran zu denken, auch wenn ich inzwischen glaube, dass es vielleicht ein unbeholfener und unangemessener Versuch von ihr war, mir ihre Dankbarkeit anzubieten, etwas anderes kannte sie wohl nicht.

Ich ging ins Wohnzimmer, das, voll gestopft und ungeordnet, wie es war, ein Abbild meines eigenen Inneren zu sein schien. Lustlos, nur weil ich mir für diesen Tag vorgenommen hatte, an meinem Konzept weiterzuarbeiten, holte ich Block, Bleistift und Spitzer aus der Schublade und setzte mich an meinen Schreibtisch. Das Gerüst für den Anfang war da, fast für das halbe Buch, aber mir fehlten noch Szenen und Details, um es auszufüttern, ich musste die Hohlräume polstern, damit das Buch rund und prall und sinnlich wurde, vor allem musste ich mir überlegen, wie oft und an welchen Stellen Karo Sommer, meine Reporterin, in der ersten Buchhälfte auftauchen sollte, damit sie in der zweiten ihre Rolle als Beobachterin und Kommentatorin übernehmen konnte, um aus diesem Familiendrama einen Kriminalroman zu machen, eine Rolle, die sie schon in meinen letzten drei Büchern gespielt hatte. Die Rosengärtnerin war ihre Nachbarin, bisher hatte sie aber nur am Anfang einen Bericht über sie geschrieben, »Ein Leben für die Schönheit«, der in der Rubrik »Menschen in unserer Stadt« in der Lokalzeitung abgedruckt worden war, danach war sie nicht mehr aufgetaucht.

Das ging natürlich nicht, man kann nicht einfach eine Figur, die in der zweiten Hälfte des Buchs eine wichtige Rolle spielen soll, nur einmal auf den ersten zwei Seiten erscheinen lassen, das wäre ein grober handwerklicher Fehler, denn in diesem Fall hätte der Leser sie längst vergessen, wenn sie schließlich ihre Funktion übernehmen würde. Nein, Karo Sommer musste unaufdringlich eingearbeitet werden, und so schwierig war das auch nicht, ich musste mir nur ein paar kleine Szenen einfallen lassen, eine Bemerkung hier, ein Absatz dort, aufgrund der räumlichen Nähe boten sich ja genügend Möglichkeiten. Sie konnte zum Beispiel mal am Zaun ein paar Worte mit der Rosengärtnerin oder ihrem Mann, einem früheren Ingenieur, wechseln, sie konnte sich, wenn sie einen von beiden im

Supermarkt traf, nach Anastasia erkundigen, oder sie konnte klingeln und fragen, ob die Nachbarin ihr vielleicht Zucker leihen könne, sie habe ihn beim Einkaufen vergessen und wolle einen Kuchen backen, ihr Freund habe morgen Geburtstag. Alle zehn bis zwanzig Seiten, dachte ich, sollte zumindest mal ihr Name erwähnt werden.

Ich überlegte auch, ob ich ihr nicht schon in diesem Stadium eine eigene Szene geben sollte, ein eigenes Kapitel, das wäre vielleicht ganz gut, um die Handlung nicht zu schnell zu ihrem Höhepunkt zu führen, doch dazu brauchte sie einen eigenen Erzählstrang. Aber mir fiel an diesem Vormittag absolut nichts Vernünftiges ein, es nützte auch nichts, dass ich alle möglichen Wörter auf das weiße Blatt schrieb und hoffte, meine Assoziationsfähigkeit würde einsetzen, wie ich es gewöhnt war, es klappte einfach nicht, ich saß nur da und konnte mich nicht konzentrieren, ich bekam das Bild Annabellas im Türrahmen nicht aus dem Kopf.

Was tat sie jetzt eigentlich? Hatte sie sich noch einmal ins Bett gelegt? Wie verbrachte sie überhaupt ihre Zeit, dort drüben, in meinem Arbeitszimmer, wenn sie nicht schlief, und wie lange konnte ein Mensch denn schlafen? Vielleicht las sie ja, schließlich gab es genug Bücher im Regal, Kriminalromane, Anthologien, Belegexemplare. Ich könnte sie fragen, ob sie etwas braucht, überlegte ich, Hefte und einen Kugelschreiber, oder vielleicht Spielkarten, ich weiß ein paar schöne Patiencen, die würde ich ihr gerne beibringen, aber ich wies mich sofort zurecht. Hör auf mit dem Blödsinn, sagte ich mir, was geht dich das an, sie ist kein Kind mehr, dem die Mutter ein Puzzle oder ein anderes Spielzeug hinhält, damit es sich beschäftigt und sie ihre Ruhe hat. Aber es wurde nicht besser, auch nicht, als ich versuchte, mich zur Ordnung zu rufen, hör auf, an sie zu denken, konzentriere dich auf deine Arbeit. Ich starrte die Bücherwand an, spürte die Tür zum Flur hinter mir, rechts hinter meiner Schulter, meinte sogar, die Tür zu meinem Arbeitszimmer zu spüren, obwohl der Flur dazwischen lag, und mir fiel absolut nichts ein.

Deshalb stand ich schließlich auf, zog mich an, nur eine Hose und ein T-Shirt, weil es so warm war, und verließ die Wohnung, um wie immer, wenn ich mich abreagieren will oder nicht die Konzentration finde, die ich für meine Arbeit brauche, eine Weile durch den Park zu spazieren, dann reichen mir die zehn Schritte von der Tür zum Flur bis zur Balkontür oder die neun Schritte von der Wand zur Küche bis zur Wand des Schlafzimmers nicht mehr.

Der Aufzug kam nicht gleich, und ich war zu unruhig, um lange zu warten, deshalb ging ich die vier Stockwerke zu Fuß hinunter. Als ich die Haustür aufmachte, sah ich, dass die Stufen nass waren. Zuerst dachte ich, es regnet, wieso regnet es, gerade schien doch noch die Sonne durch das offene Küchenfenster direkt auf Annabella, die im Türrahmen stand, und dann sah ich die Schaumreste, die wie graubraune Inseln auf dem Beton schwammen, und ich sah auch, wie die Hausmeisterin einen umgekippten Eimer aufhob und sich daranmachte, das Wasser, das inzwischen schon eine Pfütze auf dem Bürgersteig gebildet hatte, mit einem Lappen aufzuwischen.

Da hat jemand heute Nacht auf die Treppe gekotzt, sagte sie mürrisch, als ich an ihr vorbeiging, und ich muss den ganzen Dreck wegputzen.

Es lag mir auf der Zunge zu sagen, wer denn sonst, Sie werden schließlich dafür bezahlt, aber ich sagte es nicht, ich nickte nur und ging quer über die Straße zum Parkeingang.

Die Sonne schien natürlich immer noch, warum sollte sie aufgehört haben zu scheinen, im Park fielen ihre Strahlen schräg durch das Laub und Staubkörner tanzten im Licht, in den Blumenrabatten um den Springbrunnen herum blühten die Stiefmütterchen, ihre erhobenen gelben und blauen Gesichter leuchteten in der Frühlingssonne in satten Farben. Ich bog in den Seitenpfad ein, den die Löwin morgens genommen hatte, und ging schnell, sehr schnell unter den Bäumen hindurch, konzentrierte mich auf die Bewegung, ein Fuß vor den anderen, rhythmisch, ich fing sogar an zu zählen, noch ein bisschen schneller und noch ein bisschen, und ich watete absichtlich durch das welke Vorjahreslaub, das der Wind an den Böschungen zusammengetrieben hatte, hier wurden die Wege höchstens im Sommer mal gekehrt. Ich trat gegen Steine und kickte sie in das Gras zwischen den Bäumen und versuchte, an nichts zu denken, doch je mehr ich es versuchte, umso weniger gelang es mir.

Ich weiß nicht, wie lange ich so gelaufen bin, aber es muss lange gewesen sein, denn als ich zurückkam, war ich völlig durchgeschwitzt und ging erst einmal ins Badezimmer und duschte ausgiebig. Von Annabella war nichts zu sehen oder zu hören, die Tür zum Arbeitszimmer war ge schlossen und abweisend wie eine Klostermauer.

Ich war noch immer unfähig zu arbeiten, deshalb ordnete ich einen Stapel Post auf meinem Schreibtisch, beantwortete einige Briefe mit Leseanfragen für den Herbst oder fürs nächste Frühjahr, blätterte ein paar auf Hochglanzpapier gedruckte Verlagsvorschauen durch, bevor ich sie in den Papierkorb warf, und schrieb mir dann aus den Rosenbüchern bestimmte Details über Züchten, Veredeln und verschiedene Methoden der Vermehrung heraus, die ich in meinem Buch verwenden wollte. Ich vertiefte mich in die Okulation, eine besonders häufig angewandte Vermehrungsmethode, bei der ein Edelauge in den Wurzelhals einer Wildlingsunterlage eingesetzt wird, und freute mich über die Wörter Veredelungsaugen und Rosenwildlinge, die ich nie zuvor gehört hatte. Wirklich ein hübsches Hobby, dachte ich, dabei war mir klar, dass es für meine Rosengärtnerin kein Hobby war, es war ihr Leben, so wie Schreiben für mich, Hobby hat immer etwas von Zeitvertreib, eine vorübergehende Beschäftigung, während man auf etwas ganz anderes wartet, und davon konnte bei ihr nicht die Rede sein. Ich betrachtete den Schnitt, mit dem die Einsatzstelle für das Edelauge vorbereitet wird, und dachte, mit einem Messer wird sie ihren Mann nicht umbringen, dafür fehlt es ihr an Temperament, ein derartiger Gefühlsausbruch ist bei ihr nicht zu erwarten, obwohl sie ruhig mal über das Messer nachdenken darf, während sie die Rosen okuliert. Mir kam es auch sehr entgegen, dass diese Form der Vermehrung beziehungsweise Veredelung im Sommer vorgenommen wird, denn in meinem Manuskript war es Mitte Juni, im Herbst, wenn die Hagebutten reif wären, könnte sie über die Kreuzung zweier Rosensorten nachdenken, das hatte noch Zeit.

Auch das Konzept hat noch Zeit, dachte ich, es kann ruhig ein paar Tage warten.

Annabella kam erst zum Mittagessen wieder aus ihrem Zimmer, wie üblich, sie trug ein hellblaues T-Shirt mit einem aufgedruckten Löwenkopf, das ich noch nie an ihr gesehen hatte, und aß mit mir ein Fertiggericht aus der

Mikrowelle, ich nehme an, es war Nasigoreng oder etwas Ähnliches, denn ich mag asiatisches Essen besonders, und damals habe ich noch keine Rücksicht auf Annabellas Vorliebe für Fleischgerichte genommen, für Schnitzel und Pommes mit Ketchup, das kam erst später.

Wir saßen einander gegenüber und aßen schweigend, wie ein altes Ehepaar, das sich schon alles gesagt hat, aber das hatten wir nicht. Vermutlich wussten wir beide nicht, worüber wir uns unterhalten konnten, wir hatten kein gemeinsames Thema, keine gemeinsamen Erlebnisse, noch nicht einmal gemeinsame Bekannte, über die wir hätten tratschen können, und das, was morgens passiert war, eignete sich nicht dazu, von zwei Menschen, die einander so fremd waren wie wir, besprochen zu werden. Dann, sie hatte die Gabel schon hingelegt, fragte sie, kann ich mir vielleicht das Radio aus der Küche mit in mein Zimmer nehmen, du hörst doch sowieso fast nie Radio.

Ich nickte und sagte, klar, natürlich kannst du das, und wunderte mich darüber, wie selbstverständlich sie das gesagt hatte, in mein Zimmer.

Sie nahm das Radio und verschwand, und ich überlegte, warum habe ich einfach ja gesagt, war es wegen dieser Szene am Morgen, hatte ich das Gefühl, ihr etwas schuldig zu sein? Jetzt wird es losgehen mit der lauten Musik aus ihrem Zimmer, dachte ich, jetzt werde ich, wie Melanie es bei Kerstin tut, immer wieder an ihre Tür klopfen und sie bitten müssen, das Radio leiser zu stellen.

Ich stand auf und rief Melanie an. Als ich durch den Flur zum Bad ging, drang Musik aus Annabellas Zimmer, aber so leise, dass ich die Ohren spitzen musste, um sie zu hören. Ich muss zugeben, dass sie das Radio nie zu laut stellte, ich hörte die leise Musik nur, wenn ich durch den

Flur ging. Ob sie das aus Rücksicht auf mich tat oder weil sie selbst laute Musik nicht mochte, weiß ich nicht, aber ich interpretierte es nur gar zu gerne als eine natürliche Zurückhaltung und Diskretion.

Was es vielleicht auch war.

5

Melanie munterte mich auf, wie sie es immer tut, ich hatte mich für nachmittags mit ihr verabredet, zu einem Stadtbummel, doch erst musste ich noch zum Zahnarzt, ein Termin, den ich schon ausgemacht hatte, noch bevor Annabella in mein Leben getreten war, was mir einfiel, als ich mich anzog. Wegen des schönen Wetters beschloss ich, das Auto stehen zu lassen und diese halbe Stunde zu Fuß zu gehen. Obwohl ich sonst kaum etwas unangenehmer finde als einen Besuch beim Zahnarzt, freute ich mich diesmal, dass ich einen Grund hatte, die Wohnung zu verlassen. Du könntest jetzt einwenden, aber du warst an diesem Morgen schon im Park, da hast du doch die Wohnung verlassen, so lange war das doch gar nicht her. Der Park zählt nicht, würde ich dir antworten, der Park ist für mich eine Erweiterung meines Wohnzimmers, in den Park gehe ich nicht, um endlich mal wieder andere Leute zu sehen, sondern weil ich ein bisschen laufen will, nicht immer nur hin und her zwischen zwei Wänden, der Park ist für mich das, was für andere Leute ihr Garten ist. Im Park bin ich so allein wie in meiner Wohnung, trotz der anderen Menschen, die auch dort sind. Die beobachte ich nur von meinem Küchenfenster aus, im Park nehme ich sie höchstens so beiläufig wahr wie die blühenden Stiefmütterchen in den Blumenrabatten.

Ich verließ die Wohnung und freute mich darauf, ein

paar Worte mit dem Zahnarzt zu wechseln, mit der Sprechstundenhilfe, ich war wie eine Hausfrau, die aus der Eintönigkeit ihres Alltags und vor den ewig gleichen Forderungen ihrer Familie flieht, und als mir das klar wurde, bog ich schon in die Straße ein, in der sich die Praxis befand. Schau an, jetzt bist du endlich mal mit dem richtigen Leben konfrontiert, sagte ich mir, das hier ist keine Geschichte, die du schreibst, kein Ausschnitt aus der Realität, den du nach eigenem Gutdünken und nach deinen Bedürfnissen gestalten und ausschmücken, verlängern oder verkürzen kannst, diesmal bist du nicht nur Täterin, sondern auch Opfer, das wird dir gut tun, zumindest wird es deinen Blickwinkel erweitern, eine Bewährungsprobe, wenn du so willst, ein Experiment, dem du dich stellen solltest, beobachte sie, mach dir Notizen, eine so günstige Gelegenheit findest du nicht wieder, es ist eine Chance, dein Repertoire als Autorin zu erweitern, und wieder fiel mir das Thema »Anastasias Doppelleben« ein, und ich beschloss, mir jetzt schon, noch bevor ich mit der Rosengärtnerin fertig war, einen Zettelkasten mit diesem Titel anzulegen.

Dieser Gedanke gefiel mir so gut, dass ich, als ich an einem Modegeschäft vorbeikam, hineinging und ein T-Shirt für Annabella kaufte, mit kurzen Ärmeln, denn es würde immer wärmer werden. Das T-Shirt war taubenhalsfarben, wie ich entzückt feststellte, ich liebe dieses Wort, seit ich es bei Madame Bovary gelesen hatte, sie öffnete, als sie noch nicht Madame Bovary war, sondern Mademoiselle Emma, einen Sonnenschirm aus taubenhalsfarbener Seide. Das ist meine bevorzugte Farbe geworden, auch wenn ich nicht genau weiß, welcher Farbton damit gemeint ist, ich habe schon die verschiedensten Töne als taubenhalsfarben bezeichnet, Blaugrau, Silbergrau, Altrosa, Grauviolett, Blassgrün, Türkis, und mich jedes Mal über das Wort gefreut.

Und wenn es Ihrer Tochter nicht gefällt oder nicht passt, sagte die Verkäuferin, die ein paar Jahre älter und mindestens zwanzig Kilo schwerer war als ich, können Sie es selbstverständlich umtauschen, ich weiß, dass man es Mädchen in diesem Alter oft nicht recht machen kann.

Danke, sagte ich, das nächste Mal werde ich sie einfach mitbringen, und die Verkäuferin nickte, lächelte und gab mir auf fünfzig Euro heraus.

Nach dem Zahnarzt – eine routinemäßige Kontrolle, nichts Besonderes – traf ich mich mit Melanie, die, wie immer, großartig aussah. Wir schauten uns in verschiedenen Läden um. Ich fand zwar nichts, was ich hätte brauchen können, eigentlich brauchte ich auch nichts, aber wir verbrachten ein paar schöne Stunden miteinander, und Melanie kaufte sich schließlich eine honiggelbe Bluse und eine hellgelbe Handtasche. Als wir uns in einer Boutique Oberteile zeigen ließen und die Verkäuferin sich reckte, um etwas aus einem oberen Regalfach zu holen, flüsterte ich Melanie zu, schau mal, was für einen hübschen Hintern sie hat, und Melanie antwortete, ebenfalls flüsternd, kein Wunder, sie ist doch höchstens zwanzig. Später, wir waren schon wieder auf der Straße, sagte ich, wenn man älter wird, lassen die Formen nach. Melanie nickte nur, doch als wir an einer Apotheke vorbeigingen, in deren Schaufenster die neuesten Diäten angepriesen wurden, blieb sie stehen und sagte, man müsste etwas für sich tun, meinst du nicht? Und ich fragte, da saßen wir schon in der Sonne und tranken Prosecco, was hältst du von einem Fitnessstudio? Sie nahm einen Schluck und gluckste zufrieden.

Der Prosecco war gut, wir beobachteten die Passanten,

vor allem die weiblichen, und machten von Zeit zu Zeit eine Bemerkung und fühlten uns ziemlich großartig. Und dann erzählte ich ihr von Annabella, so beiläufig, wie geplant, und sie verstand und reagierte, wie ich es mir gewünscht hatte, ein bisschen erstaunt, aber nicht übermäßig neugierig oder gar entsetzt.

Wir sind aufeinander eingespielt, Melanie und ich, wir haben uns, ohne dass wir je darüber gesprochen hätten, auf einen bestimmten Umgangston geeinigt, wir wissen, welche Themen wir miteinander besprechen können und welche wir besser ausklammern. Das ist doch keine Freundschaft, wirst du einwenden, aber das stimmt nicht, Männer verstehen, glaube ich, nichts von dieser Art Frauenfreundschaften, die häufig davon leben, was zwischen den Worten mitgeteilt wird. Es ist so ähnlich wie bei einem Text, dessen Qualität, sein eigentlicher Reiz, in dem liegt, was zwischen den Zeilen steht, in dem, was an Wahrnehmungen mitgeteilt und was weggelassen wird. Man tratscht, man unterhält sich, macht Bemerkungen, beklagt sich, und durch die Wahl der Worte, der ausgesprochenen und der unausgesprochenen Details und durch den Ton der Stimme wird klar, was gemeint ist und was dahinter steht, eine Freundin ist eine Frau, der man nichts lange erklären muss.

Zum Beispiel brauchen Melanie und ich uns unbedingt, wenn wir mit unserem Leben unzufrieden sind, weil wir uns gegenseitig helfen, uns selbst gegenüber die notwendige Fassade wieder aufzurichten, wenn sie anfängt zu bröckeln. Die eine gibt ein Stichwort, die andere reagiert. Wenn ich mich mal besonders einsam fühle, brauche ich sie nur anzurufen und etwas in dieser Richtung zu sagen, schon erzählt sie mir von ihren Schwierigkeiten mit Kerstin und mit Thomas, dann kann ich mir, wenn ich auflege, mit gutem Gewissen sagen, so schlimm ist das alles nicht, ich bin allein, das stimmt, aber zum Glück muss ich mich nicht mit anderen Leuten herumärgern und die Verantwortung für ein Kind und einen Mann tragen, der auch nicht viel besser ist als ein Kind. Und wenn sie anruft und sich beklagt, sage ich sofort, sei froh, du bist wenigstens nicht allein, und wenn sie dann auflegt, denkt sie bestimmt, die Ärmste, ich habe wenigstens einen Mann, auch wenn er nicht unbedingt das ist, was ich will, aber so allein wie sie bin ich nicht. Das ist, etwas verkürzt natürlich, die Art, wie unsere Freundschaft funktioniert, und wir sind beide zufrieden damit.

Melanie kam auf das Thema Fitnessstudio zurück, als eine dicke Frau an uns vorbeiging, sie sagte, in so einem Studio stinken bestimmt alle nach Schweiß, und ich sagte, Schwimmen wäre auch nicht schlecht. Gegen fünf beschloss ich, mit einem Taxi nach Hause zu fahren, die öffentlichen Verkehrsmittel waren um diese Uhrzeit überfüllt, und ich hasse es, zwischen fremden Menschen eingekeilt zu stehen. Melanie begleitete mich noch zum Taxistand, küsste mich zum Abschied, und als ich schon eingestiegen war und ihr aus dem offenen Fenster zuwinkte, rief sie mir nach, so alt sind wir nun auch noch nicht.

Im Taxi dachte ich darüber nach, warum ich Melanie belogen hatte, als ich erzählte, ich hätte Annabella in einem Café kennen gelernt, wir hätten zufällig am selben Tisch gesessen und wären ins Plaudern gekommen, dann hätte sie gesagt, sie sei fremd in der Stadt und wisse nicht, wo sie heute schlafen könne, deshalb hätte ich sie mit zu mir genommen. Eine dumme Lüge, dachte ich, vermutlich habe ich Annabella in einem besseren Licht erscheinen lassen wollen, hätte ich von der Schlägerei erzählt, hätte Melanie vielleicht auch gesagt, bist du verrückt geworden, nimmst eine kleine Nutte auf, nur weil sie sich mit ihrem Zuhälter geprügelt hat? Wie hätte ich ihr erklären können, dass Annabella anders war, als sie dachte, ich wusste doch selbst nicht, wie sie war, anders reicht nicht als Erklärung, und für meine Gefühle fand ich keine Worte oder wollte sie nicht finden. Ich wusste nicht, wer sie war und woher sie kam, aus irgendeinem Nest am Arsch der Welt, hatte sie gesagt, dorthin gehe ich nie mehr zurück. Auch dir habe ich später die Geschichte vom Café aufgetischt, ein bisschen leichtsinnig, das gebe ich zu, denn Annabella hätte ja die Prügelei erwähnen können, aber auf diese Idee bin ich nicht gekommen, sie hat von sich aus so gut wie nie etwas erzählt.

Zu Hause nahm ich nicht den Aufzug, sondern ging zu Fuß hinauf in die Wohnung. Annabella war schon weg. Ihr Mantel hing zwar im Flur, an der Garderobe, aber als ich an die Tür des Arbeitszimmers klopfte, um ihr das neue Shirt zu geben, bekam ich keine Antwort und drückte die Tür auf. Das Zimmer sah seltsam unbewohnt aus, trotz des ungemachten Betts und trotz der Kleidungsstücke, die, schlampig hingeworfen, über dem Sessel und über der Trittleiter hingen. Die Orchidee auf der Fensterbank war verblüht, ihre Blätter machten einen schlaffen und müden Eindruck. Während ich ihr Wasser gab, überlegte ich, warum ich mich eigentlich für eine Rosengärtnerin als Protagonistin entschieden hatte, ich wusste es nicht mehr, ich hatte, genau genommen, gar nicht lange darüber nachgedacht. Orchideen wären doch auch eine Möglichkeit, sagte ich mir jetzt, während ich das übergelaufene Wasser mit einem Papiertaschentuch von der Fensterbank wischte,

Orchideen sind viel exotischer als Rosen, und sie bieten noch dazu die Möglichkeit, ein Gewächshaus als Schauplatz zu benutzen, mit diesem weichen, glasgefilterten Licht und der schwülen, von modrigen Düften erfüllten Luft, und außerdem habe ich nie eine besondere Vorliebe für Rosen gehabt, andere Blumen, zum Beispiel Lilien oder Tulpen, gefallen mir wegen ihrer klaren, ästhetischen Form viel besser. Doch dann erinnerte ich mich an die Rosenwildlinge und die Veredelungsaugen und beschloss, dass die Rosengärtnerin nicht zu einer Orchideenzüchterin werden würde.

Ich ging in die Küche, um mir eine Tasse Tee zu machen, aber in der Tür blieb ich stehen. Ich zögerte erst, dann zog ich mich kurz entschlossen bis auf die Unterhose aus und hängte noch schnell die Sicherheitskette ein – schließlich hatte Annabella einen Schlüssel, und ich wollte nicht von ihr ertappt werden –, bevor ich mich in den Türrahmen stellte, genau wie sie an diesem Morgen hier gestanden hatte. Ich mache so etwas oft, dass ich die Mimik oder die Körperhaltung eines Menschen nachahme und versuche, die gleichen Muskeln und Müskelchen zu bewegen, bis ich spüre, dass es mir gelungen ist, und dann, so bilde ich mir wenigstens ein, verstehe ich, was der- oder diejenige gedacht und gefühlt hat. So hatte ich schon Annabellas schnelles Senken der Mundwinkel und das sofortige Hochheben ausprobiert und entdeckt, dass das, was ich anfangs für Schmollen gehalten hatte, nichts anderes als der Versuch war, ein plötzliches Gefühl der Verachtung zu unterdrücken. Dieses Nachahmen, dieses körperliche Einfühlen, ist ein Trick, mit dem ich mein, wie ich glaube, beschränktes Einfühlungsvermögen auszugleichen versuche, und oft genug gelingt es mir wohl auch.

Nun stand ich also im Türrahmen, lehnte mich, wie sie es getan hatte, mit der rechten Schulter an den Türpfosten, der sich überraschend kühl anfühlte, knickte die Hüfte ein bisschen ein, schob das linke Bein leicht vor, korrigierte die Fußhaltung – das rechte Bein musste stärker durchgedrückt werden, der Fuß etwas nach außen gedreht, er trug schließlich das Hauptgewicht des Körpers –, aber ich war noch immer nicht zufrieden, ich probierte alles Mögliche, ohne dass ich das Gefühl hatte, so lässig, so aufreizend dazustehen, wie sie es heute Morgen getan hatte. Erst als ich den Kopf hob, eine Spur zu hoch, als dass es natürlich gewesen wäre, und das Kinn leicht nach vorn schob, spürte ich es. Ich hob die rechte Hand, stemmte sie in die Seite, so dass ich meinen Hüftknochen unter der Handfläche fühlte, und blieb lange unbeweglich stehen, die Augen halb geschlossen, so wie sie, den Blick nach innen gerichtet. Und auf einmal war mir alles klar.

Sie hatte gewusst, was sie tat, sie hat mich herausgefordert, und ich bin ihr auf den Leim gegangen, ich, eine erwachsene Frau auf der Schwelle zum Älterwerden, habe mich von diesem halben Kind provozieren lassen.

Meine erste Reaktion war Wut, und wenn sie in diesem Moment da gewesen wäre, hätte ich ihr eine runtergehauen, doch dann wich die Wut einer belustigten Bewunderung. Was für eine Chance hat sie schon, sich gegen mich zu behaupten, dachte ich, während ich mich anzog und die Sicherheitskette wieder aushängte, sie hat die einzige Waffe benutzt, die ihr zur Verfügung steht, ihr Aussehen, ihre Jugend, und einen Moment lang glaubte ich, meine Zwillingsschwester flüstern zu hören, ich habe dir doch gesagt, sie ist eine kleine Nutte und sie ist nicht dumm, mach ja nicht den Fehler, sie zu unterschätzen.

Aber da saß ich schon an meinem Computer, mir war nämlich eine Szene eingefallen, die ich schreiben wollte.

Ich musste die Rosengärtnerin extra an einen Badesee fahren lassen, damit sie ein junges Mädchen beobachten und mit sich selbst vergleichen konnte, denn ich wollte den Neid nicht unterschlagen, und dass eine Mutter ihrer eigenen Tochter gegenüber Neid empfinden würde, wenn sie ihre jungen Brüste sah, kam mir unwahrscheinlich vor, auch wenn, unterschwellig vielleicht, so etwas wie Neid dabei sein mochte, aber das vorherrschende Gefühl war doch wohl Stolz auf die Schönheit des eigenen Kindes, Stolz auf diesen Körper, den man selbst geboren hat, den man gepflegt und umsorgt hat, der unter den eigenen Augen gereift und erblüht ist. Deshalb kam Anastasia nicht in Frage.

Ich beschrieb also, wie die Rosengärtnerin in einem Strandbad ein junges Mädchen beobachtet, das oben ohne, nur mit einem Tanga bekleidet, auf einer dunkelbraunen Decke liegt, auf dem Rücken, und sich als lebendes Kunstwerk zur Schau stellt, bevor es dann aufsteht und langsam zum Wasser geht. Ich beschrieb, wie die Rosengärtnerin das Mädchen mit sich selbst vergleicht, die straffen, jungen Brüste mit den ihren, die, dem Gesetz der Natur und der Schwerkraft gehorchend, schon etwas schlaff geworden sind, die jugendlichen Pobacken mit ihrem eigenen Gesäß, das selbstverständlich nicht mehr rund und prall aus wohlgeformten schmalen Schenkeln aufsteigt.

Es ist eine Szene, die meine Handlung nicht weiterbringt, dachte ich da, an meinem Computer, mit dem Rücken zum voll gestopften Wohnzimmer und zur Tür, die zum Flur führte, von dem wiederum die Tür zu meinem eigentlichen Arbeitszimmer abging. Egal, dachte ich, schaute aus dem Fenster und beobachtete eine Taube, die auf dem Balkongeländer saß und sich eifrig das Gefieder putzte, egal, auch wenn die Szene die Handlung nicht weitertreibt, kann ich doch mit ihrer Hilfe die Trauer meiner Protagonistin zeigen, Trauer darüber, wie vergänglich solch ein jugendlich reizvoller Körper ist. Ebenso vergänglich wie die Liebe, die sie einmal für ihren Mann empfunden hatte – vielleicht auch nur das, was sie für Liebe hielt, für Liebe halten musste, weil sie schwanger war –, als sie selbst noch so aussah wie dieses Mädchen.

Und wenn mir die Szene später nicht mehr gefällt, dachte ich und schaute der Taube nach, die davonflog und in der Dämmerung zwischen den Bäumen verschwand, kann ich sie ja wieder wegstreichen, ich gehöre nicht zu den Autoren, die an jedem Wort hängen, das sie einmal geschrieben haben, eines bin ich ganz bestimmt nicht, größenwahnsinnig. Ich bin keine große Literatin, ich habe ein kleines bis mittelmäßiges Talent und war klug genug, es zu nutzen, niemand merkt meinen Büchern an, wo ich herkomme. Ich bin zwar nicht gerade wie ein Phönix aus der Asche gestiegen, eher wie ein Funken oder wie eine kleine Stichflamme, habe ich damals gedacht, als ich an meinem Computer saß und mir über die Verwirrtheit des Morgens Klarheit verschaffen wollte, aber ich kann mit dem, was ich erreicht habe, zufrieden sein. Zufrieden, mehr nicht, mehr strebe ich auch nicht an.

Aber der Erfolg, höre ich dich sagen, du bist doch erfolgreich, bedeutet dir das nichts?

Da kann ich nur mit den Schultern zucken, wie Annabella, und sagen, Erfolg ist schön, aber flüchtig, man empfindet ihn nur, wenn man mit anderen zusammen ist, und hat man sich erst einmal an ihn gewöhnt, ist er ein Kitzel, nichts weiter, eine hübsche Zugabe. Das eigentlich Befriedigende ist aber das Schreiben selbst, dachte ich, Schreiben ist Leben, nicht mehr und nicht weniger. Meine Bücher sind für mich eine riesige Projektionsfläche für Gefühle und Wahrnehmungen, die ich – vielleicht – sonst nicht haben kann, oder denen ich jedenfalls nicht traue. Schreiben ist für mich nicht der oft zitierte Elfenbeinturm, es ist die Nische, in der und von der ich lebe.

6

Es war ein klarer, schöner Maiabend, als es zum ersten Mal passierte. Annabella war schon nachmittags weggegangen, was sie bei gutem Wetter immer häufiger tat, sie verließ gegen drei, vier Uhr das Haus und kam irgendwann nachts zurück, um dann bis mittags zu schlafen. Unser Zusammenleben, sofern man da überhaupt von Zusammenleben sprechen konnte, hatte sich in diesen wenigen Wochen irgendwie eingespielt, mit der Betonung auf irgendwie. Falls ich anfangs von gemeinsamen Mahlzeiten, gemeinsamen Unternehmungen und gemeinsamen Abenden geträumt haben sollte, so hatte ich mich getäuscht, außerdem wüsste ich auch nicht anzugeben, woher solche Träume hätten stammen sollen, bei meinem Vater und seiner Frau gab es zwar gemeinsame Mahlzeiten, aber keine gemeinsamen Unternehmungen, und auch Melanie und Kerstin gingen nur selten mal zusammen ins Kino, geschweige denn ins Theater oder auch nur in den Biergarten, Kerstin hatte ihre Clique und Melanie ihre Arbeit, sie hatte Thomas und – zuweilen – auch mich.

Annabella und ich sahen uns jedenfalls kaum, außer zum Mittagessen, und auch das nur, wenn sie rechtzeitig aufstand, sonst aß ich mein Mittagessen allein und sie schob sich ihren Anteil später in die Mikrowelle oder schmierte sich ein Wurstbrot, denn natürlich hatte ich da schon Wurst im Kühlschrank, alle Arten von Wurst,

Kalbsleberwurst aß sie besonders gern, und ich hatte mich an die dicke, ekelhaft wachsbleiche Wursthaut schon gewöhnt und zuckte nicht mehr zurück, wenn ich den Kühlschrank aufmachte und sie neben meinem Schafs- oder Ziegenkäse liegen sah, den sie nie angerührt hat.

Wir machten nicht viel zusammen – außer Einkaufen, sie hat sehr gerne eingekauft, das war mir schon in den ersten Tagen aufgefallen. Komm, wir gehen zum Supermarkt, hatte ich gesagt, wir müssen ein paar Sachen kaufen, die du gerne isst. Da wusste ich schon, dass sie keinen Honig mochte und keine Äpfel, das hat mich gewundert, meiner Meinung nach passte es nicht zu einem Mädchen aus dem Dorf, solche einfachen, gesunden Dinge nicht zu mögen, aber von mir aus, dachte ich, soll sie doch essen, was ihr schmeckt, das kann mir doch egal sein, und in diesem Alter sind Vorträge über gesunde Ernährung und die richtige Lebensweise wirklich das Letzte, was man hören will, ich wusste noch genau, wie ich mich immer über meine Stiefmutter lustig gemacht hatte, weil sie im Reformhaus einkaufte und auf alles reinfiel, was mit Vitaminen und Ballaststoffen warb.

Nun, wir fuhren zum Supermarkt und dort blühte Annabella unter meinen Augen auf. Sie lief von Regal zu Regal, und ich hatte oft Schwierigkeiten, ihr mit dem Wagen zu folgen, aber es war ein Vergnügen, sie zu beobachten, und in Gedanken machte ich mir Notizen und fing schon an, über die Struktur und die Details meines nächsten Romans nachzudenken, Anastasias Doppelleben, obwohl sie natürlich nicht Anastasia heißen dürfte, es könnte für Leser verwirrend sein, wenn ich in zwei aufeinander folgenden Büchern Personen gleichen Namens auftreten lasse. Die Rosengärtnerin hatte allerdings noch nicht einmal achtzig Seiten und ärgerte sich, wenn sie alles Mögliche mit ihrem Mann zusammen machen musste, zum Beispiel auch einkaufen, weil er darauf bestand, sie zu begleiten. Sie hasste seine pedantische Art, Preise auf den Cent genau zu vergleichen, sie hasste die Diskussionen, die er ihr aufzwang, ob man dieses oder jenes in einem anderen Laden vielleicht billiger bekommen könne, und besonders hasste sie das zeitraubende Herumlaufen von einem Geschäft zum anderen. Früher hatte seine Sparsamkeit sie nie gestört, weil sie sich nur bei größeren Anschaffungen gezeigt hatte, jetzt empfand sie ihren Mann als kleinlich, als geizig, vor allem ging es ihr auf die Nerven, dass das Einkaufen, das sie früher in einer halben Stunde erledigt hatte, jetzt oft zwei Stunden und länger dauerte.

Ich konnte sie gut verstehen, ich kaufe normalerweise auch nicht gern ein und erledige es so schnell wie möglich, aber mit Annabella machte es mir Spaß. Es erstaunte mich sehr, dass sie den Wagen nie zu voll lud, wie ich es bei einem Mädchen ihres Alters, das plötzlich ohne Rücksicht auf Geld einkaufen konnte, erwartet hätte, sie unterschied offenbar genau zwischen Notwendigem und Überflüssigem. Nie geriet sie in diesen Kaufrausch, den Melanie oft bei Kerstin beklagte. Annabellas Vergnügen bestand im Auswählen, ein sichtlich großes Vergnügen, von dem ich mich gern anstecken ließ, deshalb sind wir oft zusammen einkaufen gegangen. Im Supermarkt hat sie auch den billigen kleinen Rucksack entdeckt, mit dem sie später immer herumgelaufen ist, und den dünnen knallblauen Mantel mit Kapuze, glatt und wasserdicht und ziemlich hässlich, es hat mich immer gekränkt, ihn neben meinem Burberry an der Flurgarderobe hängen zu sehen, aber sie hatte auf diesem Ding bestanden und ich hatte mich gefügt. Was hätte ich auch tun sollen?

Wir sahen uns also gar nicht so oft, außer zum Mittagessen und wenn wir einkaufen gingen, ich verbrachte nach wie vor die meiste Zeit allein, dennoch hatte ich das angenehme Gefühl, nicht mehr einsam zu sein. Denn allmählich wurde mir bewusst, wie einsam ich in all den Jahren gelebt hatte, trotz Melanie, trotz häufiger Lesereisen, trotz der Einladungen zu öffentlichen Veranstaltungen und zu Restaurantbesuchen, die ich natürlich oft genug bekomme und lange nicht so oft annehme, und trotz – das muss ich jetzt sagen, auch wenn du es möglicherweise nicht hören willst – gelegentlicher Liebhaber.

Es war eine selbst gewählte Einsamkeit gewesen, das stimmt, und ich hatte immer geglaubt, diese Lebensform sei die richtige für mich, würde meinem Charakter, meinen Neigungen und Gewohnheiten und nicht zuletzt meinem Hang zur Bequemlichkeit entsprechen. Dass ich mir das Ganze vielleicht nur eingeredet hatte, weil mir die Trauben zu hoch hingen, wurde mir erst klar, als das fremde Mädchen bei mir eingezogen war. Einsamkeit mag durchaus selbst gewählt sein, aber sie ist dadurch nicht weniger bedrückend, sobald man sie sich erst einmal eingestanden hat.

Sogar das Schreiben machte mir mehr Spaß, wenn ich wusste, dass sie nur eine Zimmer- und eine Flurbreite von mir entfernt in ihrem Bett lag und schlief, und wenn ich im Park war, begleitete mich das Gefühl, dass oben, in der Wohnung, jemand zwar nicht direkt auf mich wartete, aber da war, und selbst abends, wenn sie mit ihren Freunden unterwegs war, wie sie sagte, war ich nicht einsam, denn sie würde ja wiederkommen. Ich will damit sagen, dass sie körperlich zwar gar nicht so oft mit mir zusammen war, aber für mein Gefühl war sie sehr schnell zu einem Teil meines Lebens geworden, und wenn ich mich nicht gerade über sie ärgerte, weil sie zum Beispiel stundenlang das Bad blockierte, um sich die Haare zu färben, und es dann auch noch dreckig hinterließ, dachte ich nicht mehr daran, dass ich einschränkend gesagt hatte, bis du etwas gefunden hast. Sie war jetzt fast drei Monate bei mir, lange genug, dass sich eine neue Form von Alltag hatte entwickeln können, eine Selbstverständlichkeit, in die ich immer tiefer hineinrutschte, ich hatte sogar schon aufgehört, mich über diesen neuen Zustand zu wundern, alles kam mir so normal vor, als sei es nie anders gewesen. Ich hatte mich an sie gewöhnt, umso mehr, da sie so wenig von meiner Zeit beanspruchte, ich konnte mein normales Leben weiterführen wie bisher und musste mich keinen unangenehmen Veränderungen oder Einschränkungen stellen, bis auf die Tatsache, dass mein Wohnzimmer nicht mehr so ästhetisch war wie früher, aber das bedrückte mich weniger, als ich erwartet hätte, man gewöhnt sich offenbar rasch an Provisorien. Und vor allem störte sie mich nicht beim Schreiben, im Gegenteil, ihre Existenz regte mich an, und zum ersten Mal wuchs, während ich an einem Buch arbeitete, dahinter bereits die Idee für ein neues. Hätte sie mich bei meiner Arbeit behindert, wäre sicher alles ganz anders gelaufen, aber sie tat es nicht, im Gegenteil, sie tat mir, wie ich immer mehr merkte, sehr gut. Ich hatte allen Grund, mit der Situation zufrieden zu sein.

Sogar das Alleinsein hatte eine andere Qualität bekommen, es war nicht mehr normal und selbstverständlich und ich genoss es auf eine für mich völlig neue Art und Weise, auch an jenem Abend, als es zum ersten Mal passierte. Ich hatte es mir, schon im Nachthemd, auf dem Wohnzimmersofa gemütlich gemacht und sah mir im Fernsehen einen Krimi an. Das Fenster stand offen, die Vorhänge bewegten sich manchmal im Wind, der gegen Abend aufgekommen war, und vom Park herüber drangen hin und wieder ein paar verspätete Vogelrufe. Vor mir, auf dem Glastisch, der viel zu nahe am Sofa stand, als dass seine geschwungene, asymmetrische Form noch so zur Geltung gekommen wäre, wie ich es ursprünglich gewollt hatte, standen eine offene Flasche Rotwein, ein bauchiges Glas und eine Schale mit einer sorgfältig abgemessenen Menge von Cashewkernen, denn ich kannte mich gut genug, um zu wissen, dass ich mich, wenn ich mir eine ganze Packung hinlegen würde, nicht beherrschen könnte, und hinterher würde es mir Leid tun.

Ich genoss solche faulen Abende, vor allem, wenn ich tagsüber mit meiner Arbeit gut vorangekommen war, und das war ich. Karo Sommer, die Reporterin, hatte in den letzten Tagen endlich ihren Platz gefunden, die Rosengärtnerin war mit einer neuen Rosensorte bei einer Ausstellung gewesen, einer stark gefüllten bernsteinfarbenen Teehybride mit dunkelviolettem Rand, die sie aus einer *Gloria Dei* und einer *Old Port* gekreuzt hatte, seit Jahren hatte sie daran gearbeitet, hatte die Keimlinge umsorgt und gehegt, sie immer wieder begutachtet, hatte die Veredelungsaugen in den Wurzelhals von Wildlingsunterlagen eingesetzt, und in diesem Jahr war die neue Rose endlich so weit, der Öffentlichkeit vorgestellt zu werden. Sie hatte sie *Sweet Anastasia* genannt und der Stolz auf ihren Erfolg – den sie natürlich nicht offen zeigte, schließlich gehörte auch Bescheidenheit zu ihrem Selbstbild – machte sie vorübergehend etwas duldsamer gegenüber ihrem Mann. Auch ihr schlechtes Gewissen mochte dabei eine Rolle spielen, denn sie hatte auf der Ausstellung einen Züchter aus einer anderen Stadt kennen gelernt und einen schönen und vor allem anregenden Abend mit ihm verbracht. Nicht dass sie mit ihm ins Bett gegangen wäre, sie hatten nur zusammen gegessen und mit einem Glas Sekt auf die *Sweet Anastasia* angestoßen, aber das reichte schon aus, damit sie sich schuldig fühlte, umso mehr, als sie ihrem Mann dieses kleine Intermezzo verschwiegen hatte.

Anastasia nutzte bei ihrem Besuch am darauf folgenden Wochenende die vergleichsweise freundliche Stimmung ihrer Eltern für ihre Zwecke aus und erwähnte beim gemeinsamen Abendessen, dass all ihre Freundinnen an der Universität ein eigenes Auto besäßen, sie sei die Einzige, die keines habe, das würde sie fast zu einer Außenseiterin machen. Übrigens, sie studierte inzwischen Jura, das schien mir zu ihrem berechnenden Charakter besser zu passen als Germanistik, denn im Laufe der Zeit zeigten sich, wie ich zugeben muss, immer häufiger Seiten ihrer Persönlichkeit, die nicht unbedingt sympathisch waren. Ich hatte mit Melanie darüber gesprochen, und auch sie meinte, bei solchen Eltern und ihren ständigen unausgetragenen Spannungen sei es ganz normal, wenn die Tochter nur auf ihren eigenen Vorteil bedacht sei. Nun, Anastasias Plan schien aufzugehen, ihre Eltern hatten bereits angefangen, über einen Gebrauchtwagen zu diskutieren, leisten konnten sie es sich, sie hatten nur pädagogische Bedenken, ob es richtig sei, einer Studentin im dritten Semester einfach ein Auto vor die Tür zu stellen, auch wenn, wie Anastasia behauptete, viele schon zum Abitur eins bekamen, sollten andere Eltern das tun, für sie waren Bescheidenheit und Mäßigung Werte, die verantwortungsbewusste Eltern an ihre Kinder weiterzugeben hatten. Der Vater hatte sich sein erstes Auto, eine grüne Ente, auf Raten gekauft, als er nach dem Studium eine Anstellung als Ingenieur bei den städtischen Wasserwerken gefunden hatte. Ich konnte die Argumente der Eltern gut verstehen, meinte aber, die Zeiten hätten sich geändert, und meiner Ansicht nach hätten Kinder innerhalb einer Familie, solange sie selbst noch kein Geld verdienten, Anspruch auf einen gewissen Anteil des familieneigenen Vermögens. Es war also noch nicht ganz klar, ob Anastasia das Auto bekommen würde, aber ein gemeinsames Problem eignet sich allemal dazu, von einem größeren Konflikt abzulenken.

Du siehst, es ging uns allen einigermaßen gut, um nicht zu sagen, sehr gut. Ich lag auf dem Sofa, den Kopf mit ein paar Kissen abgestützt, trank ab und zu einen Schluck und steckte mir eine Nuss in den Mund, und wenn ich nicht zu faul gewesen wäre, hätte ich mir noch Ziegenkäse und Weintrauben aus dem Kühlschrank geholt. Der dynamische Kommissar im Film ging mir auf die Nerven, aber nicht so sehr, dass ich umgeschaltet oder den Fernseher ganz ausgemacht hätte, und ein Blick auf die Uhr zeigte mir, dass sich der reichlich konstruierte Fall sowieso in der nächsten halben Stunde auflösen würde. Außerdem gehört es auch zu meinem Job, dass ich mir solche Filme ansehe und genügend Kriminalromane lese, man muss ja wissen, was die anderen schreiben, schon um zu vermeiden, dass man nach Fertigstellung eines Manuskripts möglicherweise feststellt, dass ein anderer Autor eine ähnliche Geschichte veröffentlicht hat, vielleicht gerade vor ein, zwei Jahren, so dass sich viele Leser und vor allem Kritiker noch genau daran erinnern. Dass es solche Zufälligkeiten gibt, weiß jeder, der schreibt oder sonst irgendwie mit dem Literaturbetrieb zu tun hat, aber wie soll man das Lesern klar machen, die müssen doch einfach glauben, man habe die Idee eines anderen geklaut.

Der Film nahm seinen Lauf. Ich mag Krimis, die nur aus der Sicht von Polizisten erzählt werden, nicht besonders, die meisten sind zu gleichmäßig gestrickt und zu durchsichtig, sie leben nur von einer äußeren Spannung, und die besteht häufig genug darin, dass am Anfang ein oder zwei Personen als mögliche Täter aufgebaut werden – und dann, kurz vor Schluss, wird eine bis dahin unverdächtige Nebenfigur als der wahre Täter aus dem Hut gezaubert. Versatzstücke, durcheinander gewürfelt und nach altbekanntem Muster zusammengesetzt, mehr nicht, ob es sich nun um Filme oder Bücher handelt. Und immer sind die Kriminalbeamten, zumeist Kommissare oder Inspektoren, nicht nur die Guten, die das Böse in Form von Verbrechern jagen, sondern auch schlauer und einfallsreicher als ihre Gegner, deshalb besteht auch nie der geringste Zweifel, dass sie gewinnen, und wie lange es dauert, richtet sich nur nach der vorgegebenen Sendezeit oder dem geplanten Buchumfang.

In den letzten zwanzig, dreißig Jahren hat sich allerdings einiges geändert, es ist Mode geworden, den Polizisten persönliche Eigenheiten zuzuschreiben, bestimmte Schwächen, ja sogar Macken, die über die früher üblichen Marotten und Ticks, mit denen Krimiautoren ihre Helden charakterisierten, hinausgehen, ganz abgesehen davon, dass immer mehr Frauen die Hauptrollen spielen, Polizeikommissarinnen, die, so will es das Klischee, viel einfühlsamer reagieren als ihre männlichen Kollegen.

Der männliche Kollege auf dem Bildschirm war tatsächlich nicht besonders einfühlsam, er gehörte eher zu dieser dynamischen Sorte Polizisten, die ständig in Verfolgungsjagden geraten, herumballern und versuchen, jede hübsche Frau aufs Kreuz zu legen. Ich finde die anderen, die etwas dicklichen Tollpatsche, die jetzt modern sind, allerdings auch nicht wesentlich origineller, es langweilt mich, wenn ein Kriminalbeamter immer nur depressiv ist und in jeder Folge oder in jedem Band seinen Beruf und seine Funktion als Polizist in Frage stellt und an einer unglücklich verlaufenden Liebesbeziehung leidet. Für mich ist er sowieso nichts anderes als ein Wolf, der Kreide gefressen hat. Beim ersten Mal, als ich einer solchen Figur begegnete, dachte ich noch, wie interessant, beim zweiten Mal, na ja, kenne ich schon, beim dritten Mal, nein, nicht schon wieder, und wenn ein Kommissar sich Gedanken darüber macht, dass er ein paar Kilo zu viel wiegt oder immer wieder gegen seinen Wunsch nach einer Zigarette ankämpft, dann erstaunt mich das nicht, ich weiß, wer das Vorbild ist, Kommissar Beck lässt grüßen.

Der Fernsehkommissar war kurz vor der Lösung des Falles, der Mörder war schon gefasst, es fehlte nur noch sein Geständnis, um ein paar Unklarheiten aus dem Weg zu räumen, damit der Zuschauer zu der Überzeugung gelangen könnte, der Plot sei doch irgendwie logisch gewesen, auch wenn er schon daran gezweifelt hatte, deshalb brauchte ich nicht auf die Uhr zu schauen, als ich durch die Tür zum Flur, die ich, weil ich allein war, offen gelassen hatte, hörte, wie draußen die Wohnungstür aufgeschlossen wurde, es war kurz nach halb zehn.

Ich wollte schon aufstehen und die Tür zum Flur zumachen, ich hatte keine Lust, Annabella jetzt noch zu sehen, ich war müde und hatte vor, nur noch die Nachrichten abzuwarten und dann ins Bett zu gehen, doch etwas hielt mich zurück. Der Schlüssel war zu laut ins Schloss gesteckt worden, es dauerte auch zu lange, bis er umgedreht war, und als die Tür endlich aufging, krachte sie so heftig gegen die Wand, dass ich auf meinem Sofa zusammenzuckte und mir am liebsten die Ohren zugehalten hätte wie ein kleines Kind. Ich rutschte in die Ecke, zog die Beine hoch, umschlang meine Knie mit den Armen und lauschte angespannt. Von meinem Platz aus konnte ich nicht in den Flur sehen, die halb offene Tür versperrte mir die Sicht, aber ich hörte, wie Annabella mit unsicheren Schritten zur Badezimmertür torkelte und anfing, an ihr zu rütteln, als wäre sie verschlossen.

Ich spürte, wie sich meine Nackenmuskeln zusammenkrampften, die Härchen auf meinen Armen stellten sich auf. Ich griff nach der Fernbedienung, unsicher, ob ich den Ton lauter stellen sollte, um nichts mehr von draußen zu hören, oder leiser, damit mir nichts entging, aber meine Hände waren kraftlos, wie sie es manchmal im Traum sind, sie zitterten und die Fernbedienung fiel zu Boden. Meine Zähne schlugen aufeinander, als hätte ich Schüttelfrost, und die ganze Zeit dachte ich, alles, nur das nicht, immer nur diesen einen Satz, alles, nur das nicht, und dabei gab es nicht den geringsten Zweifel, dass ausgerechnet das passierte, was ich nie wieder erleben wollte, was ich mir so mühsam und schmerzhaft aus der Erinnerung getrieben hatte, und ich wusste wieder, wie es sich anfühlte, nicht weinen zu wollen und zu spüren, dass es nicht lange dauern würde, bis die Tränen herausbrächen, und wie es ist, wehrlos einer Situation ausgesetzt zu sein, vor der man sich jahrelang, ein Leben lang, gefürchtet hatte.

Ich sehe dich vor mir, wie du verwundert den Kopf schüttelst und sagst, findest du deine Reaktion nicht übertrieben? Schließlich passiert es doch jedem mal, dass er sich betrinkt, daraus braucht man doch keine Tragödie zu machen. Ja, antworte ich dir, natürlich passiert das jedem mal, aber ich kann es nicht ertragen, so etwas reißt mich in einen Strudel, aus dem ich mich nur mit größter Anstrengung befreien kann. Es geht nicht um das eine Glas zu viel, sogar mir passiert das hin und wieder, obwohl ich normalerweise sorgfältig darauf achte, nicht mehr als zwei Gläser Wein zu trinken, es geht um den Kontrollverlust, darum, dass sich jemand nicht mehr auf den Beinen halten kann und anfängt zu kotzen. Auf so etwas reagiere ich, wie ich als Kind reagiert habe, daran kann ich nichts ändern. Will es auch nicht.

Erst als die Badezimmertür aufging und ich einen dumpfen Aufprall hörte, war ich wieder ich selbst, ich saß auf meinem Sofa, hörte, wie es nach dem Aufprall auf einmal still wurde, und verstand, dass Annabella hingefallen war, wie Betrunkene eben hinfallen, wenn sie das Gleichgewicht verlieren, nichts Ungewöhnliches, so etwas passiert jeden Tag, überall auf der Welt, aber warum bei mir, in meinem Badezimmer?

Endlich hatte ich mich gefasst, stand auf und tat, was getan werden musste. Was das war, wusste ich, natürlich wusste ich das, so etwas vergisst man nicht, hat man es erst einmal gelernt, tut man es so automatisch, wie man sich bückt, wenn einem etwas runtergefallen ist. Ich stand auf und ging zum Flur, ich hatte keine Wahl.

Die Wohnungstür stand noch immer offen, ich schloss sie leise und hoffte, dass niemand im Haus Annabella gesehen hatte, mitleidige und neugierige Blicke von Nachbarn waren das Letzte, was ich mir wünschte. Noch bevor ich an der Badezimmertür war, hörte ich sie würgen, aber ich brauchte das Geräusch nicht, auch nicht den säuerlichen Geruch, um zu wissen, was mich erwartete. Sie kniete in dem dunklen Badezimmer, klammerte sich mit beiden Händen an der Toilette fest und erbrach sich in die Schüssel.

Kennst du das, wenn sich Bilder übereinander schieben wie zwei Negative und du nicht mehr weißt, ob das, was du siehst, zu dem einen Bild gehört oder zu dem anderen, und ob du Dinge siehst, die du eigentlich nicht sehen kannst, oder Dinge nicht siehst, die du klar vor Augen hast? Es ist anders als ein Déjà-vu, bedrohlicher, die Welt schwankt, man verliert den Boden unter den Füßen, weiß nicht mehr, in welcher Realität man sich befindet. Ich habe mein Leben lang versucht, solche Zustände zu vermeiden, gar nicht erst die Möglichkeit dazu aufkommen zu lassen, und nun war es mir passiert, mein weiß gefliestes Badezimmer hatte auf einmal einen lindgrünen Ölfarbanstrich, das Waschbecken war aus abgeschlagenem Email, von der Decke hing eine nackte Glühbirne, und das Klo, das Waschbecken und der Boden waren voll gekotzt. Ich sah ein Kind mit einem Lappen die Kotze aufwischen, sah, wie es den Lappen in einem Eimer auswrang, einen grauen, hässlichen Lappen in schmutzigem Wasser, wie es diese Bewegung wiederholte, immer und immer wieder, bis das Waschbecken, die Klobrille und der Boden sauber waren und nur noch der Geruch in der Luft hing, ein hartnäckiger Geruch, der sich schwer vertreiben ließ, am nächsten Morgen würde das Kind ihn noch immer in der Nase haben. Und ich sah, wie das Kind am Bett einer Frau saß und sagte, du hast es mir doch versprochen, und ich sah auch, wie der Frau Rotze aus der Nase lief und Spucke aus dem Mund, und das Kind nahm die Hand der Frau und betete, dass sie nicht sterben möge, und zugleich wünschte es sich, sie würde es tun, damit alles ein Ende hätte.

Dann hörte ich sie würgen, und es war nicht die Frau, es war Annabella, ich stand in der Badezimmertür, sie kniete vor dem Klo und das Würgen klang schrecklich. Annabella, sagte ich, und sie hob den Kopf. Das Licht aus dem Flur fiel ins Badezimmer, auf ihr fleckiges Gesicht, ihre Augen waren weit aufgerissen, der Mund verzerrt, sie sah verzweifelt aus, diese Verzweiflung kannte ich, so hatte sie immer ausgesehen, wenn es ihr passiert war. Annabella fing wieder an zu würgen, ihr Gesicht wurde rot, die Augen traten ihr fast aus den Höhlen, sie wollte etwas sagen, aber aus ihrem Mund brach stinkendes Zeug und ergoss sich in einem Schwall über die Klobrille und die Fußbodenfliesen, es war eklig, es war widerwärtig, und wenn ich normal gewesen wäre, hätte ich mich umgedreht, wäre ins Wohnzimmer gegangen und hätte die Tür hinter mir zugemacht, ich hätte die Fernbedienung aufgehoben und den Apparat lauter gestellt, und ich hätte – vielleicht – noch das Ende des Kriminalfilms gesehen. Aber ich war nicht mehr normal, die Vergangenheit war über mich hereingebrochen, eine Vergangenheit, von der ich geglaubt hatte, ich hätte sie längst hinter mir gelassen.

Und wie in der Vergangenheit funktionierte ich einfach, ich fühlte nichts mehr, ich tat, was getan werden musste. Ich ging zu ihr, stützte sie, hielt ihren Kopf, redete beruhigend auf sie ein, und als nichts mehr aus ihr herausbrach, half ich ihr hoch, führte sie in ihr Zimmer, drückte sie aufs Bett und zog ihr die vom Erbrochenen verdreckten Kleidungsstücke aus, die Jeans, das T-Shirt, die Turnschuhe, die wir vor ein paar Tagen gekauft hatten. Ich holte aus dem Badezimmer einen nassen Waschlappen, wischte ihr das Gesicht und die Hände sauber und half ihr in den neuen rostfarbenen Pyjama, der auf ihrem Bett lag. Sie ließ sich alles schlaff und willenlos gefallen. Als sie wieder anfing zu stöhnen, holte ich den Putzeimer und stellte ihn neben ihr Bett. Falls du dich noch mal erbrechen musst, sagte ich, ich mach dir einen Tee, du musst jetzt viel trinken.

Ich ging in die Küche, und während das Wasser kochte, überlegte ich, ob ich den Notarzt rufen sollte, beschloss dann aber, es nicht zu tun. Bei mir ist sie in besseren Händen als in einem Krankenhaus, dachte ich, als ich da in meiner Küche stand und wartete, in einem Krankenhaus kann man sie auch nur mit Flüssigkeit voll pumpen, viel mehr ist nicht zu tun, und sie ist jung, ihr Kreislauf wird es aushalten. Und dann dachte ich, Kamillentee, nicht zu stark und nicht zu heiß, das ist das Beste, und ich wunderte mich, dass ich alles noch so genau wusste. Zum Abkühlen des Tees kippte ich ein paar Eiswürfel in die Kanne, stellte sie auf ein Tablett, zusammen mit einer Tasse, und ging zurück in ihr Zimmer.

Sie lag mit geschlossenen Augen im Bett, ihr Gesicht war sehr blass. Ich goss eine Tasse Tee ein und setzte mich auf den Bettrand. Annabella, sagte ich, sie reagierte nicht. Ich wiederholte ihren Namen ein paar Mal, erst leise, dann lauter, und als sie sich immer noch nicht bewegte, schlug ich sie ins Gesicht, sie sollte wieder zu sich kommen, sie musste wieder zu sich kommen, aber es war nicht nur Sorge, die meine Hand lenkte, es war auch Wut. Endlich machte sie die Augen auf. Ich nahm zwei der Polster, die in der Ecke auf dem Boden lagen – das Sofa wurde nicht mehr als Sofa verwendet, es war zu einem Bett geworden –, und schob sie unter ihren Rücken, denn sie konnte aus eigener Kraft nicht aufrecht sitzen, und sie trank die ganze Kanne leer, eine Tasse nach der anderen, und als ihr wieder schlecht wurde und sie sich in den Putzeimer erbrach, kochte ich eine zweite Kanne Tee und flößte sie ihr ein. Lange ließ ich sie nicht schlafen, zwang sie, wach zu bleiben und zu trinken, und erst, als ich dachte, jetzt kann ihr nichts mehr passieren, führte ich sie ins Bad, zog ihr die Pyjamahose runter, drückte sie aufs Klo und wartete, bis sie fertig gepinkelt hatte, bevor ich sie zurück ins Bett brachte. Ich musste sie fast tragen, so schwach war sie. Schließlich lag sie wieder da, weißer als das Leintuch, noch immer apathisch, aber bei Bewusstsein.

Was hast du getrunken, fragte ich, und sie sagte, weiß nicht, es waren die ersten Worte, die sie gesprochen hatte, seit sie nach Hause gekommen war. Und wie viel, fragte ich weiter, und wieder sagte sie, weiß nicht. Ihre Stimme klang zerbrochen, kindlich. Sie schaute mich an, direkt, wie sie mich bisher noch nie angeschaut hatte, und ich wich ihrem Blick nicht aus, sie war es, die aufgab, sie schloss die Augen und sagte so leise, dass ich ihr die Worte eher von den Lippen ablas, als dass ich sie verstand, ich bin so müde, bitte, lass mich, ich will schlafen.

Ich nahm die Polster unter ihrem Rücken hervor, damit sie sich richtig hinlegen konnte, deckte sie zu und blieb neben ihr sitzen. Ist schon gut, sagte ich, schlaf, und ich hielt ihre Hand so lange, bis sie eingeschlafen war.

Nach einer Weile wurde es mir unbequem, da auf dem Bettrand, ich nahm eines der Kissen und setzte mich vor dem Bett auf den Boden. Ich fühlte mich noch immer sehr kühl, sehr sachlich, und trotzdem war ich irgendwie nicht ganz da, ich saß auf dem Boden und schwebte gleichzeitig durch die Luft. Meine Mutter säuft, hatte sie gesagt, und ich dachte daran, dass ich, bis ich fünfundzwanzig war, kein einziges Glas Alkohol angerührt hatte, aus lauter Angst, ich könnte die Kontrolle verlieren, wie meine Mutter, was war anders mit Annabella? Mir fiel ein, wie wir zusammen im Supermarkt gewesen waren, leg alles in den Wagen, was du gerne essen und trinken möchtest, hatte ich gesagt, auch Süßigkeiten. Ich sah sie vor dem Süßigkeitenregal stehen, sie war verwandelt, wurde zu einem Kind, das lange prüft, bis es sich für etwas entscheidet, und jedes Mal hatte sie das, was sie ausgesucht hatte, mir hingehalten und auf mein zustimmendes Nicken gewartet. Sie hatte keinen Alkohol in den Wagen gelegt, noch nicht einmal einen Piccolo oder eine Flasche Bier. Alkohol war offensichtlich etwas, was nicht hierher gehörte, sondern zu ihrem anderen Leben.

Ich saß vor ihrem Bett und ließ meinen Gedanken freien Lauf, aber wirklich viel dachte ich nicht in dieser Nacht, in der ich auf sie aufpasste und immer wieder ihre Hand nahm, um ihren Puls zu fühlen. Sie schlief schnarchend ihren Rausch aus. Erst gegen Morgen, als ich sicher war, dass sie nicht mehr kollabieren würde, stand ich auf. Ich schüttete das Erbrochene aus dem Putzeimer ins Klo, ließ Wasser in die Wanne laufen, kippte Waschpulver dazu und weichte ihre schmutzigen Sachen ein, aber ich wusste, dass ich auch am nächsten Morgen, trotz der offenen Fenster, den Geruch nach Erbrochenem noch in der Nase haben würde.

Du fragst dich bestimmt, warum ich das getan habe, denn eigentlich passt es ja nicht zu mir, aber ich habe ganz automatisch funktioniert, ich wusste, dass es verschiedene Grade des Betrunkenseins gibt und dass ein Sturzbetrunkener hilfloser ist als ein Kind, und wie man für ihn sorgt, wusste ich auch, daran war ich gewöhnt, so etwas verlernt man nicht, ebenso wenig wie Schwimmen oder Radfahren. Auch der saure Geruch von Erbrochenem war mir so vertraut, dass mir nicht übel wurde, er stieß mich noch nicht einmal ab, wie man es hätte erwarten können.

Ich war zehn Jahre alt gewesen, als mein Vater uns verließ, meinen achtjährigen Bruder, mich, das Restkind, und meine Mutter, eine Alkoholikerin, weil er es mit ihr nicht mehr ausgehalten hatte, und damit mein Leben noch schlimmer machte, als es vorher schon gewesen war. Meine Mutter hat nicht jeden Tag getrunken, ich weiß nicht, wie oft es wirklich passiert ist, vermutlich einmal in der Woche oder alle zwei Wochen, aber dann ist sie jedes Mal richtig abgestürzt, und bevor sie ganz umkippte, hat sie uns geschlagen, einfach auf uns eingeschlagen, mit bloßen Händen oder mit irgendwelchen Gegenständen, auf mich mehr als auf meinen Bruder, und ich glaubte immer, dass die Schläge uns beiden galten, mir und meiner Zwillingsschwester, und weil sie tot war, bekam ich es eben doppelt ab. Wenn meine Mutter betrunken war, habe ich sie gehasst, auch meine Schwester, weil sie gestorben war und mich allein zurückgelassen hatte. In dieser Zeit musste ich alles machen, den Haushalt, kochen, mich um sie und meinen Bruder kümmern, einfach alles, und an solchen Tagen sagte auch ich, wenn sie noch leben würde, denn so lag alles allein auf meinen Schultern, den Schultern des Restkindes. Mein Bruder war keine Hilfe, er hat die Last nur vergrößert, er war ein kleines Kind und ein kleines Kind ist er geblieben, während ich mit einem Schlag erwachsen werden musste und allein, ohne sie, wie es eigentlich hätte sein sollen, die ganze Verantwortung zu tragen hatte. Es war die Hölle. Und was danach kam, war auch nicht viel besser.

Damals habe ich mir fest vorgenommen, anders zu leben, wenn ich groß wäre. So nicht. Nicht so. In meiner Erinnerung fing jeder meiner Gedanken mit »wenn ich einmal groß bin« an. Wenn ich einmal groß bin, werde ich nie mehr so viel arbeiten. Wenn ich einmal groß bin, werde ich nie mehr meinen Vater um Geld anbetteln müssen, weil sie mal wieder alles versoffen hat. Wenn ich einmal groß bin, werde ich nie mehr für andere sorgen, nur noch für mich. Natürlich weiß ich nicht, ob ich das alles so dezidiert gedacht habe, aber von meinem Gefühl her stimmt es, da bin ich mir sicher. Ich habe mir damals viel vorgenommen, und ich habe es erreicht.

Meine Mutter hat einige Entziehungskuren gemacht, in dieser Zeit lebten wir bei unserem Vater, dann kamen wir wieder zu ihr, bis zum nächsten Rückfall, bis zur nächsten Entziehungskur. Nach dem letzten Rückfall ist sie aus meinem Leben verschwunden, sie hat sich umgebracht. Ich war vierzehn, und ab da lebten wir bei unserem Vater und seiner neuen Frau. Er hat für uns gesorgt, das stimmt, nach außen hin waren wir eine respektable Familie, ein fleißiger Vater und eine Frau, die sich rührend um die beiden Kinder kümmerte, die noch nicht mal ihre eigenen waren, alle Achtung, wenn es öfter solche Frauen gäbe, sähe es mit der heutigen Jugend besser aus. Mein Bruder hat sich an unseren Vater gehängt, ich nicht, ich habe ihm nie verziehen, dass er sie im Stich gelassen hat, so wie ich ihr nie verziehen habe, dass sie mich dazu gezwungen hat, sie zu hassen. Ich wollte nichts mit ihm zu tun haben, und wenn ich ihn mit seiner neuen Frau sah, dachte ich immer, er ist schuld an allem, und es fiel mir leicht, meinen Hass auf ihn und auf sie zu übertragen, das machte es mir einfacher, an meine Mutter zu denken, nur an die Zeiten, in denen sie nicht betrunken war, wenn ich mir für eine Weile einbilden konnte, jetzt würde alles gut, und nicht mehr daran, wie oft ich mir gewünscht hatte, sie würde sterben, damit das Elend ein Ende hätte. Durch all die Jahre habe ich mich an die Worte geklammert, die ich mir damals immer wieder sagte: Nicht so. So nicht.

Es war schon halb sechs und der Himmel über dem Park färbte sich rosa, als ich ins Bett ging. Ich fühlte mich wie in einem Alptraum, man steht in einem Wald, den man genau zu kennen meint, und auf einmal ist es ein ganz anderer Wald und man hat keine Ahnung, in welche Richtung man gehen soll, um den Weg hinaus zu finden.

7

Am Tag darauf tat sie, als wüsste sie nichts mehr, auch das kannte ich von früher, und wie gut ich das kannte, aber anders als früher war ich nicht mehr bereit, mich auf dieses Spiel einzulassen, ich war nicht mehr das verängstigte Kind, das aus lauter Angst, die Mutter aufzuregen, die Platzwunde an der Stirn damit erklärte, es sei beim Spielen hingefallen. Nie habe ich herausbekommen, ob sie in Wirklichkeit wusste, warum ein Stuhl kaputt war oder warum wir keine Kaffeekanne mehr hatten oder auch, warum ich ihre Kleidungsstücke, ohne sie zu fragen, morgens vor der Schule in die Waschmaschine gesteckt hatte.

Ich war spät aufgewacht, kein Wunder, ich war ja erst bei Sonnenaufgang ins Bett gekommen, ich hatte Kopfschmerzen, die Entscheidung lag mir schwer im Magen, er fühlte sich an wie ein dicker eisiger Brocken. Die Sonne war schon aus meinem Fenster gewandert, es war nach halb zwölf, und als ich den Kaffee in den Filter füllte, hörte ich Annabella ins Badezimmer gehen. Ich schaltete die Kaffeemaschine an, deckte den Tisch für uns beide, stellte mich ans Fenster und wartete, während ich, wie immer, hinausschaute auf den Park, wo in den Blumenrabatten die Stiefmütterchen schon längst durch Rosen ersetzt worden waren. Du siehst, ich neige zu festen Gewohnheiten, sie helfen mir, mein Leben zu strukturieren und eine gewisse Ordnung hineinzubringen, darauf bin ich angewiesen, vielleicht mehr als andere, sonst rinnt mir die Zeit aus den Fingern wie Sand und meine Gedanken finden keine Anhaltspunkte. Ich habe schon als Kind gelernt, dass feste Gewohnheiten, auch in unbedeutenden Dingen, nötig sind, um im Chaos des Lebens nicht unterzugehen. Selbstdisziplin, wenn du es so nennen willst, Mäßigung.

Dort, an meinem Küchenfenster, während das Wasser gurgelnd durch die Maschine lief, dachte ich nur, sie muss weg, so etwas will ich nicht, eine jugendliche Säuferin kann ich nicht brauchen, ich habe lange genug für ein angenehmes Leben gearbeitet, ich lasse es mir nicht durch eine dahergelaufene Göre verderben, die sich nicht die geringste Mühe gibt, sich anzupassen, und offenbar kein Gespür dafür besitzt, wo die Grenzen dessen liegen, was man einem anderen zumuten darf. Wenn ich etwas hasse, dann ist es ein Mangel an Selbstbeherrschung, egal, bei wem, und Unmäßigkeit ist mir zuwider, man muss sich im Griff haben, aufpassen, alles kontrollieren. Bei diesem Gedanken strich ich mir wie immer, um mich zu beruhigen, über den Bauch, über die Hüften, ich war in Ordnung, nichts war zu viel, ich hatte alles im Griff. Ich weiß, was ich will, dachte ich, sie soll nur kommen.

Aber sie kam nicht. Der Kaffee war schon durchgelaufen, als es mir auffiel, deshalb ging ich zum Badezimmer und machte die Tür auf. Es war leer, offenbar hatte ich das Türenklappen und die Schritte auf dem Flur überhört. Ich bückte mich, hob das Handtuch auf, das neben dem Waschbecken auf dem Boden lag, und hängte es über den Halter, dann ging ich zu ihrem Zimmer, das in ein paar Tagen, wenn Frau Schuster es geputzt und mir beim Umräumen geholfen hätte, wieder mein Arbeitszimmer sein würde, und klopfte an die Tür, und als ich keine Antwort bekam, machte ich sie auf.

Im Zimmer war es dämmrig, sie hatte den Vorhang vorgezogen, ich sah nur die Konturen ihres Körpers unter der Decke, die hellen Haare, die in der Dunkelheit zu leuchten schienen. Ich riss den Vorhang so heftig auf, dass der Topf mit der Orchidee wackelte, ich konnte ihn gerade noch vor dem Absturz bewahren, und auch dieses erschrockene Zusammenzucken, dieses Gerade-noch erinnerte mich an früher.

Als das Tageslicht grell und unbarmherzig hereinbrach, hob Annabella den Arm und legte ihn über das Gesicht, und ich sah sie wieder vor mir, wie sie in genau der gleichen Haltung auf dem Pflaster gelegen hatte, damals, in jener Nacht, doch diesmal war das Dreieck ihres Arms, dessen Spitze ihre Stirn teilte, nicht dunkelblau, sondern rostfarben.

Das Frühstück ist fertig, sagte ich, und sie sagte, lass mich in Ruhe, ebenfalls wie damals, und ich dachte, verdammt, warum habe ich das nicht getan, warum habe ich sie nicht in Ruhe gelassen, aber ich wusste, dass es ein müßiger Gedanke war. Zum einen kam er zu spät, zum anderen weiß ich, obwohl ich selbst dazu neige, dass nichts überflüssiger ist, als sich mit Überlegungen herumzuschlagen, warum man dies oder jenes getan oder nicht getan hat, es lohnt sich nicht, man hat es einfach getan oder nicht getan, und damit basta. Und außerdem war ich, wenn ich ehrlich sein sollte, ab und zu ja auch froh darüber gewesen, dass ich es nicht getan hatte.

Ich stand vor ihrem Bett, sie drehte sich um, vergrub den Kopf in ihren Armen und ließ mich da stehen, als wäre ich eine lästige Bittstellerin, deren man sich anders nicht erwehren kann, deshalb packte ich sie fester an der Schulter, als nötig gewesen wäre, rüttelte sie und sagte böse, mit der Stimme meiner Stiefmutter, komm in die Küche, jetzt gleich.

Dann drehte ich mich um und ging hinaus, fest entschlossen, ihr zu sagen, dass sie noch heute meine Wohnung verlassen müsse, aus, es war vorbei mit der netten Bleibe, und das hatte sie sich selbst zuzuschreiben. Sie würde noch ein Frühstück bekommen, dachte ich, als ich wieder in der Küche war, gut, von mir aus auch zwei Aspirin, aber dann war Schluss. Ich löste die Tabletten in einem Glas Wasser auf und stellte es neben ihren Teller, dann goss ich uns beiden Kaffee ein.

Sie kam herein, schwankend, mit unsicheren Bewegungen, und musste sich beim Hinsetzen an der Tischkante festhalten. Ihr Gesicht war sehr blass, aber es zeigte nicht diese schimmernde, rosa angehauchte Blässe wie sonst, ihre Haut war kalkig und stumpf, und unter den geröteten Augen hatte sie tiefe Ringe, die bei uns Weißhäutigen oft richtig blau aussehen und viel mehr auffallen als bei dunklen Typen wie dir. Fast hätte sie mir Leid getan, doch dann sah ich sie vor mir, wie sie letzte Nacht vor der Kloschüssel gekniet hatte, und mein Zorn war wieder da.

Mir ist so schlecht, murmelte sie.

Kein Wunder, sagte ich böse, du hast einen Kater. Ich schob ihr das Glas mit den aufgelösten Tabletten hin, hier, trink, dann geht es dir bald besser. Ich sah, wie ihre Hände zitterten, als sie nach dem Glas griff, und dass sie gegen ein Würgen ankämpfen musste, aber sie trank das Glas leer.

Weißt du eigentlich, was heute Nacht los war, fragte ich.

Sie versuchte den Kopf zu schütteln, hielt aber mitten

in der Bewegung inne und verzog das Gesicht. Nein, sagte sie.

Du warst betrunken, sagte ich, sturzbetrunken, und als ich den feindseligen Ausdruck auf ihrem Gesicht sah, waren all meine Vorsätze, ihr klar zu sagen, was passiert war und welche Konsequenzen das für sie haben würde, wie weggewischt, auch meine Absicht, mit ruhiger Stimme zu sprechen, stattdessen fing ich an, sie zu beschuldigen, ihr alles vorzuhalten, was ich für sie getan hatte, und je länger ich sprach, umso stärker wurde das Gefühl, dass nicht ich es war, die so nörgelte, es war meine Stiefmutter, deren Stimme aus mir kam, es waren ihre Worte, und wie damals wurde das Nörgeln langsam zu einem heftigen, bösartigen Keifen, ich hörte es, aber ich konnte es nicht stoppen, das habe ich schon früher nicht gekonnt, wie hätte ich es jetzt können sollen, es gibt einen Ton, gegen den ich nicht ankomme, selbst wenn die Worte aus meinem eigenen Hals quellen wie giftige Blasen, die in meiner Mundhöhle zerplatzen. Ich sah, wie Annabellas Gesicht sich verhärtete, wie es noch feindseliger wurde, aber es war zu spät, ich sagte all die Worte, die ich immer gehasst hatte, ich glaube, ich sagte sogar, ich habe dich von der Straße aufgelesen, und das ist der Dank dafür. Es war, als hätte ich mir nie Gedanken darüber gemacht, wie man mit anderen Menschen umgeht, als hätte ich keine Ahnung, wie verletzend und kränkend allein der Ton einer Stimme sein kann, ganz zu schweigen von den Worten, die, sind sie erst einmal ausgesprochen, nicht mehr zurückgenommen werden können.

Ich kam erst zu mir, als sie aufstand, mitten im Schwall der Worte, den ich über sie auskippte und der unerschöpflich zu sein schien, obwohl er nicht unerschöpflich war, denn ich merkte sehr wohl, dass ich immer wieder von vorn anfing, kaum dass ich Luft holte, ich war in meinen Vorwürfen gefangen und fand den Punkt nicht, der mich dazu gebracht hätte, die Stimme zu senken und tief durchzuatmen.

Sie stand also auf, stützte sich mit beiden Händen auf den Tisch und fragte, willst du, dass ich ausziehe?

Ja, sagte ich, dankbar und erleichtert, dass diese Szene, für die ich mich damals, am Küchentisch, bereits schämte, ein Ende gefunden hatte. Ja, das will ich, ich will, dass du gleich nach dem Frühstück weggehst.

Sie schaute mich an, mit einem seltsamen Lächeln, als habe sie nicht verstanden, was ich gesagt hatte, doch noch bevor ich es wiederholen konnte, griff sie sich mit beiden Händen an den Kopf und sagte, ich kann nicht, mir platzt der Schädel.

Nun, da es vorbei war, da ich es ausgesprochen hatte und sie aus meinem Leben verschwinden würde, konnte ich großzügig sein. Dann leg dich eben noch eine Stunde hin, bis die Tabletten wirken, sagte ich leichthin, aber anschließend verschwindest du, hast du mich verstanden? Ich gehe jetzt weg, du kannst die Schlüssel auf dem Tisch liegen lassen oder in den Briefkasten werfen.

Sie nickte und ging in ihr Zimmer, und ich überlegte schon, dass ich den Abend wohl damit verbringen würde, mein Arbeitszimmer wieder einzuräumen.

Sie hatte nichts gegessen, ich auch nicht. Ich trank zwei Tassen Kaffee, während ich mich anzog, dann verließ ich das Haus, ich brauchte Abstand, und ich wollte, ehrlich gesagt, auch nicht dabei sein, wenn sie das Haus verließ, kein Abschied, kein auf Wiedersehen, ich wollte sie nicht wiedersehen, ich wollte auch keine Entschuldigungen oder Erklärungsversuche irgendwelcher Art, die mir später nur peinlich sein würden. Es war vorbei.

Ich fuhr mit dem Auto zum Seerestaurant, der Anblick von Wasser hat immer eine beruhigende Wirkung auf mich. Die Terrasse war voller, als ich es erwartet hatte, aber ich fand einen freien Tisch vorn, direkt am Geländer, und bestellte mir bei der Bedienung eine französische Zwiebelsuppe, nicht weil ich Hunger gehabt hätte, sondern nur aus Gründen der Vernunft, schließlich ist es nicht ratsam, auf nüchternen Magen immer nur Kaffee zu trinken.

Die Suppe war gut, ich fühlte, wie sie mich von innen wärmte, und ihr Duft vertrieb auch den Geruch von Erbrochenem aus meiner Nase. Ich hatte mir ein Buch eingesteckt, holte es aber nicht aus der Tasche, ich schaute über den See, überließ mich den optischen Eindrücken, versank langsam in Bildern und beobachtete, wie der Wind die Wellen kräuselte und das Ufergras bewegte. Die Stängel, die aus dem frischen Grün herausragten, waren sandbraun, sie stammten noch aus dem letzten Jahr. Nicht weit von der Terrasse entfernt stand eine kleine krumme Weide und ließ ihre Zweige ins Wasser hängen, sie bewegten sich träge, als ein braunes Entenweibchen unter ihnen vorbeischwamm, gefolgt von seinen Küken, die keilförmige Spuren hinter sich herzogen. Ich bestellte mir noch einen Espresso und einen Calvados, wie Maigret, und fühlte mich immer wohler, und auch der Gedanke, dass ich heute noch nichts gearbeitet hatte, störte mich nicht, die Rosengärtnerin würde es einen Tag lang ohne mich aushalten. Ich warf einen Blick auf meine Armbanduhr, halb zwei. Was tat sie jetzt gerade? Hatte ihr Mann sich schon zu seinem üblichen Mittagsschlaf zurückgezogen? Was hatten sie eigentlich gegessen? Bestimmt liebte er Schweinebraten oder Wiener Schnitzel, und sie musste sich auch noch gegen seine Vorwürfe wehren, wenn sie ihm eine gedünstete

Scheibe Fleisch und Gemüse vorsetzte. Warum fütterte sie ihn eigentlich nicht mit fettem Fleisch, mit dicken Soßen, Knödeln, Mayonnaisesalat und schweren Süßspeisen? Es würde sich doch anbieten, der Biologie auf natürliche Art ein bisschen nachzuhelfen. Aber so etwas würde sie nie tun, der Arzt hatte gesagt, leichte Kost, und also bekam er leichte Kost. Er hatte sich also schon in das abgedunkelte Schlafzimmer zurückgezogen, und sie war hinausgegangen in den Garten. Ich sah sie vor mir, wie sie von Rose zu Rose schritt und die verwelkten Blüten abschnitt. Was für eine zeitaufwändige Arbeit, sagte ich und trat hinter sie, übrigens, heute ist etwas Entscheidendes passiert, nicht nur für mich, sondern auch für dich, ich habe Annabella weggeschickt, jetzt haben wir nur noch Anastasia, und sie sagte, ohne sich umzudrehen, ich verstehe dich nicht, man jagt doch nicht einfach seine Tochter aus dem Haus. Sie ist nicht meine Tochter, sagte ich, und dir würde ein bisschen Abstand von Anastasia auch gut tun.

Ich blickte wieder über den See und stellte mir Maigret vor, der für mich immer wie Jean Gabin aussieht, wie er in einem Café an der Seine sitzt, einen Calvados trinkt und sich genüsslich seine Pfeife stopft. Nun ja, er hatte es leichter, bestimmt hat er sich nie um ein Mädchen von der Straße gekümmert, dachte ich, es sei denn, sie ist als Leiche irgendwo aufgetaucht, und fürs Familienleben war sowieso Madame Maigret zuständig. Ein bisschen verwundert überlegte ich, warum mir gerade jetzt Maigret eingefallen war, vielleicht lag es ja an der französischen Zwiebelsuppe. Oder daran, dass ich ihn als in sich ruhend und zufrieden in Erinnerung hatte. Ich nahm mir vor, wieder einmal ein Buch von Simenon zu lesen, und den Calvados trank ich auf meine wiedergewonnene Freiheit.

Am Nebentisch saß eine ältere, sehr gepflegte Frau, allein, wie ich, sie hatte schon ein paar Mal zu mir herübergeschaut, und als ich mein Calvadosglas absetzte, beugte sie sich vor und sagte, ein schöner Tag heute, nicht wahr?

Ich sah sie an und dachte, ein interessantes Gesicht, in dem nichts zusammenpasst, mit weit auseinander stehenden Augen, dazu eine spitze Vogelnase über viel zu vollen Lippen, trotzdem sieht sie gut aus. Ich hatte keine Lust auf ein Gespräch, deshalb nickte ich nur und sagte, ja, wirklich sehr schön. Sie fasste das offenbar als Ermunterung auf, und bald kannte ich ihre ganze Lebensgeschichte, es half auch nichts, dass ich die Blicke immer wieder zum gegenüberliegenden Ufer schweifen ließ, wo sich ein paar Villen stolz und selbstverliebt im Wasser spiegelten.

Die Frau am Nachbartisch war verwitwet, ihre einzige Tochter lebte in einer anderen Stadt und wollte nichts von ihr wissen, sogar ihre Enkelkinder, zwei und sechs Jahre alt, habe sie noch nie gesehen, eine Cousine habe ihr ein Foto von ihnen besorgt. Sie klappte ihre Handtasche auf, die neben ihrem Teller auf dem Tisch lag, und hielt mir ein Foto hin, da, schauen Sie nur.

Das Bild, auf dem ein ernster Junge etwas verkrampft ein strahlendes Baby in die Kamera hielt, war schon ziemlich abgegriffen, und plötzlich konnte ich mir die Frau vorstellen, wie sie abends in ihrer bestimmt ebenfalls sehr gepflegten Wohnung auf dem Sofa saß, das Foto in den Händen, und weinte, deshalb fragte ich, warum ihre Tochter den Kontakt mit ihr abgebrochen habe, obwohl mich das nichts anging und ich es eigentlich indiskret fand, eine so persönliche Frage zu stellen.

Sie zuckte mit den Schultern und tupfte sich dabei mit einem Stofftaschentuch – mit Spitzenrand, wie ich amüsiert feststellte – die Augen ab, vorsichtig, um den etwas zu blauen Lidschatten nicht zu verwischen. Da zieht man Kinder auf und rackert sich für sie ab, und das ist der Dank, sagte sie, und mir fiel meine Stiefmutter ein, zu der ich nach dem Tod meines Vaters den Kontakt abgebrochen hatte, der allerdings auch davor, als er noch lebte, nicht besonders eng gewesen war, ich hatte die beiden höchstens einmal im Jahr gesehen.

Und Sie, fragte die Frau am Nebentisch, sie hatte inzwischen ihren Stuhl schon so gedreht, dass sie fast neben mir saß, haben Sie Kinder?

Eine Tochter, antwortete ich, ohne zu überlegen, sie ist achtzehn.

Die Frau seufzte, das ist bestimmt auch nicht immer leicht, aber Sie können froh sein, dass Sie nicht allein sind, Einsamkeit ist das Schlimmste, deshalb habe ich mir auch Whisky angeschafft, damit ich wenigstens etwas Lebendiges im Haus habe, stimmt's, Whisky?

Sie deutete unter ihren Stuhl, auf einen kleinen Hund, den ich erst jetzt bemerkte. Er hatte geschlafen, und als er seinen Namen hörte, hob er träge den Kopf, nur um ihn gleich wieder zu senken und weiterzuschlafen. Sie können wirklich froh sein, sagte die Frau noch einmal.

Ja, sagte ich, ich bin auch froh, und ich dachte, vielleicht werde ich mich später sogar gern an die Zeit mit Annabella erinnern, aber jetzt bin ich erst einmal erleichtert, dass ich wieder frei bin, auch wenn der Preis dafür Einsamkeit sein wird, aber was soll's, alles hat seinen Preis, und mit Einsamkeit kenne ich mich schließlich aus, und nach einem Blick unter den Stuhl dachte ich, einen Hund schaffe ich mir jedenfalls nicht an, das Äußerste, was ich mir in meiner Wohnung vorstellen kann, ist ein Aquarium, Fische stinken nicht, sie wollen nicht gestreichelt werden und sind vor allem still.

Ich fuhr erst gegen Abend nach Hause, vorher hatte ich noch einen Spaziergang am See entlang gemacht und zu meinem großen Vergnügen auf einer Wiese einen Fasan gesehen, ein bunt gefärbtes Männchen, das einfach stehen geblieben war, höchstens drei, vier Meter von mir entfernt, und mich, im Profil, mit einem Auge angeschaut hatte. Minutenlang hatten wir da gestanden, der Fasan und ich, und seine Neugier und sein Zutrauen waren wie ein Geschenk gewesen.

Zu Hause stellte ich das Auto im Hof ab, betrat das Haus durch den Hintereingang und ging zu Fuß hinauf zu meiner Wohnung, nicht so fröhlich, wie ich es erwartet hatte, aber auch nicht besonders bedrückt.

Annabella war noch da, ihr Mantel hing im Flur. Mein erster Gedanke war, sie hat ihn nicht mitgenommen, vielleicht hat sie alles dagelassen, was ich für sie gekauft habe, um jede Erinnerung an mich zu unterbinden, doch dann hörte ich Stimmen und Musik aus dem Fernseher. Sie saß, Normalität demonstrierend, auf dem Wohnzimmersofa und sah sich eine dieser blöden Vorabendserien an, die ich nicht ausstehen kann. Ich blieb vor ihr stehen, schaute auf sie hinunter, und seltsamerweise war mir sofort klar, dass ich mich nur über die Serie ärgerte, nicht darüber, dass sie noch da war.

Tut mir Leid, sagte sie, ehrlich, ich bin abgestürzt, ist dir das noch nie passiert? Und dabei nahm sie den Blick nicht vom Bildschirm, auf dem gerade ein Mädchen in engen Jeans und einem bauchfreien Top an zwei älteren Männern vorbeiging, denen fast der Geifer aus dem Mund tropfte, und die Musik, die dazu gespielt wurde, sollte wohl fröhlich klingen, aber ich fand sie nur schrill und viel zu laut.

So bin ich jedenfalls noch nie abgestürzt, sagte ich, und außerdem bist du nicht nur abgestürzt, es war viel schlimmer, du hättest sterben können.

Sie zuckte mit den Schultern und sagte, na und?

Es war der Ton ihrer Stimme, der mich aufbrachte, die Vorstellung, sie könnte es genau so gemeint haben, wie sie es gesagt hatte, als hätte ich mich vergeblich angestrengt, als wäre die letzte Nacht ein Opfer gewesen, das sie gar nicht gewollt hatte, ich war diejenige, die sich irgendwelche Dummheiten eingebildet hatte, reingefallen, selber schuld. Du machst es dir verdammt leicht, fuhr ich sie an, meinst du, es hat mir Spaß gemacht, deine Kotze wegzuputzen und aufzupassen, dass du nicht kollabierst? Und mach den verdammten Apparat aus, wenn ich mit dir spreche.

Sie drückte auf den Knopf der Fernbedienung, der Bildschirm flimmerte noch einmal auf und wurde schwarz, die Musik brach ab, und mit einem Mal war es sehr still im Zimmer.

Warum bist du noch hier, fragte ich sie, warum bist du nicht weggegangen?

Sie zuckte mit den Schultern und sagte, ohne mich anzuschauen, wohin hätte ich denn gehen sollen?

Diese Ehrlichkeit hat mich entwaffnet. Hätte sie gesagt, ich wollte bei dir bleiben oder etwas Ähnliches, hätte ich sie endgültig rausgeworfen, jedenfalls dachte ich das damals. Und dann sagte sie noch, du willst doch auch, dass ich hier bleibe, oder? Du hast es doch gar nicht ernst gemeint.

Ich antwortete nicht, was hätte ich auch sagen sollen?

Ich hatte es ernst gemeint, einerseits, aber andererseits auch wieder nicht, das war mir inzwischen klar geworden, denn was waren meine Vorwürfe anderes gewesen als ein Aufweichen meiner Entscheidung, hätte ich es wirklich gewollt, hätte ich nur auf die Tür gedeutet und »raus« gesagt, sonst nichts. Ich ging in die Küche und machte etwas zu essen, sie kam mir nach, sie deckte den Tisch, gab sich sichtlich Mühe, mir alles recht zu machen, sie hatte schließlich auch den ganzen Nachmittag Zeit zum Nachdenken gehabt.

Beim Essen sagte sie, es tut mir Leid, dass das passiert ist, aber du solltest auch nicht so mit mir reden wie heute Morgen, ich bin nicht deine Tochter, und ich sagte, aber du könntest es sein, dem Alter nach, ich fühle mich verantwortlich für dich, solange du hier wohnst.

Mit diesen Worten hatte ich zugestimmt, dass sie bleiben durfte, das war mir klar und das war auch ihr klar, und damit hatte sich etwas grundlegend geändert, ich hatte nicht mehr die Fäden in der Hand, und in diesem Moment wollte ich das auch nicht.

Wir saßen noch eine Weile zusammen, ich hatte Tee gekocht und erzählte ihr von der Abtreibung, die ich gemacht hatte, das Kind wäre jetzt so alt wie du.

Ich habe später lange darüber nachgedacht, warum ich – ohne Not – etwas von mir preisgegeben habe, vermutlich habe ich es als Vertrauensbeweis gemeint, als Ermunterung für sie, sich mir ebenfalls zu öffnen, so wie Kinder das manchmal tun, Geheimnis gegen Geheimnis, aber sie machte das Spiel nicht mit, sie fragte nur, tut es dir Leid, dass du das getan hast?

Ich zuckte mit den Schultern, genau wie sie es sonst tat, ich konnte es an der Art spüren, wie sich meine Schultergelenke nach vorn schoben, und verharrte einen Moment lang in der Bewegung, und während ich noch diesem Gefühl der Unsicherheit nachspürte, hörte ich sie sagen, mir hätte es nicht Leid getan, wenn meine Mutter mich abgetrieben hätte, wirklich nicht, da hätte ich von dieser ganzen Scheißwelt nichts gewusst.

Ich ließ die Schultern sinken und schaute sie an, sie hatte den Kopf auf eine Hand gestützt, die andere lag auf dem Tisch, eine Kinderhand mit kurzen Fingern und abgebissenen Nägeln, und während ich sie ansah, krümmten sich die Finger, die Hand wurde zur Faust. Wieder spürte ich die Kumpanei des Elends, ich streckte meine Hand aus, legte sie über ihre Kinderfaust und sagte, komm, erzähl's mir.

Aber sie ließ sich nicht darauf ein, sie zog ihre Hand aus meiner und sagte, was gibt's da zu erzählen, die Welt ist einfach beschissen. Und dann stand sie auf, sagte Gute Nacht und ging schlafen.

An diesem Abend blieb sie zu Hause.

Erst als sie schon im Bett war, goss ich mir ein Glas Wein ein und setzte mich auf den Balkon. Es war ein milder Abend, trotzdem fröstelte ich und holte mir eine Strickjacke. Sie war dageblieben und ich hatte es akzeptiert, und nun war mir klar, dass ich mir erstens den ganzen Tag etwas vorgemacht hatte und dass, zweitens, ab jetzt alles anders sein würde. Ich wusste nicht, ob ich froh war oder nicht, so hatte ich es nicht gewollt, aber ich hatte es auch nicht verhindert, jetzt war ich endgültig in eine Beziehung hineingestolpert, egal, welcher Art, ein Zurück gab es nicht mehr, jedenfalls dachte ich das damals, auf meinem Balkon. Der Himmel war wolkenlos und hell über einer Welt, die in der Dunkelheit verschwand, nur noch die Verkehrsgeräusche schlugen unaufhörlich bis zu mir herauf, so regelmäßig, wie am Meer Wellen ans Ufer schlagen. Ich weiß nicht, was ich dachte, der Wein machte meine Gedanken weich und fließend, und ich konnte fast zusehen, wie sie sich irgendwo zwischen den Bäumen und dem Himmel in Luft auflösten.

Es war nicht wirklich Erleichterung, die ich empfand, das Gefühl war so vielschichtig, dass ich seine einzelnen Bestandteile nicht wahrnehmen konnte, ich erinnere mich aber an einen Gedanken, der mir da, auf meinem Balkon, kam, nämlich dass man manchmal sehr viel weniger Einfluss hat auf das, was passiert, als man es sich wünschen würde, und dieser Gedanke beruhigte mich nicht, natürlich nicht, nichts ist mir wichtiger als Kontrolle, aber er befreite mich weitgehend von der Verantwortung. Und als ich die Stimme meiner Schwester hörte, ging ich ins Zimmer, schob eine CD ein und ließ die Tür offen, bevor ich mich wieder hinsetzte, damit die Musik alles andere übertönte, auch meine Gedanken.

8

Ich habe dich wiedergetroffen, nicht zufällig, wie ich im ersten Moment dachte, aber doch überraschend. Ich neige nicht zu plötzlichen Glücksgefühlen, schon gar nicht zu solchen, die man Verliebtheit nennt, über dieses Alter bin ich hinaus, meine Empfindungen werden nicht mehr vorwiegend hormonal gesteuert, und auch als ich jünger war, ist mir so etwas nur selten passiert, außer vielleicht bei Thomas, ich bin solchen Gefühlen gegenüber eher misstrauisch und suche nach den versteckten Fallgruben, nach den Landminen, die überall lauern. Als wir uns trafen, war es eher so, wie wenn man in einem Antiquariat nach etwas Bestimmtem sucht und einem plötzlich ein Buch in die Hände fällt, das man als Kind sehr geliebt hat, und dann steht man da, betrachtet amüsiert die Illustrationen, die man als so großartig in Erinnerung hatte, und fühlt sich doch auf wunderbare Weise beschenkt. Natürlich weißt du, was an diesem Abend passiert ist, und bestimmt denkst du gerade, warum fängt sie damit an, warum müssen Frauen immer alles zerreden, aber darum geht es mir nicht, nicht ums Zerreden, ich möchte dir erklären, welche Rolle das alles für mich gespielt hat, denn ich bin sicher, dass du unseren ersten Abend völlig anders erlebt hast als ich, und manchmal braucht man eine zweite Perspektive als Korrektiv, um die eigene Wahrnehmung damit zu vergleichen.

Zu Hause lief alles einigermaßen gut, Annabella war

umgänglicher als zuvor, anscheinend hatte ihr die Tatsache, dass ich sie nach ihrem Alkoholexzess, der inzwischen drei Wochen zurücklag, letztlich doch nicht vor die Tür gesetzt hatte, ein Gefühl der Sicherheit gegeben, sie schien sich heimischer und unbefangener zu fühlen. Sie hatte nicht aufgehört zu trinken, wie ich es vielleicht gehofft, aber nicht wirklich erwartet hatte, aber so schlimm wie in jener Nacht war es nicht mehr, es handelte sich wohl nur um das Glas zu viel. Wenn es so war, merkte ich es an der Art, wie sie die Wohnungstür aufschloss und sich durch den Flur tastete, aber weil ich am nächsten Morgen nichts roch und auch keinerlei Spuren von Erbrochenem sah, überging ich das Problem und tat, als hätte ich nichts gehört.

Inzwischen stand sie auch manchmal auf, um mit mir zu frühstücken, und versuchte, sich an der Hausarbeit zu beteiligen, was ich als Versöhnungsangebot wertete, und an diesem Morgen hatte sie sogar das Badezimmer geputzt, das von Anfang an ein heikler Punkt unseres Zusammenlebens war. Ich habe lange einfach nicht begreifen können, dass sie die Haare im Ausguss und die Seifenränder und Zahnpastaspritzer im Waschbecken und an den Fliesen nicht sah und dass sie vergaß, ihr Zeug in den Kulturbeutel zurückzulegen, einen besonders schönen silbernen, den ich ihr gekauft hatte. Doch als ich mich einmal bei Melanie darüber beschwert hatte, hatte sie nur gelacht und gesagt, damit müsse ich mich wohl abfinden, alle Mädchen in diesem Alter seien so, manchmal würde Kerstin sie mit ihrer Schlamperei zur Verzweiflung bringen, ihr Zimmer könne man schlichtweg nicht betreten, weil alles auf dem Boden herumliege, angefangen mit der schmutzigen Wäsche über Bücher und CDs bis zu Apfelbutzen und Gläsern mit angeschimmelten Getränkeresten, und im Bad sei sie offenbar unfähig, sich auch nur einmal zu bücken und ein Handtuch aufzuheben: Nun gut, hatte ich gedacht, auch das gehört wohl zu den neuen Erfahrungen, die ich machen muss, wenn Menschen zusammenleben, kommt es eben zwangsläufig zu Reibereien, ich sollte mich freuen, dass mein Erfahrungshorizont erweitert wird und dass sie mich davor bewahrt, eine alte, starrsinnige Zicke zu werden, festgefahren in ihren Gewohnheiten und unfähig zu Veränderungen. Und als ich die Rosengärtnerin überarbeitete, fügte ich da und dort eine Bemerkung über Anastasias Unordnung ein, in einer Szene ließ ich es sogar zu einer Auseinandersetzung zwischen ihren Eltern kommen, mit gegenseitigen Vorwürfen und Schuldzuweisungen – es liegt an dir, du bist immer zu nachsichtig mit ihr gewesen, ach, sei still, du machst es ihr ja vor, hast du jemals die Zeitung nach dem Lesen wieder zusammengefaltet, und deine schmutzigen Socken bleiben auch da liegen, wo du sie gerade ausgezogen hast –, ungefähr in dieser Art. Es machte mir Spaß und hat mir letztlich auch geholfen, Annabellas Schlamperei nicht so ernst zu nehmen. Und richtig schlimm wurde es bei uns natürlich nicht, dafür sorgte schon Frau Schuster, die jeden Dienstag kam und alles in Ordnung brachte.

An diesem Morgen hatte Annabella also das Bad geputzt, und ich war so gerührt, dass ich mir vornahm, ihr endlich ein eigenes Kosmetikset zu kaufen. Das hatte ich eigentlich schon länger tun wollen, denn eine Achtzehnjährige braucht, ehrlich gesagt, keine teure Aufbaucreme für die reifere Haut, ihr genügen noch einfache Feuchtigkeitspräparate. Wir könnten morgen in die Stadt fahren und ein paar Sachen für dich kaufen, Cremes und Nagellack und so weiter, sagte ich zu ihr, und sie schenkte mir ihr wunderbares Lächeln, mit dem sie immer sehr, sehr sparsam umgegangen ist, und wie jedes Mal hätte ich ihr, bildlich gesprochen, dafür die Füße küssen können, und dann fragte ich sie, ob sie vielleicht Lust habe, mich abends zur Lesung zu begleiten. Sie schüttelte den Kopf und sagte, nein, lieber nicht, und ich spürte einen Stich, ich empfand es als Ablehnung, als hätte ich ihr ein Geschenk hingehalten und sie würde noch nicht mal einen Blick darauf werfen. Wenn sie schon hier wohnt, könnte sie sich eigentlich dafür interessieren, was ich schreibe, dachte ich, oder wenigstens so tun als ob. Hinterher war ich natürlich froh, dass sie nicht mitgekommen war.

Ich hatte an diesem Tag überhaupt keine Lust, in irgendeiner Buchhandlung irgendwelchen literarisch interessierten Buchhandlungskunden etwas vorzulesen, aber Vertrag ist Vertrag, man unterschreibt ihn an einem kalten, unfreundlichen Tag im Winter, und wenn es dann so weit ist, denkt man, ein Abend mit Melanie im Biergarten wäre bei diesem Wetter weitaus verlockender gewesen, als in einer stickigen Buchhandlung zu sitzen und hinterher mit dem Veranstalter das obligatorische Glas Wein auf den gelungenen Abend zu trinken, der, zugegeben, manchmal wirklich gelungen ist, oft aber nur durchschnittlich und ab und zu sogar deprimierend, weil der Funke, die Freude an der Sprache, nicht überspringen wollte, egal, an wem es lag, an der Unfähigkeit des Publikums oder an meiner. Ich fuhr also ziemlich missmutig los und tröstete mich mit dem Gedanken, dass ich zumindest nicht in eine andere Stadt fahren musste, ich würde hinterher in meinem eigenen Bett schlafen können und müsste mich nicht in einem fremden Hotelzimmer über irgendwelche Dekorationsgegenstände ärgern. Das war wirklich ein Trost, du glaubst gar nicht, wie oft ich schon irgendwelche abstrusen Kunstblumengestecke in irgendwelche Kleiderschränke geräumt habe.

Die Lesung sollte um zwanzig Uhr stattfinden, ich war eine halbe Stunde vorher da, der Veranstalter begrüßte mich, wir sagten uns die üblichen Artigkeiten und besprachen, wie der Abend ablaufen sollte – ich habe für hinterher einen Tisch in einem netten Restaurant bestellt, wenn Ihnen das recht ist, natürlich –, dann wurde ich in den Raum gebracht, in dem die vielleicht vierzig, fünfzig Zuhörer saßen. Ich habe dich sofort erkannt, nicht nur, weil du einer der wenigen Männer im Publikum warst, und ich habe mich über die Freude gewundert, die plötzlich in mir aufstieg, es war mehr als das Vergnügen, in einem Kreis von Fremden ein bekanntes Gesicht zu entdecken, sondern ein sehr körperliches Empfinden, das mich überraschte. Ich hatte während der ganzen Zeit nicht mehr an dich gedacht, wir hatten damals, an jenem Verlagsabend, nur ein paar belanglose Worte miteinander gewechselt, aber du musst mich doch stärker beeindruckt haben, als ich es bemerkt hatte, nun ja, es ist nichts Ungewöhnliches, dass einem die Bedeutung eines Ereignisses erst im Nachhinein bewusst wird, das passiert häufig, und so erging es mir auch in dem Moment, als ich dich unter den Zuhörern entdeckte. Die Frau aus dem Vertrieb, die dich damals mitgebracht hatte, war nicht dabei, ich hätte sie erkannt, aber neben dir saß eine außerordentlich attraktive Dunkelhaarige, und das kleine Feuer, das ich in mir aufflackern gefühlt hatte, sackte in sich zusammen, ohne jedoch ganz zu erlöschen, zugleich empfand ich so etwas wie Unsicherheit, wie immer, wenn jemand, den ich kenne, im Publikum sitzt, auch wenn das, genau genommen, nicht stimmte, ich kannte dich ja noch nicht, ich hatte dich nur einmal gesehen, aber die Anonymität, die es mir erleichtert, mich fremden Menschen gegenüber darzustellen, mich hinter einem Bild von mir zu verstecken, war weg.

Der Buchhändler sprach die einleitenden Worte, vergaß auch nicht zu erwähnen, dass ich für »Sommerfröste« einen Krimi-Preis bekommen hatte, dann fing ich an zu lesen, aus »Der Jäger im Apfelbaum«, und jedes Mal, wenn ich den Kopf hob und in deine Richtung schaute, trafen sich unsere Blicke. Hinterher, bei der so genannten Diskussion, die sich oft nur auf die üblichen Fragen beschränkt, wie lange haben Sie für dieses Buch gebraucht, schreiben Sie mit dem Computer oder mit einer Schreibmaschine, haben Sie schon als Kind gewusst, dass Sie Autorin werden wollen, und so weiter, fragte eine Zuhörerin, was eigentlich einen Kriminalroman von einem richtigen Buch unterscheide, ich erinnere mich noch genau, dass sie die Formulierung »richtiges Buch« benutzt hat, so wie ich immer »richtiges Leben« sage, im Unterschied zum fiktiven, und mir fiel keine bessere Antwort ein, als zu sagen, ein Mord. Sie beharrte darauf, Tote, selbst gewaltsam zu Tode gekommene, fänden sich auch in anderen Büchern, und dem, was ich vorgelesen hätte, könne sie nicht entnehmen, dass dies ein Kriminalroman sei.

Ich fing an zu stottern, denn nach einer Lesung bin ich erst einmal so ausgepumpt, dass es eine Weile dauert, bis ich mich auf die Zuhörer einstellen kann, am liebsten würde ich mich eine Viertelstunde zurückziehen und in Ruhe eine Tasse Kaffee trinken, bevor ich einen anderen Menschen auch nur anschaue. Außerdem wusste ich nicht, ob diese Frau, die ziemlich magersüchtig aussah, mir ein Kompliment machen wollte oder ob sie mich attackierte, es war weder ihren Worten noch ihrem Tonfall zu entnehmen. Ich sagte, aber die Frau in meinem Roman wird doch umgebracht, es handelt sich eindeutig um ein Verbrechen. Die Magersüchtige gehörte wohl zu der Sorte, die es liebt, sich in Szene zu setzen, sie hörte nicht auf und argumentierte, der Leser wisse von Anfang an, wer sie umgebracht habe, es gehe von daher gar nicht um die Aufklärung eines Verbrechens, was ihrer Meinung nach zwingend zu einem Kriminalroman gehöre. Da hast du dich eingemischt und erklärt, dass es eine Frage der Perspektive sei, das Übliche sei natürlich, dass ein Detektiv, egal welcher Art, sich darum bemühe, herauszufinden, wer der Täter sei, und damit den Leser, der das ebenfalls nicht wisse, bis zum Schluss des Romans in Spannung halte. Bei meinem Buch sei es eben anders, das nenne man hypothetisches oder analytisches Erzählen und die Spannung liege nicht in der Lösung des Mordfalls, sondern in der Entwicklung der Personen. Das brachte sie endlich zum Schweigen.

Nun ja, was weiter passiert ist, weißt du. Ich freute mich, als ich feststellte, dass die attraktive Dunkelhaarige, die neben dir saß, nicht deine Begleiterin war, sie ließ sich ein Buch signieren und verschwand als eine der Ersten. Du bist einfach bei mir stehen geblieben, und als der Veranstalter mich einlud, mit ihm und seinen Mitarbeitern ein Glas Wein auf den gelungenen Abend zu trinken, bist du mitgegangen, so als sei das ganz selbstverständlich. Der Mann, übrigens ein besonders interessierter, gut informierter Buchhändler, muss den Eindruck gehabt haben, wir hätten von Anfang an nichts anderes vorgehabt, als den Abend gemeinsam zu verbringen.

In dem Lokal, es war ein griechisches, haben wir nebeneinander gesessen, du und ich, ich war erleichtert, dass ich die Lesung gut hinter mich gebracht hatte, ich aß sogar eine Kleinigkeit, ich habe vergessen, was, vermutlich Salat mit Schafskäse, irgendetwas eben, was zu einem warmen Sommerabend passt, und vielleicht trank ich das erste Glas Wein auch zu schnell, jedenfalls hatte ich auf einmal wieder das Gefühl, neben mir zu stehen und sie zu beobachten, diese gut angezogene, nicht mehr ganz junge Frau, die antwortete, wenn sie etwas gefragt wurde, lachte, ihr Glas hob, sich bedankte und zusammenzuckte, als der dunkelhaarige, ebenfalls nicht mehr ganz junge Mann neben ihr wie zufällig seine Hand so nah an ihre schob, dass sich beide Hände berührten. Nicht sehr originell, dachte ich, aber die andere reagierte, ich sah, wie sie ihren kleinen Finger in seine Richtung schob, während sie dem Buchhändler zuhörte, der über den Erstling einer jungen Autorin sprach, ein Buch, das seit drei Wochen auf der Bestsellerliste stand und das ich noch nicht gelesen hatte, ich sah den gespannten Ausdruck auf ihrem Gesicht und wusste, dass die Spannung nicht den Worten des Buchhändlers galt, sondern dir.

Die Spannung war fühlbar, ich spürte sie, du spürtest sie, und die anderen spürten sie vermutlich auch, aber das war mir egal, ich habe ab einem bestimmten Zeitpunkt nur dich gesehen und gehört, auch wenn ich weiß, dass ich mich an dem Gespräch beteiligt habe, doch das, was gesagt wurde, hatte ich schneller vergessen, als die Worte zwischen den Götterstatuen aus Gips und dem künstlichen Weinlaub unter der Decke verhallen konnten.

Ich wusste von Anfang an, dass ich mit dir schlafen wollte, ich war schon lange mit keinem Mann mehr zusammen gewesen, du hast mir gefallen, und als du aufgestanden bist, um zur Toilette zu gehen, habe ich dir nachgeschaut und mir vorgestellt, wie du wohl ohne die Jeans und das helle Hemd aussehen würdest. Dein Hemd, es war aus Seide, natürlich ist mir das gleich aufgefallen, zeigte dunkle Schweißflecken unter den Achseln, und selbst das hat mir gefallen, und als du zurückgekommen bist und mich angeschaut hast, wurde mir warm. Du bist durch das volle Lokal auf mich zugekommen, als gäbe es nur uns beide, dich und mich, als sei alles andere nur Dekoration, ein Film, der im Hintergrund ablief. Wir haben uns ziemlich bald von dem Veranstalter und seinen Mitarbeitern verabschiedet, und es hat mir nichts ausgemacht, dass man ihren Gesichtern angesehen hat, was sie dachten, sollen sie doch denken, was sie wollen, habe ich mir gesagt, sogar mit einem gewissen Stolz, wie ich zugeben muss, ich bin ihnen keine Rechenschaft schuldig, ich bin niemandem Rechenschaft schuldig.

Wir sind in eine andere Kneipe gefahren, ein kleines Hinauszögern, das die Spannung steigert, obwohl ich dort, in der Kneipe, auch einmal dachte, was soll das, in unserem Alter weiß man doch, was man möchte, da braucht man nicht mehr so zu tun, als stolpere man, von irgendwelchen Gefühlen überwältigt, wehrlos in eine Affäre, aber dann war es wieder ein Spiel, das mir Spaß machte und mich immer mehr aufheizte. Wir haben über alles Mögliche geredet, erst schnell und ungeduldig, bis dann die Pausen zwischen den einzelnen Sätzen immer länger wurden. Wir waren wie unter einer Glasglocke, nur wir beide, als gäbe es auf der ganzen Welt nur uns und unseren Atem und unsere Blicke und unsere Hände, die sich inzwischen nicht mehr nur wie zufällig berührten.

Und dann sind wir, endlich, zu dir nach Hause gefahren.

Deine Wohnung hat mir sehr gut gefallen, sie ist chaotischer als meine, aber nichts hat mich gestört, und der Blick aus dem achten Stock über die Stadt ist einfach schön, vor allem nachts, mit den vielen Lichtern, die aussehen wie Spiegelbilder der Sterne in einem steinernen Meer. Du hast eine Flasche Wein aufgemacht, wir haben uns geküsst, auf dem Balkon, und dazu ein Glas Wein getrunken, wir waren beide scharf aufeinander, als wir in dein Schlafzimmer gingen, und dann hat es trotzdem nicht geklappt, bei uns beiden nicht, obwohl du vermutlich nur deinen Part mitbekommen hast.

Ich muss darüber sprechen, weil du diesem Thema ausgewichen bist, es war dir peinlich, dass du versagt hast, wie du es nanntest, dabei bin ich mir gar nicht sicher, ob es nicht an mir lag, denn ich war schon vorher ausgestiegen, ohne dass du es bemerkt hast. Ich möchte versuchen, es dir zu erklären, so gut ich kann, denn das, was du vermutlich als Fiasko angesehen hast, als Misslingen dessen, was du dir vorgestellt hattest, hat mich dazu gebracht, mehr in dir zu sehen als eine flüchtige Liebschaft, es hat aus einer Zufallsaffäre etwas Besonderes gemacht.

Ich habe normalerweise keine Orgasmusschwierigkeiten, auch wenn es mich manchmal verwundert, in diesem Bereich ist mein Körper unabhängig von meinem Kopf, als gehöre er in bestimmten Situationen einer anderen Frau, meiner Zwillingsschwester, die ihren Anteil an unserem Leben fordert. Meine Zwillingsschwester ist mein Double, das mich, wenn ich stocke und nicht mehr weiterweiß, einfach zur Seite schiebt und meine Rolle übernimmt. Aber wir kennen uns gut, ich überlasse ihr bereitwillig den Platz, schaue ihr staunend zu, wundere mich, woher sie ihren Text so gut kann, und frage mich höchstens, wo sie sich so lange versteckt hatte.

Ich bin nicht zurückhaltend wie meine Rosengärtnerin, die einen ganzen Abend in angeregter Unterhaltung mit ihrem fremden Kollegen verbringt und noch nicht mal auf die Idee kommt, etwas mit ihm anzufangen, um die Wahrheit zu sagen, ich hole mir manchmal einfach für eine oder ein paar Nächte einen Mann ins Bett, und es hat immer geklappt, meine Zwillingsschwester und ich sind ein eingespieltes Team. Seit Annabella bei mir wohnte, war es nicht mehr passiert, ich hatte, glaube ich, auch gar nicht daran gedacht. Das war nichts Besonderes, manchmal denke ich längere Zeit nicht daran, ich bin nicht süchtig nach Sex, und die Besessenheit der früheren Jahre lässt zum Glück nach, wenn man älter wird, aber die lange Enthaltsamkeit hatte wohl dazu geführt, dass meine Zwillingsschwester ziemlich ausgehungert war. Das letzte Mal war es an einer Autobahnraststätte gewesen, ich hatte gegessen und ein Mann hatte sich zu mir an den Tisch gesetzt, ein gut aussehender Mann, der ein Gespräch mit mir anfangen wollte. Ich hatte keine Lust dazu, ich war auf der Heimfahrt nach einer Lesereise und freute mich auf meine Wohnung, auf meinen Computer, auf mein ganz normales, ziemlich bequemes Leben. Aber meine Zwillingsschwester hat mich zur Seite gedrängt und mit ihm geplaudert, anzüglich, obszön, sie benutzte Wörter, die ich nie in den Mund nehmen würde, und am Schluss fragte er, ob ich nicht mit ihm kommen würde, wir könnten uns ein Zimmer nehmen, er sei jetzt so angeregt, dass er noch nicht mal aufstehen könne. Meine Zwillingsschwester hatte sich längst entschieden, ich sah es ihr an, diesen gierigen Gesichtsausdruck kannte ich, auch den gurrenden Ton in ihrer Stimme, als sie sagte, das liege bestimmt nur am langen Autofahren, die Vibration des Motors habe sich auf seine Geschlechtsteile übertragen, vielleicht sei ja auch seine Jeans eine Spur zu eng. Nun, am Schluss sind wir zusammen in ein Motelzimmer gegangen, und es war so angenehm, wie wenn man bei kaltem Wetter in eine Badewanne mit warmem Wasser steigt, und wenn ich manchmal an ihn denke, nur flüchtig, wie man bei Regenwetter an die Sonne denkt, dann ohne Bedauern und ohne das Gefühl, etwas getan zu haben, was mir peinlich sein müsste.

Was ich damit sagen möchte, ist, hätten wir uns in einer Kneipe getroffen und wären wir nach einem kurzen Flirt gleich zu dir gefahren, hätte es vermutlich problemlos geklappt, so aber hatte ich meine Erwartungen schon zu hoch geschraubt, ich hatte innerlich den zweiten oder dritten Schritt vor dem ersten gemacht und geriet ins Stolpern, ich kenne das, es war nicht das erste Mal, ich darf keine Zeit zum Nachdenken haben, sonst wächst mit meiner Spannung auch die Angst, die immer irgendwo in mir lauert und nur auf einen kurzen Moment der Abschweifung wartet, um kalt und unbarmherzig in mich einzusickern, bis ich selbst völlig kalt bin. Ich spürte es und konnte doch nichts ändern, ich rief nach meiner Zwillingsschwester, ich flehte sie an zu kommen, aber diesmal ließ sie mich im Stich, ich versuchte, mir erotische Situationen vorzustellen, Szenen, Bilder, die immer funktionieren, wenn ich allein bin, aber es half nichts, und langsam stieg die Verzweiflung in mir auf und machte sich breit und verdrängte alles andere, und ich war drauf und dran, aus deinem Bett zu springen und zu fliehen.

Da merkte ich erst, dass auch von deiner Erregung nichts übrig war, sie war in sich zusammengefallen, hing schwach und hilflos zwischen deinen Beinen und widerstand deinen Versuchen, sie zurückzuholen, je mehr du dich bemüht hast, umso mehr schrumpfte sie zusammen, bis du es schließlich aufgegeben hast. Es tut mir Leid, hast du gesagt, das ist mir noch nie passiert, und ich unterdrückte den Impuls, zu lachen und zu sagen, schade, aber so schlimm ist das nun auch wieder nicht, und auch nicht so selten, komm, spielen wir das übliche Spielchen, suchen wir nach Ausreden, zu viel getrunken, irgendwo eine Infektion aufgeschnappt, mir geht's schon seit ein paar Tagen nicht so gut, Stress bei der Arbeit, alles, was man in solchen Situationen eben sagt, dir wird doch was Passendes einfallen, aber ich habe es nicht gesagt. Da lagen wir schon nebeneinander, ich hatte mein Gesicht an deine Schulter gelegt, roch den Schweißgeruch, der aus deiner Achselhöhle aufstieg, und hörte an deiner Stimme, wie sehr du in deiner Männlichkeit gekränkt warst, als du noch einmal gesagt hast, das ist mir noch nie passiert.

Ich legte die Hand auf dein weiches Glied, das sich so zart und verletzlich anfühlte wie eine neugeborene Katze, und sagte, das ist doch nicht schlimm, und andere Sachen, die eine Frau bei solchen Gelegenheiten sagt, und du hast das als gut gemeinten Tröstungsversuch aufgefasst und gesagt, du bist wirklich sehr lieb, aber noch immer mit einer Stimme, der die Kränkung anzuhören war.

Es war dämmrig im Zimmer, nur die indirekte Beleuchtung am Fenster brannte, ich konnte ein Stück von der weißen Wand sehen, davor die Zudecke als blaue Wolke. Wir lagen schweigend nebeneinander, ich wartete, denn ich fürchtete, dich zu verletzen, wenn ich dir ein Gespräch aufdrängte, aber du hast nichts gesagt, und dann war es mir auch egal, ich war ganz bei mir, ich spürte die Wärme deiner Haut, atmete deinen Geruch, der mir sehr angenehm war, fühlte unter der Hand dein weiches Glied und wunderte mich, warum es mir so gut ging, warum mir noch nie aufgefallen war, wie erleichternd es ist, wenn die Aggression fehlt, die zwangsläufig zum Sex gehört, jedenfalls fühlte ich nur noch Zärtlichkeit für dich und dieses schrumplige Ding. Am liebsten hätte ich es gestreichelt, wie man eine Katze streichelt, aber ich tat es nicht. Vergiss nicht, wir kannten uns kaum, ich stellte mir vor, du würdest jede Aktivität von mir als Versuch werten, zu retten, was zu retten ist, und das wollte ich auf keinen Fall, weder etwas retten, noch dass du das denkst. Und all die sentimentalen Gedanken, die mir durch den Kopf gingen, hätte ich sowieso nicht ausgesprochen, auch wenn wir uns besser gekannt hätten.

Ich wäre gerne noch so liegen geblieben, aber du bist irgendwann aufgestanden und hast gesagt, komm, ich bring dich zu deinem Auto. Du warst bedrückt, mich hat aber höchstens bedrückt, dass wir außer ein paar banalen Worten nichts miteinander gesprochen haben, aber ehrlich gesagt, auch das war mir nicht so wichtig, mir ging es gut und ich bedauerte keine Sekunde, dass ich einen Orgasmus oder auch mehrere Orgasmen verpasst haben könnte. Das hat Zeit, dachte ich, alles hat Zeit, nichts drängte, nichts war wichtig, mir ging es gut.

Annabella war noch nicht da, ich habe mich noch eine Weile auf den Balkon gesetzt und mich den seltsamsten Gedanken überlassen, ich habe das richtige Leben mit dem fiktiven verglichen, meine Existenz als Zuschauerin und Kommentatorin, die ich mir ja freiwillig ausgesucht hatte, die ich, seit ich mich erinnern kann, angestrebt hatte, mit dem, wie es mir immer schien, gefährlichen und unkontrollierbaren Leben der anderen, und ich muss zugeben, dass in jener Nacht, auf meinem Balkon, zum ersten Mal ernsthafte Zweifel in mir aufstiegen, ob ich richtig gewählt hatte, Zweifel, gegen die ich mich natürlich wehrte. Es muss eine Mischform geben, dachte ich, an den Rändern müssen die Lebensformen ineinander übergehen, vielleicht sollte ich mich ein bisschen auf diesen Rand zubewegen, ohne mein Revier, meine Lebensform ganz zu verlassen. Diesen Gedanken fand ich sehr erleichternd, denn ein paar Schritte in eine andere Richtung traute ich mir zu, nach diesem Abend.

9

Es war mir bisher nicht aufgefallen, wie einsam meine Rosengärtnerin war, trotz Mann und Tochter, es fehlten ihr völlig die normalen Kontakte nach draußen, irgendjemand, mit dem sie einfach mal reden konnte, nicht über ihre Mordpläne, das war ausgeschlossen, sondern über das Wetter, über etwas, was sie in der Zeitung gelesen hatte, über den gestrigen Fernsehfilm und natürlich auch über ihren Mann, der seit seiner Pensionierung so schwierig geworden war und sich oft ekelhaft verhielt. In meinen Manuskriptseiten lebte sie wie eine Gefangene in einem Sicherheitstrakt, die außer ihren Wärtern niemanden zu sehen bekam. Sie hatte keine Schwester, keine Freundin, noch nicht einmal eine Nachbarin, mit der sie ab und zu eine Tasse Kaffee trinken konnte, denn Karo Sommer war zu jung für sie.

Ich wunderte mich darüber, dass mir das so lange entgangen war, vielleicht habe ich erst dich gebraucht, um das zu merken, und nun überlegte ich, ob ich noch eine Figur einfügen oder den Aspekt ihrer Einsamkeit, diesen freiwilligen Rückzug in die eigene Gedankenwelt, noch stärker betonen sollte. Schließlich gab ich ihr eine Freundin, eine Klavierlehrerin, die sie bei einem Volkshochschulkurs über Ökologie und Naturschutz kennen gelernt hatte, und arbeitete sie in das Manuskript ein. Sie kam mir sehr gelegen, weil die Rosengärtnerin ihr alles, was ich noch über die Kunst der Rosenzucht einbringen wollte, erzählen konnte, deshalb war ich zuerst ganz entzückt von meiner Idee. Doch als ich, nachdem ich einige Tage daran gearbeitet hatte, beim Frühstück einen Ausdruck des abgeänderten Manuskripts durchlas, merkte ich deutlich, dass dies ein falscher Weg war. Hätte sie jemanden gehabt, dem sie, wenn auch nur andeutungsweise, etwas von ihrem Ärger über ihren Mann hätte erzählen können, hätten sich ihre Gefühle nicht dermaßen angestaut, so wie ein Dampfkochtopf nicht explodiert, weil die geringen Dampfmengen, die entweichen, völlig ausreichen, um den Druck im Topfinneren unter Kontrolle zu halten. Sie musste also einsam sein, absolut einsam, damit das passieren könnte, was ich anstrebte. Deshalb nahm ich die Klavierlehrerin wieder aus dem Manuskript – nicht ohne ein gewisses Bedauern, sie hatte mir mit ihrem schrulligen Charme und ihrem Hang zu schrägen Vergleichen gut gefallen – und betonte mit einem Wort hier und einem Satz dort, wie einsam meine Rosengärtnerin wirklich war.

Mein Mitgefühl mit ihr wuchs, so wie man nach einer überstandenen Krankheit eine frühere Mitpatientin plötzlich bedauert, während man vorher, als es einem noch schlecht ging, eher dazu neigte zu sagen, wenn sie dasselbe durchmachen müsste wie ich, wüsste sie erst, was Kranksein wirklich bedeutet.

Sie tat mir Leid, auf eine zugleich mitfühlende und überhebliche Art, an die ich mich heute nur noch mit einer gewissen Verwunderung erinnere. Wie hochnäsig ich doch war. Was hatte ich ihr denn entgegenzusetzen, was gab mir das Recht, mitleidig zu sein? Nun ja, ich hatte, schon aufgrund meines Berufs, genügend lockere Außenkontakte, da gab es die Leute aus dem Verlag, aus Buchhandlungen und Büchereien, Journalisten, Leser, die mir Fanbriefe schickten, alles Menschen, die als Einzelne zwar keine große Rolle in meinem Leben spielten, es mir aber leicht machten, mich nicht von der Welt abgeschnitten zu fühlen, und im privaten Bereich hatte ich, außer einer guten Freundin, auch Annabella, und ich hatte dich. Mein Leben war ausgefüllt, ich empfand es sogar als prall, im Vergleich zu dem meiner Rosengärtnerin, ich fühlte mich unangreifbar, zumindest vorübergehend, denn auf einmal war ich nicht mehr die allein stehende Frau in den Wechseljahren, ich war Geliebte und ich war, wenn auch nicht im üblichen Sinn, Mutter. Mal mehr das eine, mal mehr das andere. Und so sollte es auch sein, dachte ich, im richtigen Leben wechseln die Menschen problemlos ihre Rollen, bewegen sich spielerisch zwischen ihren verschiedenen Lebensbereichen hin und her, ohne sie als wichtiger oder unwichtiger zu bewerten, es geht nur darum, was der Moment erfordert, und das Ziel ist nicht, alles zu durchdenken und zu kontrollieren, sondern das Angebotene zu nutzen, eine Abwechslung, die das Leben bunter und aufregender macht. So dachte ich damals, wenn ich überhaupt nachdachte. Du siehst, ich schwamm auf einer Welle der Selbstzufriedenheit.

Natürlich gab es auch Probleme, aber die lösten sich oft unerwartet schnell und ohne dass ich viel dazu beitragen musste. Da war zum Beispiel die Sache mit dem Geld.

Ich war sicher gewesen, noch etwas über dreihundert Euro in meinem Portemonnaie zu haben, aber als ich es an der Kasse des Supermarkts aufklappte, waren nur noch zweihundert und ein bisschen Kleingeld drin. Ich war irritiert, einen Moment lang stand ich da, vor mir die Kassiererin, die schon die Hand ausgestreckt hatte, hinter mir eine Schlange von Wartenden, und erst als eine Frau mich gereizt mit ihrem vollen Einkaufswagen anstieß, fing ich mich und hielt der Kassiererin das Geld hin. Es reichte, natürlich reichte es, ich hatte nur ein paar Sachen fürs Mittagessen eingekauft, zwei Koteletts, ein bisschen Gemüse, mehr nicht. Auf dem Heimweg überlegte ich, ob ich das Geld nicht für irgendetwas ausgegeben haben könnte, aber es fiel mir nichts ein, die meisten Sachen bezahlte ich sowieso mit der Karte, ich brauchte nur Bargeld, um Annabella etwas zu geben, und für die wenigen Lebensmittel, die wir zwischen den größeren Einkäufen benötigten. Ich hatte es mir angewöhnt, regelmäßig einige hundert Euro abzuheben, und wenn das Geld zu Ende war, ging ich eben wieder zur Bank. Jetzt, auf dem Heimweg vom Supermarkt, hatte ich das Gefühl, dass diese Gänge zur Bank in immer kürzeren Abständen nötig geworden seien.

Zu Hause fragte ich Annabella, ob sie Geld aus meinem Portemonnaie genommen habe.

Sie machte ihr Kindergesicht, das ich inzwischen schon gut kannte, große Augen unter leicht angehobenen Augenbrauen, und sagte, nein, wie kommst du denn auf so was?

Mir fehlen hundert Euro, glaube ich.

Glaubst du, wiederholte sie und verzog verächtlich den Mund. Du glaubst es also nur, und schon verdächtigst du mich. Wie oft weißt du nicht, wo du deine Brille hingelegt hast, und neulich hast du deine Uhr gesucht, und zum Schluss war sie in deiner Manteltasche. Und jetzt sind es hundert Euro. Aber klar, du hast mich ja auch von der Straße aufgelesen, was kann man von so einer schon erwarten.

Ich war verblüfft über das Schauspiel, das sie mir bot, ein solches Repertoire an Mimik und Gestik hätte ich ihr nicht zugetraut, auch nicht den gekränkten Ton in der Stimme, die sonst eher monoton klang. Das verunsicherte mich, ich gehe wirklich ein bisschen schlampig mit Geld um, andererseits blieb ihr, auch wenn sie es genommen hatte, nichts anderes übrig, als zu leugnen. Lass gut sein, sagte ich, tut mir Leid. Und es tat mir wirklich Leid, es war nicht ausgeschlossen, dass ich mich geirrt hatte. Vielleicht ist mir der Schein ja rausgefallen, ohne dass ich es gemerkt habe, dachte ich und überlegte, ob ich im Supermarkt überhaupt auf den Boden geschaut hatte. Ich hatte es nicht getan.

Ja, ja, es tut dir Leid, sagte Annabella beleidigt, drehte sich um und ließ mich stehen. Sie knallte ihre Zimmertür nicht direkt zu, schloss sie aber etwas lauter als üblich.

Ich gehöre zu den Menschen, denen man leicht einreden kann, sie hätten sich geirrt, deswegen war ich nur allzu bereit, Annabellas vorwurfsvollen Beschuldigungen Glauben zu schenken, sie zumindest für eine Möglichkeit zu halten, die zwar nicht wahrscheinlich war, aber auch nicht ganz von der Hand zu weisen. Ich bin daran gewöhnt, meinen Wahrnehmungen zu misstrauen, aus Erfahrung bin ich daran gewöhnt, so wie ich daran gewöhnt bin, an meinen Motiven zu zweifeln, aber an diesem Tag fühlte ich mich doch recht sicher, deshalb rief ich Melanie an.

Ist es wichtig, fragte sie, und ich sagte, ja, es ist wichtig.

Sie legte den Hörer auf den Tisch und ich bekam mit, wie sie einer Angestellten eine Frau Dr. Siebert zuwies, um fünfzehn Uhr, dann war sie wieder am Apparat und fragte, ist dir um drei im Café an der Ecke recht?

Das war mir recht, und als wir in dem Café nicht weit von ihrem Salon saßen, erzählte ich ihr von den hundert Euro.

Sie nahm die Sache ganz anders auf, als ich erwartet hatte, sie lachte nur. Und deshalb regst du dich auf, sagte sie erstaunt, so etwas passiert doch überall mal, zeig mir eine Familie, in der die Kinder noch nie etwas geklaut haben. Hast du deinem Vater nie Geld aus dem Portemonnaie genommen?

Nein, sagte ich und lachte auch, noch immer nicht ganz überzeugt, aber doch schon erleichtert, wenn Melanie keinen Grund zur Sorge sah, konnte ich mich zurücklehnen und einen Schluck Cappuccino trinken. Nein, meinem Vater habe ich nie etwas geklaut, sagte ich, aber meiner Stiefmutter, mein Vater war viel zu pedantisch, der hätte es sofort gemerkt.

Auf einmal fand ich die Sache wirklich nicht mehr so schlimm, im Gegenteil, ich dachte: Wir werden eine normale Familie mit normalen Problemen, kein Grund zur Panik, und eher, um mich zu verteidigen, um in Melanies Augen nicht als kleinlich dazustehen, sagte ich noch, sie hätte mich nicht anzulügen brauchen.

Melanie lachte wieder. Was hätte sie denn tun sollen, hätte sie etwa sagen sollen, bitte entschuldige, du kannst mir die hundert Euro vom nächsten Taschengeld abziehen?

Und dann fragte sie, ob wir nicht abends zusammen ins Kino gehen könnten, Thomas müsse schon die ganze Woche länger arbeiten, und sie habe keine Lust, immer nur zu Hause zu hocken und auf ihn zu warten.

Ich bin schon verabredet, sagte ich etwas verlegen, und als sie mich erstaunt ansah, murmelte ich, ich habe jemanden kennen gelernt.

Ich hatte ihr noch nichts von dir erzählt, nicht weil ich dich unterschlagen wollte – über Männergeschichten haben Melanie und ich immer sehr gut sprechen können –, sondern weil mir die Beziehung zu dir zu wichtig war, um sie nebenbei zu erwähnen, ich war mir nicht sicher genug, um die richtigen Worte zu finden.

Sie verstand, dass ich nichts sagen wollte, konnte sich aber nicht verkneifen zu bemerken, herzlichen Glückwunsch, ich hatte schon Angst, du würdest langsam vertrocknen.

Ihre Angst war überflüssig, von Vertrocknen konnte nicht die Rede sein, denn es war die Zeit, in der wir, du und ich, fast jeden Abend gemeinsam verbrachten. Noch nie war ich abends so selten zu Hause gewesen, für die Rosengärtnerin war das schlecht, sie wuchs nur langsam und das bedrückte mich allmählich – wenn das Buch im nächsten Herbst erscheinen sollte, musste ich das Manuskript im Dezember abgeben, und wir hatten schon Juni –, aber mir tat es gut, ich stürzte mich auf die Abwechslungen wie Kino, Theater, Vorträge, wie man sich, wenn man tagelang nur Brot gegessen hat, auf eine warme Mahlzeit stürzt.

Ich hatte nicht gewartet, ob du anrufen würdest, ich hatte es selbst getan, und ich weiß bis heute nicht, ob du dich noch einmal bei mir gemeldet hättest, ich habe dich nie danach gefragt, nicht, weil es mir egal gewesen wäre, ich habe wohl nur gefürchtet, du könntest mir eine Antwort geben, die mir nicht gefallen würde. Ich war es auch, die dich bei unserem nächsten Treffen verführt hat, besser gesagt, sie war es, meine Zwillingsschwester, und deinem Lachen war anzuhören, wie groß deine Erleichterung war, es gab keine Probleme mehr mit deiner Männlichkeit, du konntest den Vorfall als einmaligen Ausrutscher abtun, und ich genoss insgeheim meinen Erfolg, denn als solchen wertete ich es, ich hatte es geschafft, dein Selbstvertrauen wieder aufzupäppeln, und dabei ging es mir weniger um dich als um das, was meine Zwillingsschwester Schwanz nennt, den ich immer als getrennt von dir erlebt habe, fast so etwas wie ein eigenständiges Wesen. Ich habe oft genug überlegt, woher meine Freundlichkeit diesem so verletzlichen Anhängsel gegenüber stammte, wo ihre Wurzeln lagen, aber mir ist nicht sehr viel mehr eingefallen, als dass alle kleinen Mädchen gerne Krankenschwester spielen, vielleicht ist es nur der Trieb, Hilfloses zu schützen und Schutzbedürftigem beizustehen. Jedenfalls, ich war frisch verliebt und ging wie auf Wolken.

Sogar beim Schreiben hatte ich das Gefühl zu schweben, obwohl jetzt die Kapitel anstanden, in denen die Spannungen zwischen der Rosengärtnerin und ihrem Mann fast unerträglich wurden. Eine Scheidung kam für sie nicht in Frage, da hätte sie auf das Haus verzichten müssen, das er von seinen Eltern geerbt hatte, auf das Haus und den großen Garten, in dem sie im Laufe der Jahre eine Rosenzucht angelegt hatte, und diesen Garten aufzugeben war für sie unvorstellbar, die Rosen waren ihr Leben. Sie gestand sich nun bereits ein, seinen Tod zu wünschen, und dachte manchmal darüber nach, wie sie ihn umbringen könnte, ohne dass sein Tod als Mord erkennbar wäre. Sie kämpfte noch mit sich, denn da gab es ja auch den Konflikt, dass sie, wenn sie ihren Mann umbrächte, zugleich den Vater ihrer Tochter umbringen würde. Sie musste daher anfangen, ihn in seiner Rolle als Vater in Frage zu stellen, und das gelang ihr, indem sie nachträglich jede Zärtlichkeit zwischen den beiden umdeutete und eine Gefährdung ihrer Tochter sah, wo es in Wirklichkeit keine gab. Nachts, wenn sie nicht schlafen konnte, rief sie sich alle möglichen Situationen von früher in Erinnerung, wie er sie aufgefangen hatte, als sie vom Kirschbaum gesprungen war, wie er sie, nachdem sie völlig durchnässt heimgekommen war, abgetrocknet hatte, mit einer Zärtlichkeit, deren Ursache sie erst jetzt erkannte.

Solche fixen Ideen setzt man sich schnell in den Kopf, man braucht nur einmal eine Situation falsch zu beurteilen, und schon ist es passiert, eine einzige Fehlinterpretation reicht aus, die Gedanken in eine bestimmte Richtung zu lenken und andere Möglichkeiten, die ebenso logisch oder unlogisch gewesen wären, ganz auszuschließen. Beim Schreiben bin ich auf diese Fehlinterpretationen angewiesen, ich muss darüber nachdenken, wie sie entstanden sind, muss die Motive, die dazu geführt haben, so weit herausarbeiten, dass meine Leser das Gefühl haben, mehr zu verstehen als meine Protagonisten, aber wiederum nicht so genau, dass alle anderen möglichen Gründe für ein bestimmtes Verhalten ausgeschlossen werden, denn schließlich möchte jeder beim Lesen noch einen gewissen Freiraum für seine eigenen Gedanken und Gefühle haben, sonst wendet er sich von den Figuren ab und interessiert sich höchstens noch für die äußere Spannung, das heißt für die Handlung, falls er das Buch nicht gleich aus der Hand legt. Man muss also, wenn man schreibt, den Blickpunkt manchmal verschieben, auch wenn es nur geringfügig ist, um seinen Figuren – und seinen Lesern – eine andere Sicht zu ermöglichen, egal, ob diese nun richtiger ist als irgendeine andere. Es ist, als würde man ein Kaleidoskop um ein paar Millimeter drehen und schon erscheint ein anderes Bild. Dabei kann man sich allerdings auf einige wenige Gesichtspunkte, die man besonders interessant findet, beschränken, während die Motive im richtigen Leben oft so verworren, vielfältig und ambivalent sind, dass es besser ist, sie zu ignorieren. Erschreckend, nicht wahr, wie leicht sich Menschen aufs Glatteis führen lassen und wie leicht sie freiwillig das Glatteis betreten und noch nicht mal merken, dass sie ausrutschen, wenn sie sich nur ein bestimmtes Ziel in den Kopf gesetzt haben.

Bei meiner Rosengärtnerin war es sehr einfach, sie brauchte nur einmal zu sehen, wie ihr Mann im Vorbeigehen mit dem Ellenbogen Anastasias Brust streifte – eine versehentliche Berührung als absichtliche interpretiert –, und schon war es geschehen. Ein Klischee, sagst du, eine in Mode gekommene Anschuldigung, ist dir nichts Besseres eingefallen? Aber wie hätte sie es, ohne ihm so etwas Ungeheuerliches anzulasten, hinkriegen sollen, wie hätte sie den Widerwillen gegen ihren Mann in Gedanken rechtfertigen können? Wie hätte sie, bei ihren hohen moralischen Ansprüchen an sich selbst, so weit kommen können, seinen Tod zu planen? Und sterben musste er, etwas anderes blieb ihr nicht übrig, da sie nicht auf ihren Rosengarten verzichten konnte, in dem über zwanzig Jahre Arbeit steckten. Und nicht nur Arbeit, all ihre Träume, ihre Sehnsüchte und ihre geheimen Leidenschaften blühten in diesem Garten, er war ihre eigentliche Welt, in der ihr wahres Leben stattfand, sie war besessen davon, und alles andere, was sie sonst noch tat, was ihren Alltag ausmachte, waren mehr oder weniger lästige Pflichten, deren Erfullung zum Schlüssel geworden war, ohne den ihr der Zugang zu ihrem Garten verschlossen bleiben würde.

Sie war verzweifelt genug, um ihre Mordpläne allmählich zu konkretisieren. Irgendein Gift sollte es sein, das schien ihr am vernünftigsten, bei Giftmorden gibt es die höchste Dunkelziffer, man muss nur ein Mittel finden, nach dem kein Pathologe sucht, und was man nicht sucht, kann man auch nicht finden, so funktionieren Analysen nun mal. Am besten wäre natürlich eines, das wie ein Herzanfall wirken würde.

Damit war ich beschäftigt, und mit Karo Sommer, meiner Reporterin. Sie ist eine wache, schlagfertige junge Frau, vielleicht ein bisschen naiv, aber außerordentlich neugierig. In »Mehltau« war sie die Protagonistin gewesen, in »Der Jäger im Apfelbaum« immerhin noch die treibende Kraft, die mit ihrer Neugier die Handlung in Gang hielt, diesmal sollte sie, so hatte ich es mir überlegt, in den ersten beiden Dritteln des Romans nur dazu da sein, die Ereignisse zu beobachten und zu kommentieren, und erst im letzten Drittel eingreifen. Sie ist mit einem Kriminalbeamten befreundet, denn auch ich komme nicht ganz ohne Polizei aus, Morde müssen schließlich geahndet und gesühnt werden, und ein Selbstmord, weil der Täter von seinem Gewissen getrieben wird, lässt sich nicht beliebig oft wiederholen, ich habe ihn schon einmal benutzt, in »Falsches Spiel am Mittwoch«. Karo Sommers Freund ist Inspektor bei der Mordkommission, er liebt sie, bezeichnet ihr Verhältnis offen als Verlobung, aber Karo weicht dieser Formulierung immer aus. Ich hatte schon beim »Jäger im Apfelbaum« das Gefühl, sie hätte allmählich einen anderen Liebhaber verdient, längere Zeit habe ich über einen Staatsanwalt nachgedacht, die werden in Filmen zwar oft als unangenehm und stur dargestellt, aber es gibt schließlich die berühmten Ausnahmen. Letztlich habe ich mich doch dagegen entschieden, ich denke, es wird ein Kollege werden, ein Gerichtsreporter, der neu an ihre Zeitung gekommen ist. Sie verliebt sich Hals über Kopf in ihn und geht wie auf Wolken ... *honi soit qui mal y pense.*

Annabella merkte, dass ich mich verändert hatte, natürlich merkte sie es, ich wusste längst, dass ihr wenig entging, auch wenn sie kaum etwas sagte, ich ließ mich nicht mehr durch ihr gleichgültiges Gesicht täuschen.

Ein paar Tage nach dem Vorfall mit dem Geld – wir sprachen nicht mehr darüber, so wie wir über vieles nicht sprachen – bereitete ich das Mittagessen vor, während sie den Tisch deckte. Ich sah, wie sie mir von Zeit zu Zeit einen Blick von der Seite zuwarf, und wenn ich sie anlächelte, schaute sie schnell in eine andere Richtung. Natürlich merkt sie etwas, dachte ich da, in der Küche, während ich die Tomaten für den Salat in Scheiben schnitt, und dann überlegte ich, ob ich ihr etwas von dir erzählen sollte, und das verwunderte mich, ich neige nicht dazu, mein Innerstes nach außen zu kehren, schon als Jugendliche hatte ich nie das Bedürfnis verspürt, irgendwelchen Freundinnen mein Herz auszuschütten und ihnen meine geheimsten Wünsche anzuvertrauen, ich glaube, selbst dafür bin ich zu egoistisch, und schon der Gedanke, dass ich diese Möglichkeit überhaupt erwog, irritierte mich damals, beim Tomatenschneiden in der Küche, und ich beschloss, nichts von dir zu erzählen.

Doch dann lief es ganz anders. Wir hatten schweigend gegessen, wie immer, da legte sie ihr Besteck auf den leeren Teller und fragte, du hast einen neuen Kerl, nicht wahr?

Normalerweise hätte ich mich gegen diesen Ausdruck gewehrt, hätte gesagt, dass ich mich nie im Leben mit einem Kerl einlassen würde, was fällt dir ein, das wäre ja wohl das Letzte, aber sie sah mich mit einer so offenen Neugier an, mit anteilnehmendem Interesse, wie ich fand, dass ich, gerührt und geschmeichelt, anfing zu lachen. Ja, sagte ich, stimmt, und dann fragte ich sie, und du, hast du auch einen Kerl?

Sie zuckte mit den Schultern, ihr Gesicht bekam wieder den verschlossenen, gleichgültigen Ausdruck, und ich sagte, du kannst dir ruhig mal jemanden mitbringen, hörst du, dagegen habe ich nichts, du bist schließlich kein Kind mehr.

Dabei dachte ich an Kerstin, die seit ein paar Monaten ihren ersten Freund hatte, und an Melanie, die sich jetzt schon Sorgen machte, wie sie im Ernstfall darauf reagieren sollte. Und wenn dieser Freund eines Tages über Nacht bei Kerstin bleibt, hörte ich sie sagen, wird sie mich bestimmt nicht vorher um Erlaubnis fragen, und stell dir vor, ich gehe morgens arglos ins Badezimmer, weil ich pinkeln muss, und da steht ein fremder junger Mann vor dem Spiegel und rasiert sich, da kann einen doch der Schlag treffen. Und am Schluss solcher Gespräche sagte sie immer, aber erst, wenn sie schon sechzehn ist, unter sechzehn geht nichts. Das wiederholte sie wie eine Beschwörung, als könne sie damit drohendes Unheil von ihrer Tochter abwenden.

Ich wollte Annabella von Kerstins Freund erzählen, dachte, vielleicht sagt sie dann etwas von sich selbst oder sie bezieht Stellung, entweder für Melanie oder für Kerstin, aber es war zu spät, sie räumte bereits ihren Teller und ihr Besteck in die Spülmaschine, während ich noch meine letzten Tomaten aß.

Ich weiß nicht, warum ich angeboten habe, sie könne ruhig mal jemanden mitbringen, es ist mir einfach rausgerutscht, ich habe wirklich nicht darüber nachgedacht, was es für mich bedeuten würde, einen fremden Menschen in der Wohnung zu sehen. Ausgerechnet ich habe von mir aus dieses Angebot gemacht, obwohl ich schon nervös werde, wenn der Postbote einmal länger als eine halbe Minute in meinem Flur steht. Aber gut, ich hatte es gesagt, warum auch immer, vielleicht, um ihr mein Vertrauen zu beweisen, vielleicht auch aus dem Gefühl heraus, ihr, weil es mir so gut ging, etwas schuldig zu sein, als Ausgleich sozusagen, egal, ich dachte nicht mehr daran, bis ich ein paar Tage später, es war schon nach Mitternacht, nach Hause kam.

Wir waren im Kino gewesen, du und ich, und dann noch bei dir, und ich war zwar müde, aber trotzdem heiter und aufgekratzt, als ich die Wohnungstür aufschloss. Auf der Fahrt nach Hause hatte ich mir ausgemalt, wie ich erst duschen würde und mich dann, in Nachthemd und Morgenrock, mit einem Glas Wein noch ein bisschen auf den Balkon setzen und in den Park schauen würde, in dem nachts höchstens ab und zu mal ein Liebespaar über den Kiesweg läuft. Ich mag das, bei warmem Wetter vor dem Schlafengehen noch eine Weile auf dem Balkon zu sitzen und die Bäume und den Himmel zu betrachten, es hat so etwas Meditatives, der Kopf wird leer, bis man das Gefühl hat, man hebt ab und wird Teil des nächtlichen Himmels.

Ich schloss leise die Tür auf, um Annabella nicht zu wecken, falls sie schon zu Hause war, und erstarrte, noch bevor ich das Licht im Flur angemacht hatte. Ein fremder Geruch schlug mir entgegen, so fremd, dass ich im ersten Moment zweifelte, ob ich nicht in einer anderen Wohnung gelandet sei, aber ich hatte den richtigen Schlüssel in der Hand und an der Garderobe hingen mein Regenmantel und mein taubenhalsfarbenes Jackett und an der Wand sah ich das Mondrian-Poster, bis auf den Geruch war alles wie sonst. Ich machte die Wohnungstür zu, legte den Schlüssel auf die Kommode, wo ich ihn immer hinlege, hängte meinen Burberry und meine Tasche an den äußeren linken Haken und ging in die Küche, und da wurde mir auf einmal alles klar. Annabella hatte Besuch gehabt, einen Mann, der rauchte, sie hatten hier in meiner Küche gesessen, sie hatten gegessen, gelacht und geredet, vielleicht sogar über mich. Auf dem Tisch standen zwei Teller, Reste von Nudeln mit Tomatensoße – ein Kinderessen, schoss es mir durch den Kopf, Melanie hatte sich jahrelang bei mir darüber beklagt, dass Kerstin nichts anderes essen wollte als Nudeln mit Tomatensoße –, und in den Tellern waren Zigarettenkippen ausgedrückt worden, auf beiden, sie hatte also auch geraucht. Es sah ekelhaft aus, mir wurde übel bei dem Anblick.

Ich ging zu ihrem Zimmer und lauschte an der Tür, aber es war nichts zu hören, weder Stimmen noch die übliche Musik, vermutlich war sie noch unterwegs. Vielleicht war der Mann gekommen, um sie abzuholen, und sie hatte gesagt, komm rein, ich koche uns noch was zu essen, sie ist nicht zu Hause, und plötzlich fragte ich mich, wie sie mich ihren Freunden gegenüber eigentlich nannte, sagte sie meine Vermieterin, die Schriftstellerin, bei der ich wohne, oder nur meinen Namen? Und wenn, welchen? Den echten, Elisabeth Brandner, oder Lisa Bratt, meinen Künstlernamen? Ich wagte nicht, die Tür zu öffnen und nachzuschauen, ob sie da war, denn ich hätte nicht gewusst, was ich hätte sagen können, falls sie mit einem Mann im Bett liegen würde, das wäre eine so peinliche Situation gewesen, dass ich sie mir lieber nicht vorstellte.

Also ging ich zurück in die Küche, riss das Fenster auf und räumte das schmutzige Geschirr in die Spülmaschine. Auf dem Herd standen zwei Töpfe, einer mit einem Rest Nudeln, der andere mit angebrannter Tomatensoße, die Nudeln warf ich in den Mülleimer, dann ließ ich Wasser in die Töpfe laufen, zum Einweichen, und dabei dachte ich die ganze Zeit, dir werde ich was erzählen, wart's nur ab, wenn du schon so etwas machst, dann gefälligst diskreter.

Ich war so wütend, dass ich nicht gleich ins Bett gehen konnte, auch ein ausgiebiges Duschen hatte nichts geändert, das heiße Wasser hatte meine Wut höchstens noch mehr angeheizt, deshalb setzte ich mich schließlich doch mit einem Glas Wein auf den Balkon, aber es hatte nichts Meditatives an sich, wie ich da saß, ich überlegte, noch immer aufgebracht, was ich alles zu ihr sagen würde.

Dann dachte ich an Melanie und Kerstin. Natürlich dachte ich an sie, sie sind mein Modell für Mutter und Tochter, ein anderes habe ich nicht, und mit den Gedanken kamen die Erinnerungen an Melanies Schwangerschaft, zwei Jahre, nachdem ich abgetrieben hatte. Melanie hat sich für das Kind entschieden, obwohl sie sich von Gary getrennt hatte. Wie glücklich sie war, nie vergesse ich die Bewegung, mit der sie die Hand auf ihren Bauch legte und erstaunt sagte, ich glaube, es hat sich bewegt. Ihr Gesicht hatte dabei einen Ausdruck, den ich nur als verklärt bezeichnen kann, und in diesem Moment war ich neidisch auf sie, ganz einfach neidisch, und es fiel mir schwer, mir gegenüber weiterhin meine eigenen Argumente zu vertreten – ich will keinen dicken Bauch, ich will keine Verantwortung für ein Kind, vor allem nicht allein, meine Arbeit ist mir zu wichtig, Karriere und Kind passen nicht zusammen. Melanie hat es geschafft, von dem Unterhalt, den Gary bezahlte, hat sie ein Kindermädchen angestellt, und in all den Jahren, als Kerstin klein war, hat sie mich nur selten um Hilfe gebeten.

Ja, ich war oft genug neidisch, ich habe mich oft genug gefragt, ob meine Entscheidung damals richtig gewesen war, aber es gab auch Schwierigkeiten – Kerstin war kein einfaches Kind, dickköpfig, launisch und verwöhnt –, und dann sagte ich mir immer, es ist gut, so wie es ist, ein kleines Kind passt nicht zu einem Leben, wie ich es mir vorstelle.

An das alles dachte ich da, auf meinem Balkon, und ich dachte auch, das Leben hat mir eine zweite Chance gegeben, das passiert nicht oft. Sie hat so viel gut bei mir, all die nicht gekauften Gummibärchen, die Zahnspange, all die Ängste, die durchwachten Nächte, von denen Melanie mir erzählt hatte, wenn Kerstin krank war, all der Ärger, den ein Kind macht, die Sorgen. Nie kann ich das gutmachen, dachte ich.

Ich goss mir noch ein Glas Wein ein und betrachtete den Himmel und die Sterne und war von einer tiefen Dankbarkeit erfüllt.

10

Der Tag fing an mit Sonnenschein. Ich hatte abends absichtlich nicht die Vorhänge zugezogen, ich wollte dich morgens, nach dem Aufwachen, sofort anschauen können, in einem hellen, nicht durch den Leinenstoff gefilterten Licht, noch im Einschlafen hatte ich mich darauf gefreut, deine dunklen Haare auf dem blauen Kopfkissen zu sehen, deinen schönen bräunlichen Körper auf den ebenfalls blauen Laken, ein seltsam weiches Graublau, vor allem morgens, wenn die Sonne durch mein Schlafzimmerfenster scheint. Und alles war so, wie ich es mir vorgestellt hatte. Ich war eher aufgewacht als du, ich habe die Decke von dir gezogen und dich betrachtet, zugeschaut, wie die Sonne dich weckt. Du hast die Augen zugekniffen, die Stirn gerunzelt, die Brauen zusammengeschoben, deine Wangenmuskeln haben gezuckt, deine Lippen haben sich erst in die Breite gezogen, dann vorgewölbt wie bei einem Kind, und schließlich hast du geblinzelt, die Augen aufgemacht und mich angelächelt, die Arme ausgestreckt und mich über dich gezogen. Es war perfekt.

Später, als wir beide in der Küche waren, du in meinem blauen Bademantel, der über deinem Bauchansatz ein wenig gespannt hat, ich in meinem grauen Seidennachthemd, tauchte Annabella auf, noch im Pyjama, wieder in dem erdbeerroten, und blieb in der Tür stehen. Sie tat sehr erstaunt, lehnte sich an den Türpfosten und sagte zu dir, hallo, du bist das also, und du hast gelacht und gesagt, ja, und du bist also die berühmte Annabella.

Sie lehnte sich mit der rechten Schulter an die Tür, und ich sah sie plötzlich wieder vor mir stehen, wie damals, und spürte, wie Ärger in mir aufstieg. Verdammt, dachte ich, was hat sie um diese Uhrzeit in der Küche zu suchen, sonst kommt sie ja auch erst mittags aus dem Bett, doch ich wollte nichts sagen, es wäre mir peinlich gewesen, in deinem Beisein die keifende Mutter zu spielen. Aber mein Ärger wuchs, als ich sah, wie sie das Kinn reckte, ganz leicht nur, und es ein wenig vorschob, sie zitierte sich selbst, imitierte ihre Haltung von damals, eine erdbeerrote Provokation.

Du Miststück, dachte ich, und ich dachte es noch öfter an diesem Morgen, denn sie blieb in der Küche, sie frühstückte mit uns, war freundlich, charmant, schenkte dir mehrmals ihr wunderbares Lächeln, das ich, natürlich nur, wenn ich allein war, oft genug nachzumachen versucht hatte, ohne dass es mir je gelungen wäre, nun ja, auch das Lächeln der Gioconda ist noch keinem anderen gelungen. Annabella tat jedenfalls alles, um dich einzuwickeln, sie spielte das Spiel, das Frauen und Männer so oft spielen und von dem alle die Regeln zu kennen scheinen, ein verächtliches und zugleich faszinierendes Spiel, das beide auf ihre Genitalien reduziert, als wäre ihre Fortpflanzungsfähigkeit das Wichtigste auf der Welt, auch wenn es in der jeweiligen Situation gar nicht um Fortpflanzung geht.

Ich spürte, wie die Hitze in mir aufstieg, sie begann zwischen meinen Beinen, erfüllte meine Brust, brachte meinen Kopf zum Glühen, und ich wusste nicht, ob diese Gefühle aus der Erinnerung an die letzte Nacht stammten oder ob sie etwas mit Eifersucht zu tun hatten, mit Neid, denn dass sie dir gefiel, konnte ich sehen, du brauchst es nicht zu leugnen, du hast dich diesem jungen Ding gegenüber verhalten, wie sich alle Männer verhalten hätten, ihre Aufmerksamkeit hat dir geschmeichelt, und das hat mich geärgert. Und es hat mich auch enttäuscht, wie ich zugeben muss, es hat nicht zu dem Bild gepasst, das ich mir von dir gemacht hatte, du kamst mir auf einmal ein bisschen dümmlich vor, wie ein Hund, der anfängt zu geifern, wenn ihm ein Knochen hingehalten wird.

Ich wurde immer stiller, eure Stimmen vermischten sich in meinem Kopf, ich floh vor diesen Stimmen, rutschte immer tiefer in meinen Abgrund, jeder Versuch, mich zu disziplinieren, misslang, ich spürte es und konnte es doch nicht ändern. Warum redete sie auf einmal so viel, und du, was hast du gesagt, warum lacht sie jetzt so laut, ich verstand nichts mehr, ihr Lachen war schrill, zerriss mir das Trommelfell, und dein Lachen weckte Erinnerungen in mir, die mich schwach machten, und das wollte ich nicht, eine schwache Frau habe ich nie sein wollen, alles, nur das nicht, wenn man schwach ist, fordert man heraus, dass man geschlagen wird, schwache Menschen ziehen das Unglück an wie die Gans den Fuchs, deshalb habe ich es doch immer vorgezogen, nur Zuschauerin zu sein, und nun, hier, in meiner eigenen Küche, war ich beteiligt und drohte die Gans zu werden, und ich dachte, so nicht, nicht so. Und dann merkte ich, dass es nicht Annabellas Stimme war, die mir das Trommelfell zerriss, es waren meine Gedanken, das Lachen war das höhnische Lachen meiner Zwillingsschwester, die sagte, ein guter Fick und du bist verloren, merkst du nicht, dass du dich aufführst wie eines von diesen Weibern, die du sonst immer verachtest? Du bist eifersüchtig, eine dumme Gans, die Möse im Gehirn oder was, und ich sagte, halt's Maul, ohne zu wissen, ob ich sie meinte oder Annabella, und natürlich sagte ich es auch nicht laut, denn solche Dinge sage ich nie, schon weil mir eine derartige Wortwahl zuwider ist.

Ich hob den Kopf und sah, dass ihr mich beide anschautet, du und Annabella, du hattest die Augenbrauen leicht hochgezogen und hast in diesem Moment einem Bernhardiner ähnlicher gesehen als einem Latin Lover, und ich dachte, eine blöde Situation, wie konnte mir das nur passieren, und vor lauter Verlegenheit fing ich an zu lachen, es sah ja auch wirklich komisch aus, du in meinem Bademantel, Annabella in meinem erdbeerroten Pyjama und ich in dem dünnen Nachthemd, das genug von meinem Körper sehen ließ, um zu zeigen, dass er nicht mehr achtzehn war, und wir alle drei an meinem Küchentisch, den ich nur für mich ausgesucht und gekauft hatte, in meiner Wohnung, die zwar nicht sonderlich groß ist, aber ziemlich luxuriös, jedes Möbelstück, jeder Gegenstand war genau nach meinen Bedürfnissen ausgewählt, für eine Frau, die allein lebt, die zum Alleinsein geboren ist und die gelernt hat, sich vor unüberlegten Beziehungen zu hüten. Dann hörte ich auf zu lachen, ich spürte selbst, wie meine Gesichtszüge gefroren, die Situation war nicht komisch, sie war falsch, alles war falsch, die Küche war viel zu voll mit drei Personen, die fremden Körper füllten sie ungebührlich aus, es war eine widerwärtige, triviale Komödie, die hier gespielt wurde, nach einem Drehbuch, das nicht von mir geschrieben worden war, ich war die Letzte, die darüber lachen durfte, auch wenn ich das Widersinnige und Absurde der Situation durchaus erkannte und einordnen konnte.

Die Küche ist zu voll, sagte ich, ich habe keinen Platz mehr, und Annabella sagte, Raum ist in der kleinsten Hütte, und du sagtest, na, wenn das eine Hütte ist …

Ich beugte mich vor, goss mir noch einen Kaffee ein, das bittere Aroma stieg mir in die Nase und mischte sich mit dem Geruch nach Liebe, der aus meinem Schoß aufstieg und sich in der Küche ausbreitete. Es war still geworden, aber vielleicht war es die ganze Zeit so still gewesen, ich wusste es nicht mehr. Der Geruch meines Körpers wurde immer intensiver, alles drehte sich um mich, eure Köpfe, der Küchenschrank, die Wände, ich sprang auf und rannte ins Bad, riss mir das Nachthemd vom Leib und stellte mich unter die Dusche und blieb so lange stehen, bis ich meine Gesichtszüge wieder in der Gewalt hatte.

Als ich in die Küche zurückkam, war Annabella verschwunden, und du hast dir noch ein Brot geschmiert und gesagt, ohne mich anzuschauen, ein nettes Mädchen, sehr hübsch, aber ich glaube, sie ist ein Luder.

Was meinst du damit, sagte ich, wieso sagst du so ein Wort, und dann hast du gesagt, na ja, ein bisschen seltsam führt sie sich schon auf, als hätte sie es faustdick hinter den Ohren.

Ich habe nicht darauf geantwortet, ich empfand deine Worte als Übergriff, der dir nicht zustand, ich wollte nicht mit dir über Annabella diskutieren, das ging dich nichts an, Annabella war allein meine Angelegenheit. Verstehst du, ich kannte das Problem von Melanie, sie hatte mir oft genug davon erzählt, dass Thomas sich in Kerstins Erziehung einmischen wollte, und immer hatte sie gesagt, das ist meine Sache, das geht ihn nichts an. Und ebenso wenig wollte ich mit dir über das sprechen, was ich für eine absolut inakzeptable Eifersucht hielt, jedenfalls in diesem Zusammenhang, auch das ging dich nichts an, dachte ich damals, und heute weiß ich nicht, ob ich Recht gehabt habe, denn vielleicht, aber nur vielleicht, hätte ich mit Reden rechtzeitig den Stachel aus meinem Fleisch ziehen können.

Nachdem du gegangen warst, habe ich gearbeitet, auch wenn es eine Weile gedauert hat, bis ich mich beruhigte und die notwendige Disziplin aufbrachte. An diesem Tag kam, was natürlich kein Wunder ist, etwas Neues in mein Manuskript, die Rosengärtnerin stellte zum ersten Mal ihr Verhältnis zu ihrer Tochter in Frage, endlich, wie ich dachte, denn ich hatte schon lange geahnt, dass es irgendwann passieren würde. Ihr Mann hatte bei einer Auseinandersetzung gesagt, manchmal tue es ihm fast Leid, sie damals geheiratet zu haben. Sie hatte nicht geantwortet, mir auch, bei Gott, mir auch, obwohl ihr diese Worte auf der Zunge gelegen hatten, aber die Erinnerung an damals ließ sie nicht mehr los. Sie hatte ihn heiraten müssen, sie war schwanger gewesen, und sie hörte noch die Stimme ihrer Mutter, die sagte, du kannst froh und dankbar sein, dass er dich überhaupt nimmt. Sie war froh und dankbar gewesen, wenigstens in den ersten Jahren, bis sie allmählich seine Seitensprünge mitbekam, eine Sekretärin hier, eine Kollegin da, Kränkungen, die sie schweigend hingenommen hatte, Männer sind nun mal so, hatte ihre Mutter gesagt, dein Vater war auch nicht besser. Er ist immer egoistisch gewesen, dachte sie nun, und Anastasia sieht nicht nur aus wie er, sie hat auch seinen Charakter geerbt. Sie schämte sich für diesen Gedanken, aber zugleich empfand sie ihn als Erleichterung, denn ihr wurde klar, dass ihre Tochter nicht sonderlich leiden würde, wenn ihr Vater starb, sie würde sich über das Erbe freuen, über den Pflichtteil, den sie ihr gleich auszahlen müsste, und ganz kurz nur spürte sie etwas wie Mitleid mit ihrem Mann, und sie dachte, das hat er trotz allem nicht verdient.

Ich überlegte, warum sie ihn wirklich geheiratet hatte, sie hätte das Kind doch auch abtreiben können. War es die Angst vor dem Eingriff gewesen, die sie hatte zurückschrecken lassen, oder passte eine Abtreibung nicht zu ihren moralischen oder religiösen Überzeugungen? Bisher hatten religiöse Bedenken in meinen Büchern noch nie eine Rolle gespielt, aber zur Rosengärtnerin würden sie passen. Über diesen Aspekt muss ich noch einmal nachdenken, dachte ich, aber nicht jetzt, vielleicht später einmal.

An diesem Tag wich ich Annabella aus, ich war noch zu verwirrt und musste erst mit mir selbst ins Reine kommen. Als sie zur Mittagszeit aufstand und den Kopf durch die Tür schob, sagte ich, sie solle sich alleine etwas zu essen machen, ich müsse arbeiten, dann rief ich Melanie an und fragte, ob ich ausnahmsweise heute einen Behandlungstermin bekommen könne. Komm gegen fünf, sagte sie, du bist mir allemal eine Überstunde wert.

Bei Melanie war es wunderbar, sie machte das volle Programm, Peeling, Feuchtigkeitsmaske, Gesichtsmassage, und dabei erzählte sie mir allen möglichen Klatsch über Bekannte, über ihre Angestellten, ihre Stimme rieselte über mich wie die psychedelische Entspannungsmusik, die leise im Hintergrund lief. Ich weiß nicht, ob sie etwas von dem seltsamen Zustand spürte, in dem ich mich befand, es kann schon sein, denn manchmal hielt sie in ihrem munteren Geplauder unvermittelt inne, als wolle sie mir Zeit geben, etwas zu sagen. Aber auch das gehört zu unserem unausgesprochenen Abkommen, die andere nie zu etwas zu drängen, was sie nicht freiwillig sagen möchte. Als ich nach Hause kam, war es acht Uhr vorbei, und Annabella war, wie ich erwartet hatte, schon unterwegs.

Ich traf sie erst wieder am nächsten Tag, da hatte ich

mich bereits beruhigt und mir klar gemacht, dass ich keinen Grund hatte, auf sie böse zu sein, sie hatte Verführen gespielt, wie kleine Mädchen das eben tun, vor allem, wenn sie glauben, sonst nichts zu bieten zu haben, zwar nicht naiv und unschuldig, aber auch nicht hinterhältig und böse, schließlich war es in meinem Beisein geschehen, und dass es mir schwer fiel zu akzeptieren, dass ich im Klimakterium war und nicht mehr ganz so unbefangen die Rolle der Verführerin übernehmen konnte, war schließlich nicht ihre Schuld, erstens konnte sie sich das in ihrem Alter noch nicht vorstellen und zweitens ging es sie auch nichts an. Das ging nur mich etwas an, und ich war nicht bereit, mir eine so dumme und vor allem unangemessen heftige Reaktion zuzugestehen, das passte nicht zu mir, so wollte ich auf keinen Fall sein, so verächtlich und lächerlich.

Zum Mittagessen gab es Wiener Schnitzel mit Pommes und Salat, das machte ich damals oft, weil ich herausgefunden hatte, dass Annabella Wiener Schnitzel und Pommes besonders gern aß, es gefiel mir, wenn es ihr schmeckte, beim Essen war sie viel gelöster und unbefangener als sonst. Ich schnitt mir gerade ein Stück Fleisch ab und dachte, die Messer sind ziemlich stumpf, gibt es eigentlich noch Messerschleifer, als Annabella sagte, was für ein klasse Typ, dein Kerl, aber ist er nicht ein bisschen zu jung für dich?

Ich hielt das aufgespießte Schnitzelstückchen vor mir in die Luft, betrachtete die goldbraune Panade, atmete den Geruch nach heißem Bratfett ein, der in der Luft hing, und steckte das Fleisch erst in den Mund, als ich gesagt hatte, er ist zwei Jahre älter als ich.

Das sieht man ihm aber nicht an, er ist noch ganz schön knackig, sagte sie beiläufig, und ich erstarrte, hörte auf zu kauen und überlegte, ob ich das als Affront gegen mich oder als Kompliment für dich werten sollte. Noch bevor ich mich entschieden hatte, fügte sie hinzu, na ja, Frauen werden eben schneller alt. Ich meinte Bedauern in ihrer Stimme zu hören, so etwas wie Mitleid, und da war er wieder, der Stachel. Das halb zerkaute Fleisch in meinem Mund schien aufzuquellen, meine Wangen schwollen an, und dann hörte ich sie sagen, aber du siehst auch noch prima aus, für dein Alter, und ich konnte weiterkauen. Eine alberne Bemerkung, sonst nichts, dachte ich, für achtzehnjährige Mädchen sind doch alle, die älter sind als sie selbst, dem Tod von der Schippe gesprungen, ob sie nun dreißig, vierzig oder fünfzig Jahre alt sind, älter als achtzehn ist alt und noch ein paar Jahre mehr ist uralt. Deshalb sagte ich nur, Älterwerden ist kein persönliches Versagen, ebenso wenig wie Jugend eine Tugend, oder etwas ähnlich Albernes und Belangloses, und als Annabella mich anlächelte, fiel es mir schon leicht, zurückzulächeln, und hinterher notierte ich mir diesen Dialog für meinen Zettelkasten, für »Anastasias Doppelleben«, nahm mir aber vor, mir als Anlass für die Szene etwas anderes auszudenken.

Das war alles, bis zu der Sache mit dem Ring.

Ich glaube, es war zwei, drei Tage später, wir hatten uns zum Essen verabredet, du und ich, bei diesem Italiener neben der Grafischen Sammlung, erinnerst du dich? Es war der Abend, an dem wir unsere Lebensgewohnheiten miteinander verglichen, als könnten drei, vier oder auch zehn entdeckte Gemeinsamkeiten aus zwei Menschen ein Paar machen. Ich lese gerne abends im Bett, du auch? Im Winter esse ich oft Eintopf, Linsen, Bohnen mit Lammfleisch und so was. Ich kann es nicht leiden, wenn mein Schreibtisch nicht aufgeräumt ist, Chaos macht mich wahnsinnig, und dich? Für mich war es ein Spiel, aber dir war es sehr ernst, das habe ich wohl gemerkt, du wolltest gar nicht aufhören damit, hast immer wieder etwas Neues angeführt, Buchtitel genannt und genickt, wenn ich sagte, ein bestimmtes Buch habe mir gefallen oder nicht, du wolltest unbedingt Gemeinsamkeiten finden, während ich, glaube ich, ohne es mir bewusst zu machen, eher nach Trennendem suchte, mir ging das alles zu schnell. Ich hatte dich, ehrlich gestanden, auch im Verdacht, du wolltest die Szene in meiner Küche mit deinem Eifer zudecken. Und dann hast du von Geld angefangen, das war mein Stichwort, darauf hatte ich gewartet, denn mich bedrückte das Thema Annabella und Geld, ich hätte es gern mit dir besprochen, und vielleicht hätte ich es besser auch getan, doch sogar jetzt weiß ich nicht, ob es geholfen hätte, es ist nur ein unbestimmtes Gefühl, das mich nicht loslässt. Du kennst es doch auch, dieses Spiel, mit dem man sich in den Wahnsinn treiben kann, das Spiel mit dem Irrealis, das, hat es einen erst einmal gepackt, zur Sucht werden kann: Hätte ich das nicht getan, wäre jenes nicht passiert, oder umgekehrt, wenn ich dies oder das getan hätte, wäre vielleicht alles ganz anders gelaufen. Hätte, wäre, wenn, vielleicht.

Aber ich wollte ja von Geld sprechen, auch wenn irgendwelche späten Einsichten nichts mehr nützen, mir nicht und ihr nicht. Ich hatte an diesem Abend gemerkt, dass mir ein Ring fehlte, der gut zu dem taubenhalsfarbenen Jackett passte, das ich anziehen wollte, ein Goldring mit einem kleinen Kranz aus Diamanten, kein extrem teures Stück, aber auch nicht wertlos. Ich erinnerte mich nicht, wann ich ihn das letzte Mal getragen hatte, ich konnte ihn verloren haben, das war natürlich möglich, aber nun fiel mir auch die Sache mit dem Geld an der

Supermarktkasse wieder ein, ich war wirklich beunruhigt. Auf der Fahrt zum Italiener hatte ich mir überlegt, mit wem ich darüber sprechen könnte, mit Melanie oder mit dir, aber Melanie kam nicht in Frage, sie hätte sofort gesagt, das geht nun aber wirklich zu weit, schmeiß sie raus, du hast es doch nicht nötig, dir ein fremdes Mädchen aufzuhalsen und dich auch noch beklauen zu lassen, ein Ring ist etwas anderes als ein schneller Griff in einen herumliegenden Geldbeutel, warum lässt du dich überhaupt auf ein so zweifelhaftes Abenteuer ein und so weiter, alles Dinge, die ich an ihrer Stelle auch gesagt hätte, die ich aber auf keinen Fall hören wollte. Für dich war Annabella ein selbstverständlicher Teil meines Lebens, denn als wir uns kennen lernten, war sie schon bei mir, deshalb wollte ich dich um Rat fragen.

Geld hat in meiner Beziehung zu Annabella nie eine Rolle gespielt, für mich jedenfalls nicht, deshalb ging ich vermutlich davon aus, dass es auch für sie so sei. Am Anfang, du erinnerst dich, gab ich ihr jeden Abend zehn oder zwanzig Euro, je nachdem, was ich gerade dahatte. Sie hat mich nie um Geld gebeten, kein einziges Mal, nie hat sie gesagt, gib mir was, oder auch nur wortlos die Hand ausgestreckt. Wenn sie abends wegging, ein bisschen mit ihren Freunden rumhängen, wie sie es nannte, fragte ich sie, ob sie noch Geld habe, und dann zuckte sie gleichgültig mit den Schultern und starrte einen Fleck an der Wand hinter mir an, jeden Abend die gleiche Reaktion, und ich gab ihr, was ich gerade klein hatte. Sie wagt es nicht, mich um etwas zu bitten, dachte ich und überlegte lange, wie ich ihr diese Peinlichkeit ersparen könnte, und kam zu dem Schluss, die einzige passende Lösung sei, ihr offiziell Taschengeld zu geben, dreihundert Euro im Monat. Melanie fand das zu viel, Kerstin bekam nur hundertfünfzig, aber das war mir egal, Kerstin ist drei Jahre jünger, sagte ich mir, und zudem war Annabella zum Abendessen oft nicht zu Hause, auch wenn sie, bevor sie wegging, meist noch ein paar Wurstbrote aß. Außerdem besaß Kerstin alles, was sie brauchte, und Annabella musste sich erst die Dinge anschaffen, die üblicherweise zum Besitz eines jungen Mädchens gehören, Gründe genug, ihr mehr Geld zu geben als einer fünfzehnjährigen, verwöhnten Schülerin. Tatsächlich kaufte Annabella sich mal ein T-Shirt, mal eine Hose, und einmal brachte sie ein neues Handy nach Hause. Ich habe einen Job, sagte sie, als sie mir das Handy zeigte, ich helfe manchmal in einer Kneipe aus, als Bedienung, vielleicht übernehmen sie mich ja, wenn die Stelle im Herbst frei wird, und ich wertete das als Zeichen dafür, dass sie sich bemühte, Ordnung in ihr Leben zu bringen. Es hat mich nur ein bisschen gestört, dass sie mir ihre Handynummer nicht gab. Ich habe sie allerdings auch nicht danach gefragt, ich glaube, ich dachte, sie hätte es von sich aus tun müssen. Außerdem war es mir auch nicht so wichtig.

Dann war die Sache mit den hundert Euro passiert. Ich hatte, nach dem Gespräch mit Melanie, die Angelegenheit für erledigt gehalten, ich bildete mir ein, sie vergessen zu haben, wie ich häufig Dinge vergesse, die mir unangenehm sind, sei es aus mangelndem Interesse oder aus Bequemlichkeit, aber insgeheim glomm der Ärger in mir weiter, wie ein bisschen Glut unter der Asche weiterglimmen kann, auch wenn man das Feuer für erloschen hält, und langsam wuchs ein Plan in mir, für den ich mich schon schämte, noch bevor ich ihn ausgeführt hatte, er hätte, dachte ich, von meinem Vater sein können oder von meiner Zwillingsschwester, aber doch nicht von mir. Trotzdem ging er mir nicht aus dem Kopf, und irgendwann hatte ich es dann doch getan, ich hatte einen zusammengefalteten Fünfzigeuroschein in die Tasche meiner Leinenhose geschoben, die ich zum Waschen auf den Korb im Badezimmer gelegt hatte, und als ich abends, gleich nachdem Annabella weggegangen war, nachschaute, war das Geld weg.

Ich war irritiert und fühlte mich betrogen, zugleich schämte ich mich, weil ich mich so schäbig verhalten hatte, denn das war es gewesen, schäbig und hinterhältig.

Ich beschloss, nichts zu Annabella zu sagen, zum einen genierte ich mich, zum anderen wollte ich nicht das bisschen Normalität gefährden, das sich zwischen uns entwickelt hatte, ich wollte ihr – und natürlich auch mir – diese peinliche Situation ersparen. Stattdessen nahm ich mir vor, sie öfter mal zu fragen, ob sie etwas brauche oder ob sie sich etwas wünsche. Ich verglich sie mit Anastasia, die inzwischen ihr Auto bekommen hatte, und dachte, dass es mir bei ihr, die ja wirklich verwöhnt und anspruchsvoll war, ziemlich leicht fiel, ihre vielen Wünsche zu verstehen, warum sollte ich es bei Annabella nicht schaffen, die doch nie etwas forderte. Ich wollte uns Zeit lassen, ihr und mir, Zeit, die sie brauchte, um Dinge zu lernen, die sie offenbar noch nicht gelernt hatte, Zeit, ihren Platz in meinem Leben zu finden und zu definieren, damit sie von da aus ihren eigenen Weg gehen könnte. Bis heute weiß ich nicht, warum ich so reagiert habe, ob es wirklich aus Großherzigkeit war, wie ich so gerne glauben wollte, oder aus Bequemlichkeit. Aber die Sache nagte weiter an mir, und nun kam auch noch der fehlende Ring dazu, deshalb hatte ich mir vorgenommen, beim Italiener mit dir darüber zu sprechen.

Doch bevor ich damit anfangen konnte, hast du bereits

über deine eigenen Schwierigkeiten im Umgang mit Geld gesprochen, hast von deinem ständigen Hin- und Herpendeln zwischen Geiz und Verschwendungssucht geredet und von deinem Vater erzählt, der für sich persönlich die teuersten Sachen gekauft hatte – als er gestorben ist, standen an die dreißig Paar kaum getragener Bally-Schuhe in seinem Schrank, hast du empört gesagt –, aber mit seiner Frau um jeden Pfennig Haushaltsgeld stritt.

Ich hörte dir zu, stellte mir den kleinen Johannes in kurzen Hosen vor, mit Grind auf den Knien und blauen Flecken an den Armen und den Oberschenkeln, der sich an seine Mutter drückt und seinen Vater mit erschrockenen Augen anstarrt, wie mein Bruder es immer getan hatte, und irgendwann war der Zeitpunkt vorbei, ich hatte nicht mit dir darüber gesprochen, ich hatte – vielleicht – wieder eine Chance verpasst.

11

Wie leicht man sich etwas vormacht, wenn man verliebt ist, wie blind man für andere Tönungen wird, wenn man sich auf die Farben von *Maiden's Blush* oder *Burgunderröschen* konzentriert, wie sorglos man das Unbehagen, das im Hintergrund lauert, übergeht und als die alte Angst der Menschen vor dem Neid der Götter abtut. Denn das war es, was ich tat. Ein paar Schritte hin zum Leben, hatte ich gedacht, trau dich doch, erwarte nicht immer das Schlimmste, sei froh, dass du in deinem Alter noch so etwas erleben darfst, nicht mehr nur die gelegentlichen Liebhaber, bei denen es, gib's doch zu, nur um Sex ging, sondern echte Gefühle, wann ist dir so etwas, nach Thomas, denn noch passiert?

Ich stürzte mich in das, was ich für das richtige Leben hielt, und übersah die Zeichen an der Wand. Dabei hätte ich es schon daran merken müssen, dass Melanie sich zurückzog, ohne dass ich einen Grund dafür gewusst hätte, es fiel mir anfangs gar nicht auf, aber irgendwann merkte ich, dass wir weniger telefonierten als sonst, dass ihre Antworten kürzer waren und sie aufhörte, sich über Thomas zu beklagen. Ich wusste nicht mehr, wie ihr Alltag aussah, und mir wurde klar, dass sie auch von meinem Alltag nicht mehr viel mitbekam. Das irritierte mich, wir hatten so viele Jahre unsere Rollen gespielt, sie für mich, ich für sie, zuverlässig und ohne größeren Aufwand, und jetzt war die selbstverständliche Vertraulichkeit einer abwartenden Vorsicht gewichen. Ich merkte es, schob es aber gar zu bereitwillig auf den Sommer, die Urlaubszeit, die für Melanie immer belastend war, das Hin und Her mit Kerstin, ob sie zu ihrem Vater nach New York fliegen sollte oder nicht, die Schwierigkeiten mit ihren Angestellten, die am liebsten alle zur selben Zeit wegfahren wollten, und mit Thomas, der jeden Sommer mit seinem Vater um zwei freie Wochen streiten musste. Das alles machte Melanie gereizt und böse, ich erinnerte mich noch genau, dass wir uns im vergangenen Jahr besonders oft getroffen hatten, weil sie sich unbedingt von ihrer Arbeit und von ihrer Familie erholen musste. Dieses Jahr war es anders. Als sie mir am Telefon sagte, dass sie für eine Woche mit Thomas nach Griechenland fahren würde, fiel mir auf, dass wir uns seit mindestens zwei, drei Wochen nicht mehr gesehen hatten, aber es gab mir nur einen kleinen Stich und ich dachte, später, ich werde mich später darum kümmern.

Noch etwas hätte mich stutzig machen müssen, nämlich dass sich ein anderer Ton in mein Manuskript geschlichen hatte, die Rosengärtnerin kam auf Gedanken, die mich irritierten.

Es hatte ganz harmlos angefangen, mit einer Mordgeschichte, die ihr Karo Sommer am Gartenzaun erzählt hatte. In der weiteren Nachbarschaft, das Haus lag vielleicht zwei, drei Kilometer von ihrem entfernt, hatte ein siebzehnjähriger Junge seine Tante ermordet, wegen ihres Geldes, wie Karo Sommer sagte. Er hatte das ganze Bargeld mitgenommen, ihren Schmuck und vor allem ihre Kreditkarten. Die Gedanken daran hatten meine Rosengärtnerin nicht mehr losgelassen, und als sie Karo Sommer das nächste Mal traf, erkundigte sie sich, wie der Junge ohne Geheimzahl die Kreditkarten überhaupt hatte benutzen können. Karo Sommer lachte und sagte, die meisten Leute haben die Zahl auf einem Zettel notiert, den sie in einer Schublade mit ihren Papieren aufheben, so war es auch in diesem Fall. Die Tante besaß drei Karten, er hatte eine Menge Geld abgehoben, bevor die Tote überhaupt gefunden worden war. Meine Rosengärtnerin wusste selbst nicht, warum sie immer wieder daran denken musste, bis Anastasia sie eines Tages fragte, habt ihr eigentlich ein Testament gemacht? Sie erschrak, versuchte vergeblich, sich damit zu beruhigen, dass Anastasia Jura studierte und die Frage nach einem Testament eine durchaus normale Frage für eine Jurastudentin sei.

Das Misstrauen war geboren. Und Misstrauen ist wie Rosenrost, sieht man im Sommer erst einmal die gelben oder orangefarbenen bis bräunlichen Flecken auf der Blattoberseite, ist es schon passiert, die Krankheit breitet sich schnell aus, bald fallen die Blätter ab, die Pflanze kann kaum mehr assimilieren und geht geschwächt in den Winter. Auch meine Rosengärtnerin hatte durch den Rosenrost bereits wertvolle Pflanzen verloren.

Diese Entwicklung hatte ich nicht geplant, sie überraschte mich, und ich muss zugeben, dass sie mir nicht gefiel, aber sie ließ auch mich nicht mehr los, ich konnte ihr Misstrauen nachempfinden, und je länger ich schrieb, umso logischer kam mir diese Entwicklung vor.

Aber mit mir hatte das nichts zu tun, dachte ich, obwohl mir gewisse Parallelitäten zwischen ihrem und meinem Charakter durchaus auffielen, aber mein Leben hatte eine andere Wendung genommen, ich war nicht mehr fixiert auf das, was sich in meinem Kopf abspielte, ich war dem, was ich als Normalität ansah, um einen großen Schritt näher gekommen.

Ich fühlte mich also genesen, und heute, im Nachhinein, wundere ich mich, mit welcher Gedankenlosigkeit ich mir etwas vormachte und wie leichtfertig ich meine Rolle als Zuschauerin, die ich perfekt beherrschte, gegen einen Bühnenpart eintauschte, von dem ich nichts verstand, und damit das Risiko einging, womöglich zu scheitern. Wenn es einem gut geht, lässt man sich einwickeln und verliert jede Wachsamkeit, und oft genug ist es einem auch egal, wie viel Kraft und Energie man braucht, um die Anzeichen zu übersehen, denn Anzeichen gab es, es gibt sie immer, und die Entschuldigung, man habe das Menetekel nicht bemerkt, ist nichts als eine billige Ausrede.

Ich war an jenem Abend mit dir beim Italiener gewesen – er wurde allmählich zu unserer Stammkneipe, noch etwas, was ich seit Jahren nicht mehr kannte –, aber nach dem Essen wollte ich nicht mehr mit zu dir fahren, ich hatte es sogar abgelehnt, dass du mich mit dem Auto nach Hause bringst. Wenn ich mich recht erinnere, gab ich als Grund an, ich wolle unbedingt noch ein bisschen arbeiten, womöglich stimmte das auch, die neue Entwicklung, die meine Rosengärtnerin nahm, ging mir nicht aus dem Kopf, aber mein Gefühl sagt mir, dass ich von dir wegstrebte. Vielleicht hast du an diesem Abend etwas gesagt, was mich gekränkt hat, mag sein, ich bin manchmal sehr empfindlich und neige zu heftigen Reaktionen, ich fühle mich oft genug wie eine Schlange, der gar nichts anderes übrig bleibt als anzugreifen, wenn jemand ihren unsichtbaren Bannkreis betritt, sie folgt lediglich einem Instinkt, der nichts mit Gut oder Böse zu tun hat. Möglicherweise ist das aber auch nur eine nachträgliche Interpretation, die mich entschuldigen soll. Am wahrscheinlichsten ist nämlich, dass ich einfach Lust hatte, wieder einmal allein zu sein, denn das war es, was mir damals oft fehlte. Vergiss nicht, dass ich daran gewöhnt war, die meiste Zeit allein zu verbringen und nur das zu tun, wozu ich gerade Lust hatte, ich war nicht darin geübt, auf die Bedürfnisse anderer Menschen einzugehen. Ich liebte das Vertraute, Unspektakuläre, gewissermaßen Langweilige ja nicht deshalb, weil es meinem Herzen näher war als das Neue, Aufregende, sondern weil ich mich mit ihm arrangiert hatte, es erforderte keine Anstrengungen, war mir bequem. Und dieses neue Leben mit zwei Menschen, die beide, jeder auf seine Art, etwas von mir forderten, war zwar spannender als mein früheres, oft genug aber auch ziemlich anstrengend, und ich sehnte mich zuweilen nach ein bisschen Ruhe.

Du warst gekränkt, das weiß ich noch, aber vielleicht hast du auch nur so getan, um deine eigene Enttäuschung an mir auszulassen und mir die Verantwortung an deiner Verstimmung zuzuschieben. Das hast du öfter versucht, allerdings erfolglos, denn mich hat es höchstens amüsiert. Erinnerst du dich noch, wie du mir vorgeworfen hast, ich sei arrogant, nur weil ich einen Film, den du ausgesucht hattest, dumm und langweilig fand? Du warst doch selbst enttäuscht, und ich verstand nicht, warum du das nicht zugeben konntest. Deine Vorwürfe haben mich jedenfalls nicht berührt, so etwas perlt an mir ab, dazu bin ich viel zu sehr auf mich selbst konzentriert, auf meine Sicht der Dinge. Du müsstest das verstehen, du kennst dich doch so gut aus mit Perspektiven.

Ich hatte mich also von dir verabschiedet und ging zu Fuß nach Hause, ein halbstündiger Spaziergang durch die Stadt, vorbei an erleuchteten Schaufenstern, an Kneipen, an Straßencafés, die an diesem warmen Abend Ende August auch jetzt noch voller Menschen waren. Ich hörte sie reden und lachen, mal leiser, mal lauter, fing da und dort ein Wort oder einen Satz auf, mit dem ich in Gedanken spielte, Autos hupten, an einem Baum lehnte ein schmusendes Liebespaar, ein Skater fuhr an ihnen vorbei und pfiff durch die Finger.

Ich hörte und sah alles und war doch nicht Teil der Szenerie. Auch wenn ich mich mitten durch das Bild bewegte, war ich der Fluchtpunkt außerhalb, von dem aus die Linien der Perspektiven gezogen wurden, ich war wieder die Zuschauerin, die ewige Zuschauerin, ein Zustand, der mir früher Vergnügen bereitet hatte, mich jetzt aber nicht nur verunsicherte, sondern erboste. Ich betrachtete die Leute, die mir entgegenkamen und durch mich hindurchzusehen schienen, als wäre ich Luft, und verspürte das irrsinnige Verlangen, ihnen ein Bein zu stellen, damit sie mich überhaupt bemerkten. Dabei wusste ich doch, dass sie es nicht konnten, ich war quasi unsichtbar.

Stell dich nicht so an, sagte ich mir da, auf der Straße, und wäre fast über eine alte Frau gestolpert, die, mit dem Rücken an die Wand gelehnt, neben einer Haustür saß. Die Beine hatte sie ausgestreckt, so dass ich zuerst nur ihre Halbschuhe sah, die heruntergerollten Wollstrümpfe, zwei dicke weiße Knie, neben denen eine Pappschachtel mit ein paar Münzen stand, den Ansatz teigiger Oberschenkel unter dem hochgerutschten Rock. Die Frau hatte die Hände über dem Bauch gefaltet, auch ihre nackten Unterarme waren aufgequollen und blass, ebenso das Gesicht mit den schwarzen Augen, die unbeweglich auf einen Fleck in der Ferne starrten und mich an die Kohlenstücke erinnerten, die Kinder früher als Augen in die weißen Gesichter von

Schneemännern gedrückt hatten. Auch eine Zuschauerin, dachte ich, eine blinde Zuschauerin. Ich blieb stehen, fand in meiner Jackentasche einen Zehneuroschein, zögerte kurz und dachte, warum denn nicht, was sind schon zehn Euro dafür, dass ich mich großartig und menschenfreundlich fühlen darf, und vor allem dazugehörig. Als ich mich bückte und das Geld in die Pappschachtel legte, stieg mir der Körpergeruch der Frau in die Nase und ihre Knie quollen vor meinen Augen auf wie Dampfnudeln. Sie reagierte nicht, schaute weder mich noch das Geld an, und ich dachte, vielleicht ist sie wirklich blind, doch als ich mich nach zwei, drei Schritten noch einmal umdrehte, sah ich, wie sie sich den Geldschein grabschte und unter ihr T-Shirt schob.

Ich habe ein bisschen zu viel getrunken, dachte ich, aber diese Alte sollte ich mir merken, für meine Rosengärtnerin, sie könnte ihr als Symbol eines sozialen Abstiegs dienen, den sie um jeden Preis verhindern musste. Um jeden Preis, dachte ich, das sagt sich so leicht, aber wer überlegt schon, wie hoch ein Preis tatsächlich sein könnte? In Wirklichkeit geht doch jeder davon aus, dass er sich vor dem Bezahlen drücken kann, auch meine Rosengärtnerin. Sie sieht sich in ihrem Garten, umgeben von *Gloria Dei*, von *Maiden's Blush*, von *Pompon de Bourgogne* und *Boule de Neige*, und dabei ist ihr Preis ein Leben im Gefängnis, ohne ihren Garten, ohne ihre Rosen. Doch bis zuletzt wird sie sich einbilden, der Strafe entgehen zu können.

Der Spaziergang tat mir gut, ich wurde allmählich wieder klarer im Kopf und freute mich auf zu Hause, auf den Roman, den ich mir einige Tage zuvor gekauft hatte – es war der von dieser jungen Autorin, von dem der Buchhändler damals nach der Lesung gesprochen hatte, du erinnerst dich – und mit dem ich, vielleicht wegen der vielen Ablenkungen, noch nicht richtig warm geworden war. Ich war fest entschlossen, das Buch zu Ende zu lesen, sei es auch nur, um etwas dazu sagen zu können, falls noch einmal die Rede darauf kommen sollte. Ich werde mir eine Kanne Tee kochen, dachte ich, als ich die Straße überquerte und die Stufen zur Haustür hinaufging, ich werde mir eine Kanne Tee kochen und mich gemütlich ins Bett legen und lesen, und so schlecht kann das Buch nicht sein, dass es mir dann nicht gut geht.

Ich schloss die Wohnungstür auf und sah, dass aus der offenen Wohnzimmertür ein schräges Lichtdreieck auf den Flurboden fiel, Musik drang heraus, eine andere Musik, als ich sie üblicherweise auflege – falls ich es überhaupt tue, ich kann Hintergrundmusik nicht leiden –, es war eine unangenehm quietschige Frauenstimme, die kaum gegen die zu lauten, hämmernden Schlagzeugrhythmen ankam. Wieso ist sie zu Hause, fragte ich mich, doch da hörte ich sie etwas sagen, ein Mann lachte, und sie sagte noch etwas. Sie hatte Besuch. Ich war enttäuscht und trauerte dem ruhigen Leseabend nach, den ich mir gewünscht hatte.

Langsam, um Zeit zum Überlegen zu gewinnen, zog ich das Jackett aus und hängte es an den Haken neben meinen Burberry und Annabellas hässlichen knallblauen Kapuzenmantel, legte die Schlüssel auf die Kommode und zögerte immer noch, weil ich nicht wusste, was ich tun sollte. Ich könnte ins Wohnzimmer gehen, dachte ich dort im Flur, und heiter sagen, hallo, Annabella, ach, du hast Besuch, oder in die Küche, um mir erst einmal einen Tee zu kochen und dann zu warten, bis sie zu mir kam, damit ich sie bitten konnte, sich mit ihrem Gast gefälligst in ihr eigenes Zimmer zurückzuziehen, denn schließlich gab es nur den Weg durch das Wohnzimmer, wenn ich in mein Bett wollte. Beide Alternativen gefielen mir nicht.

Doch da erschien sie schon in der Tür, in dem neuen gelben T-Shirt und der hellen Hose, die sie sich gerade erst gekauft hatte, mit einem erhitzten Gesicht und so roten Wangen, dass ich mich fragte, ob sie mein Rouge benutzt hatte. Ich müsste sie mal zu Melanie bringen, schoss es mir durch den Kopf, damit sie ihr richtiges Schminken beibringt, so wie sie es mir einmal beigebracht hatte, als ich nur ein paar Jahre älter gewesen war als Annabella heute. Damals hat Melanie noch beim Fernsehen gearbeitet und wir hatten uns bei einem meiner ersten Interviews kennen gelernt, wir hatten uns nach der Sendung über die blöden Fragen des Journalisten und die aufgeblasenen Statements der anderen Interviewgäste amüsiert und waren zusammen noch ein Bier trinken gegangen. Wie jung wir damals noch gewesen waren, noch nicht mal dreißig Jahre alt.

Hallo, sagte Annabella, da bist du ja schon, ich hatte noch nicht mit dir gerechnet, und als ich nur nickte, fügte sie mit einem gewissen Zögern in der Stimme hinzu, ich habe Besuch.

Sie trat in der offenen Tür einen Schritt zur Seite und machte, mit einer leichten Verbeugung, eine einladende Bewegung mit der Hand, wie ein Kellner, der seinen Gästen einen Tisch anweist. Fast hätte ich gelacht, weil es mir so absurd vorkam, dass sie das Gefühl hatte, mich in mein eigenes Wohnzimmer einladen zu sollen.

Mir blieb nichts anderes übrig, ich betrat das Wohnzimmer und sah einen jungen Mann auf dem Sofa sitzen, dem blauen Sofa, nach dem ich so lange gesucht hatte, schwedenblau hatte es der Verkäufer genannt, der junge Mann hatte blonde glatte Haare und ein auf eine vulgäre Art ziemlich hübsches Gesicht. Sein bunt bedrucktes, kurzärmliges Hemd stand offen und ließ einen dreieckigen Ausschnitt seiner glatten gebräunten Brust mit einem Silberkettchen sehen. Er saß sehr locker da, die Knie breit auseinander. Wenn ich etwas hasse, dann sind es Männer, die, womöglich noch in engen Jeans, mit demonstrativ breit gespreizten Beinen und vorgeschobenem Becken dasitzen und beide Arme locker oben auf der Rückenlehne des Sofas liegen haben, diese Haltung hat etwas Provokatives, es ist die bewusste oder unbewusste Drohung eines angriffsbereiten Geschlechts. Für mich ist ein Mann, der in einer solchen Haltung dasitzt, ein potenzieller Vergewaltiger.

Das ist Micky, sagte Annabella, und ich meinte, so etwas wie Trotz in ihrer Stimme zu hören. Verwundert warf ich ihr einen Blick zu, aber sie wich mir aus.

Hallo, Micky, sagte ich, und der junge Mann hob die Hand, ließ sie wieder fallen und sagte ebenfalls hallo.

Trinkst du einen Schluck mit uns, fragte Annabella und deutete auf die offene Weinflasche, die auf dem Glastisch neben zwei Gläsern stand, zwei von den edlen handgeschliffenen Kristallgläsern aus der Vitrine, wie ich verärgert feststellte. Diese Gläser hatte ich in einem Antiquitätengeschäft gefunden und benutzte sie nur bei ganz besonderen Anlässen, schließlich konnte man sie nicht einfach nachkaufen.

Vermutlich hatte Annabella meinen Ärger gespürt, wir wollten sowieso gleich gehen, sagte sie fast entschuldigend, soweit sie sich überhaupt entschuldigen konnte.

Ich holte mir ein Glas aus der Vitrine, ebenfalls ein Kristallglas, goss mir Wein ein und setzte mich in den Sessel. Der Wein war gut, er war viel teurer als der, den ich üblicherweise trinke, und ich hatte ihn gekauft, falls wir, du und ich, abends bei mir noch Lust auf ein Glas Rotwein hätten. Ich schaute Annabella an, und als ich ihr Gesicht sah, war ich sicher, dass ich mich nicht geirrt hatte, als ich meinte, Trotz in ihrer Stimme gehört zu haben. Sie saß neben diesem Micky auf dem Sofa, starr und aufrecht, ohne sich anzulehnen. Sie hatte die Augenbrauen leicht gerunzelt, das Kinn vorgeschoben, und ihre Oberlippe war ein bisschen hochgezogen wie bei einem Hund, der gleich anfangen wird zu knurren.

Ich war mit Johannes essen, sagte ich, nur um etwas zu sagen und weil ich die Stimme der Sängerin nicht mehr aushielt. Wir waren bei diesem Italiener neben der Grafischen Sammlung, und dann bin ich zu Fuß nach Hause gegangen. Es ist noch immer sehr warm draußen, mindestens noch fünfundzwanzig Grad.

Ist doch geil, der Sommer, wenn es schön warm ist, sagte Micky.

Seine Stimme fuhr durch mich hindurch wie ein Messer. Erst jetzt erkannte ich ihn, obwohl mir schon seine messingfarbenen Haare hätten auffallen müssen, sie schienen mir auch viel kürzer geschnitten zu sein, es war seine Stimme, die ich nun auch ohne das Lispeln erkannt hätte, zu oft hatte ich mich an die Szene erinnert, zu oft hatte ich in Gedanken seine Stimme gehört.

Ich weiß, was du jetzt sagen wirst, und du hast Recht. Ja, natürlich hätte ich sofort aufstehen müssen, ich hätte mit ausgestrecktem Finger auf die Tür deuten und raus sagen müssen, laut und entschieden, raus, auf der Stelle, so einen wie dich will ich in meiner Wohnung nicht sehen. Das wäre die angemessene, die richtige Reaktion gewesen, aber ich habe es nicht getan, obwohl mir völlig klar war, schon an diesem Abend, dass es richtig gewesen wäre.

Soll ich dir sagen, warum ich es nicht tat? Ganz einfach, ich hatte Angst, die gleiche Angst wie in jener Nacht, als ich Annabella mit nach Hause genommen hatte. Denn auch wenn ich in meinen Büchern so oft Gewalt beschreibe, eine Gewalt, die zu Mord und Totschlag führt, stehe ich ihr in der Realität hilflos gegenüber, nichts hemmt mich so sehr wie körperliche Gewalt, ich habe noch nie zurückschlagen können, schon als Kind nicht, ich bin zum Opfer geboren, zur dummen Gans, die höchstens schnattert, wenn man ihr bereits die Federn ausreißt, wie meine Zwillingsschwester sagen würde, und wenn ich mich bei meinen Spaziergängen so auffallend gerade halte, mit straffem Rücken und nach hinten gezogenen Schultern, dann tue ich das nur, um mögliche Angreifer zu täuschen, Imponiergehabe nennt man das in der Biologie, und jeder Gedanke an Gewalt, an reale Gewalt, nicht an eine fiktive, nur mit Worten beschriebene, wirft mich auf meine rein biologische Existenz zurück.

Ich kann mich nicht erinnern, was wir gesprochen haben, bis Annabella und Micky ihre Gläser ausgetrunken hatten, bestimmt waren es ein paar allgemeine Sätze, über das Wetter, die Hitzeperiode, die jetzt schon erstaunlich lange anhielt, das Open-Air-Festival, das am kommenden Wochenende stattfinden sollte, was weiß ich, eben das, was man in anderen Kreisen Smalltalk nennt, es interessierte mich nicht, so etwas interessiert mich nie, aber ich bin sicher, dass ich nach außen hin funktionierte, ganz automatisch, während ich innerlich damit beschäftigt war, meine Angst in den Griff zu bekommen und das Bild zu verdrängen, wie diese Hand, die jetzt auf der Rückenlehne meines

Sofas lag, mit geballter Wucht Annabellas Gesicht getroffen hatte. Und ich dachte daran, dass sie vor zwei, drei Wochen einmal mit einer Beule auf der Stirn heimgekommen war und als Grund angegeben hatte, sie sei gegen einen Laternenpfahl gelaufen. Ich hatte es ihr geglaubt, es hatte sich für mich ziemlich logisch angehört, weil sie, wie es öfter passierte, etwas zu viel getrunken zu haben schien, aber jetzt kamen mir Zweifel. Sehr originell war die Idee ja nicht, dachte ich da, in meinem Sessel, man kennt sie doch von Karikaturen, die dicken Beulen, die noch mit einem Strahlenkranz betont werden. Kein Wunder, dass ich auf diese Ausrede reingefallen bin, es war ein Klischee, das ich so oft gesehen oder gehört hatte und das mir so vertraut war, dass ich es gutgläubig akzeptierte, ohne einen weiteren Gedanken daran zu verschwenden.

Irgendwann gingen sie dann weg, Annabella und der junge Mann, der mir Angst machte, und ließen mich allein zurück, verwirrt, hilflos und wütend. Wie betäubt schloss ich die Wohnungstür mit dem Schlüssel ab, was ich sonst nie tue, ich drehte ihn sogar zweimal im Schloss um, obwohl das blödsinnig war, denn natürlich hat meine Tür, wie fast alle Wohnungstüren, ein Sicherheitsschloss, das man von außen ohne Schlüssel nicht öffnen kann, aber plötzlich traute ich meiner eigenen Tür nicht mehr und ging sogar noch einmal zurück und kontrollierte, ob ich den Schlüssel wirklich zweimal umgedreht hatte. Dann spülte ich die Gläser, die ich nie im Leben in die Spülmaschine getan hätte, mit der Hand ab und stellte sie, nachdem ich sie ebenso vorsichtig abgetrocknet hatte, zurück in die Vitrine. Am liebsten hätte ich den Schlüssel abgezogen und in meiner Schreibtischschublade versteckt, doch das kam mir doch zu blöd vor. Aber sagen werde ich es ihr, dachte ich, ich muss ihr Grenzen ziehen, ich muss ihr klare Bedingungen stellen, sie muss lernen, dass sie von manchen Sachen ihre Finger zu lassen hat.

Danach lief ich in der Wohnung herum und wusste nicht, was ich tun sollte. Wenn Melanie da gewesen wäre, hätte ich sie wohl angerufen, aber sie war für eine Woche mit Thomas nach Griechenland gefahren, ohne Kerstin, die verbrachte die Sommerferien bei ihrem Vater in New York. Und dann fiel mir ein, dass ich Melanie damals nichts von der Schlägerei erzählt hatte. Das ist die Quittung, dachte ich jetzt und schaute aus dem Küchenfenster hinaus über den Park. Ich ärgerte mich über mich selbst, denn eine Lüge, ist sie erst einmal ausgesprochen, lässt sich nicht mehr so leicht zurücknehmen, wie hätte ich, nach dieser Lüge, Melanie erklären sollen, wer Micky war? Nun gut, sie war irgendwo in Griechenland, ich konnte sie sowieso nicht erreichen. Ich habe auch kurz daran gedacht, dich anzurufen, habe mich dann aber dagegen entschieden, ich fürchtete, du könntest sagen, warum wirfst du sie nicht einfach raus, und dann wäre ich auch noch wütend auf dich geworden. So wie ich auf meine Zwillingsschwester wütend wurde, als sie fragte, was ist aus deiner schönen Wohnung geworden, hast du dir ein Zusammenleben wirklich so vorgestellt? Wie ist das mit dem Preis, den man bezahlen muss, hast du komplett den Verstand verloren?

Am nächsten Morgen zwang ich mich dazu, erst zu frühstücken, bevor ich zu Annabella ging und sie weckte.

Was ist denn los, fragte sie erstaunt.

Es war Micky, der dich damals zusammengeschlagen hat, nicht wahr, fragte ich.

Sie setzte sich im Bett auf und legte die Arme um ihre angezogenen Knie. Ja, sagte sie so ungerührt, als hätte ich sie gefragt, ob sie ein Glas Orangensaft wolle. Sie versuchte noch nicht einmal, sich zu verteidigen, und diese Gleichgültigkeit machte mich hilflos, ich brachte kein Wort heraus. Wie eine Idiotin stand ich vor ihrem Bett, leicht vorgeneigt, und wusste nicht, was ich mit meinen Armen anfangen sollte, während sie gedankenverloren ihre abgebissenen Fingernägel betrachtete und anfing, an der Nagelhaut herumzuzupfen.

Komm in die Küche, ich muss mit dir reden, sagte ich, um diese unwürdige Situation zu beenden, in der Küche würde ich mich wohler fühlen, zumindest würden wir uns dann auf gleicher Höhe gegenüberstehen.

Ich lehnte mit dem Rücken zum Fenster an der Spüle, als sie hereinkam, nackt bis auf die Unterhose, was mich noch wütender machte, ich habe es nie geschafft, ihren unbekleideten Körper als Zeichen jugendlicher Unbekümmertheit zu sehen, auf mich wirkte er immer wie eine Provokation, und ich glaube auch heute noch, dass sie ihn einsetzte, um zu provozieren. Sie nahm eine Tasse aus dem Schrank und goss sich Kaffee ein, während sie sagte, du hast doch gesagt, ich könnte mir jemand mitbringen, warum regst du dich jetzt so auf?

Aber doch nicht den, sagte ich laut und böse, das hättest du doch wissen müssen. Hast du vergessen, was er dir angetan hat? Wir sollten ihn anzeigen.

Sie schaute mich an, ihre Augen wurden groß und rund wie Kinderaugen, aber diesmal fiel ich nicht auf sie rein. Wir haben uns damals geprügelt, sagte sie und zuckte mit den Schultern, na und, das kommt doch mal vor.

Jetzt fing ich an zu schreien. Ich will aber nicht, dass dieser Kerl in meine Wohnung kommt, hast du mich verstanden?

Sie stand da, die Kaffeetasse in der Hand, und schaute mich immer noch an. Ihre Mundwinkel zuckten – ich habe dir dieses Zucken schon mal beschrieben –, als sie sagte, es geht dich nichts an, mit wem ich was habe, ich sage dir doch auch nicht, mit wem du ficken sollst.

Die Worte spritzten ihr aus dem Mund wie Spucketröpfchen und besudelten mich, mein ganzes Leben. Einen Moment lang stand ich wie betäubt da, dann machte ich einen Schritt vorwärts, auf ihren nackten Körper zu, und hob die Hand.

Ich habe sie ins Gesicht geschlagen, tatsächlich, ich habe es getan. Ich kann dir nicht erklären, wie es passiert ist, es ist mir selbst unbegreiflich, es muss ein Reflex gewesen sein. Ich verstand erst, was geschehen war, als meine Handfläche anfing zu brennen und die Kaffeetasse auf den Boden fiel und zerbrach.

Sie drehte sich wortlos um und verließ die Küche.

Zwei, drei Tage lang gingen wir uns aus dem Weg, dann entschuldigte ich mich bei ihr, aber sie tat, als würde sie überhaupt nicht verstehen, wovon ich sprach.

Ich habe dir doch eine Ohrfeige gegeben, sagte ich.

Ach so, das meinst du, sagte sie gleichgültig, da ist doch nichts dabei, nur schade um die schöne Tasse.

Aber ich kannte sie inzwischen gut genug, um ihr das nicht einfach abzunehmen. Trotzdem, sagte ich, ich will nicht, dass dieser Kerl hierher kommt, so einer nicht.

Wie du meinst, sagte sie, es ist ja deine Wohnung.

12

Natürlich tut man manchmal Dinge, von denen man hinterher nicht mehr versteht, warum man sie getan hat, irgendwelche Dummheiten, die man sich vielleicht bei pubertierenden Mädchen vorstellt, die heimlich ihren Angebeteten verfolgen, weil sie Angst haben, er könne sie betrügen, aber doch nicht bei einer erwachsenen Frau, noch dazu, wenn es sich gar nicht um einen Angebeteten handelt. Selbst heute, über vier Monate nach jenem Abend, weiß ich nicht, warum ich Annabella heimlich nachgegangen bin. Sicher, ich kann dir erzählen, dass der Auslöser eine Platzwunde auf ihrer Stirn war, etwa zwei Zentimeter unter dem Haaransatz, du erinnerst dich bestimmt noch an das Pflaster, das sie eine Weile getragen hat. War es dieser Micky, fragte ich sie, während ich die Wunde, die zum Glück nicht so groß war, dass sie genäht werden musste, desinfizierte, bevor ich ein Pflaster darauf klebte. Sie schüttelte den Kopf. Wer dann, fragte ich weiter und unterdrückte die Worte, die mir auf der Zunge lagen, du bist selber schuld, warum treibst du dich auch mit solchen Kerlen rum, stattdessen sagte ich etwas ironisch, sag bloß nicht, es war wieder der Laternenpfahl.

Die Ironie war so müßig, wie die Frage müßig gewesen war, ich hatte ja gewusst, dass sie es mir nicht sagen würde, sie hat immer alle Fragen nach ihren Freunden und ihren Unternehmungen mehr als ausweichend beantwortet –

was soll ich sagen, du kennst sie ja doch nicht, nein, wir machen nichts Besonderes –, oder sie hat nur mit den Schultern gezuckt, eine Bewegung, die mich allmählich immer mehr ärgerte.

Nun, die Platzwunde war der Auslöser, natürlich auch dieser Micky, der mir nicht aus dem Kopf ging. Ich machte mir Sorgen um sie, was ich vor allem daran merkte, dass ich, auch wenn ich eher schlafen gegangen war, im Bett hochfuhr, wenn sie nach Hause kam, und mit aufgestütztem Kopf lauschte, wie sie ins Bad ging, und den Kopf erst wieder sinken ließ, wenn sie ihre Zimmertür zugemacht hatte und ich beruhigt sein konnte, dass sie nicht irgendwo hilflos auf der Straße lag. Trotzdem wäre ich von allein wohl nicht auf die Idee gekommen, ohne die Bemerkung, die Melanie einmal gemacht hatte, vermutlich als Witz gemeint, eine Bemerkung, auf die ich mit einem Lachen hätte reagieren müssen und es, vielleicht, auch getan habe, ich weiß es nicht mehr, aber ich habe sie, aus welchen Gründen auch immer, nicht vergessen.

Geh ihr doch einfach nach, hatte Melanie vorgeschlagen, als ich gesagt hatte, ich wüsste wirklich gern, mit wem sie abends zusammen ist und was sie macht. Du bist schließlich Krimiautorin, hatte sie gesagt, beschatte sie, wenn du es unbedingt wissen willst.

Es war das, was du eine Schnapsidee nennen würdest, und ich höre dich fragen, wie konntest du dich nur auf so etwas Kindisches einlassen? Das ist es eben, was ich selbst nicht verstehe.

Vielleicht hatte es schon mit der Ohrfeige angefangen, denn danach war es mit der Normalität zwischen Annabella und mir erst einmal vorbei, wenigstens für mich war es so. Wie es für sie war, vermag ich nicht zu sagen, sie tat, als wäre nichts passiert, aber davon ließ ich mich nicht täuschen, das kannte ich, so hatte ich mich früher auch verhalten, wenn ich mit meiner Stiefmutter Streit gehabt hatte, bei meinem Vater war ich bockig, bei ihr wirkte gespielte Unbefangenheit viel besser, es machte sie rasend, wenn ich sie, während sie innerlich noch kochte, scheinheilig anlächelte, auch wenn ich ihr in Wahrheit am liebsten das Gesicht zerkratzt hätte. Abends, im Bett, hatte ich mir oft eine Bemerkung überlegt, die sie kränken musste und die ich dann morgens, bevor ich zur Schule ging, ganz nebenbei und so unschuldig von mir gab, als hätte ich nicht den kleinsten Hintergedanken, und später freute ich mich während des ganzen Vormittags bei der Vorstellung, wie sie jetzt auf meinen Worten herumkauen würde wie auf einem zähen Bissen, der sich nicht einfach schlucken ließ. So sagte ich einmal, als sie sich bei meinem Vater beklagt hatte, wie schlecht erzogen ich sei, du bist ja nur neidisch, weil du selbst keine Kinder kriegen kannst, denn ich wusste genau, wie sehr sie sich ein Kind wünschte, ich hatte oft genug mitbekommen, wie sie alle vier Wochen weinte, weil es wieder mal nicht geklappt hatte. Du sagst dies oder jenes nur, weil du selbst keine Kinder kriegen kannst, wirkte immer, ebenso Bemerkungen über ihr Aussehen, ihre Zähne, ihren Busen, ihren Bauch und ihren zu dicken Hintern. Zum Beispiel fragte ich einmal mit gespielter Besorgnis in der Stimme, ob sie keine Angst habe, durch das ständige Färben ihre Haare zu verlieren, mir kämen sie schon viel dünner vor, und ein andermal sagte ich, manche Frauen lassen sich Fettpolster wegoperieren, sogar wenn sie gar nicht so dick sind wie du. Ich war sehr erfinderisch.

Solche Dinge gingen mir durch den Kopf, wenn ich Annabella beobachtete, und das tat ich ständig, seit meinem Ausrutscher, wie ich mir angewöhnt hatte, es zu nennen. Ich hatte weder dir noch Melanie davon erzählt, es war mir peinlich, nicht nur wegen meines Mangels an Beherrschung, die ganze Szene war so beschämend, dass ich sie lieber für mich behielt, aber ich dachte sehr oft darüber nach, das kannst du mir glauben. Ich habe euch auch nichts von jenem Abend erzählt, an dem ich ihr heimlich gefolgt bin, was hätte ich sagen sollen, ich habe Detektiv gespielt wie eine dumme Halbwüchsige und habe zugelassen, dass eine andere Halbwüchsige mich demütigt.

Jetzt ist es zu spät, ich werde dir nichts mehr verschweigen, nur weil ich mich besser darstellen will, als ich bin, beherrschter, souveräner, du hast ja oft genug gesagt, wie sehr du mich bewunderst, weil ich so beherrscht und souverän sei. Das war ich vielleicht auch in bestimmten Bereichen, aber nicht in meiner Beziehung zu Annabella, da habe ich oft unangemessen reagiert, sie hat etwas angerührt, von dem ich gar nicht gewusst hatte, dass es in mir war, sie hat mich zugleich kleinlicher und großzügiger gemacht als jeder andere Mensch, bornierter und nachdenklicher.

Ich habe sie an jenem Abend also observiert, wie ich es in einem Buch nennen würde, und geschrieben hört es sich auch ganz spannend an – du kennst es ja von Filmen, aufregende Musik und schnelle Schnitte –, aber in Wirklichkeit ist langweilig noch ein Euphemismus. Ich saß im Café Central, diesem großen Café an der Anlage zwischen der Fußgängerzone und dem Bahnhof, mitten unter Frauen mit Einkaufstüten und Leuten, die noch schnell etwas essen oder trinken wollten, bevor sie nach Hause fuhren, an einem Tisch am Fenster, von dem aus ich einen Teil der Anlage und vor allem die Bushaltestelle überblicken konnte.

Dort hatte ich Annabella nämlich ein paar Mal abgesetzt, wenn ich abends einen Termin in der Stadt hatte, immer an der Bushaltestelle und immer gegen sieben Uhr, deshalb hoffte ich, sie würde auch heute auftauchen.

Eine Weile lang vertrieb ich mir die Zeit damit, dass ich die Leute um mich herum beobachtete, aber sie interessierten mich nicht, außer einem Mädchen und einem Jungen, die drei Tische von mir entfernt saßen, offenbar Schüler, denn sie hatten Bücher vor sich liegen, und das Mädchen, zierlich, rotblond und mit Sommersprossen, wie ich sogar auf diese Entfernung erkennen konnte, erklärte dem Jungen etwas. Es waren vor allem ihre lebhaften Bewegungen, die meine Aufmerksamkeit auf sich zogen, ihre Hände flatterten wie die Flügel eines Vogels, wenn sie auf den Jungen einsprach, und wie ein Vogel legte sie den Kopf schräg, wenn sie ihm in einem Buch etwas zeigte oder etwas auf ein Blatt Papier notierte. Der Junge, er war größer und kräftiger als sie, aber kaum älter, hörte ihr aufmerksam zu und sagte nur selten etwas, aber von Zeit zu Zeit legte er seine Hand auf ihre, worauf sie ihre Hand schnell zurückzog. Wie nett das Mädchen aussah, sehr hübsch, intelligent, lebhaft, so, wie ich mir Annabella gewünscht hätte, dachte ich, aber dann sagte ich mir, dass niemand sich seine Kinder aussuchen könne, selbst wenn Annabella tatsächlich meine Tochter wäre, hätte sie werden können, wie sie war, oder noch schlimmer. Du willst wissen, was ich mit noch schlimmer meine? Drogen, sie hätte ein Junkie sein können. Wenigstens nimmt sie keine Drogen, habe ich mir oft gesagt, wenn ich an der Art, wie sie nachts die Wohnungstür aufschloss und durch den Flur schwankte, hörte, dass sie mal wieder ein Glas zu viel getrunken hatte, wenigstens nimmt sie keine Drogen, denn das hätte ich gemerkt, darüber hatte ich genug gelesen, um die Anzeichen zu erkennen, und dass sie keine Einstichstellen hatte, davon konnte ich mich oft genug überzeugen.

Das Warten war wirklich unerträglich und ich wollte schon aufstehen und gehen, als ich sie plötzlich hinter einem abfahrenden Bus entdeckte, mitten unter anderen gerade ausgestiegenen Fahrgästen. Ich hatte vorsichtshalber schon gleich bezahlt, damit ich sofort weggehen könnte, wenn es nötig wäre, deshalb stand ich kaum eine halbe Minute später auf der Straße, trotzdem hätte ich sie ohne ihre fast weiße Stoppelfrisur wohl aus den Augen verloren – und das wäre besser gewesen, dachte ich später oft –, aber so sah ich gerade noch, wie sie in eine Straße Richtung Bahnhof abbog, und konnte ihr folgen.

Ich hatte das Gefühl, mich in einem meiner Bücher zu bewegen und in die Rolle einer meiner eigenen Figuren geschlüpft zu sein, zum Beispiel in die Rolle Karo Sommers in *Mehltau* – hast du das Buch eigentlich mal gelesen? –, als sie den Mann verfolgte, der, wie sie glaubte, Gift in die Mehlpackungen einer Supermarktkette injiziert hatte, so unwirklich fühlte ich mich, als ich von einem Hauseingang zum nächsten lief, mich hinter dem Rücken irgendeines Passanten versteckte, hinter parkenden Autos, in einer Toreinfahrt. Dabei hätte ich unbekümmert drei Schritte hinter ihr hergehen können, ohne dass sie es bemerkt hätte, sie fühlte meine Blicke offenbar nicht, denn sie schaute sich kein einziges Mal um, und ich dachte, warum sollte sie das auch tun, niemand tut das, selbst wenn man etwas Ungesetzliches vorhat, tut man das nicht, weil man sich damit, wie jeder weiß, verdächtig machen würde. Und sie hatte bestimmt nichts Ungesetzliches vor, ihr Gang war unbekümmert und zugleich zielstrebig, leichtfüßig bewegte sie sich vorwärts, ohne nach links und rechts zu schauen, und soweit ich sehen konnte, warf sie noch nicht einmal einen Blick in eines der Schaufenster, an denen sie vorbeikam. Es waren allerdings auch Geschäfte, die viel zu viel billiges Zeug in ihre Auslagen stopften. Annabella bog ein weiteres Mal ab, überquerte die Straße und verschwand in einem Lokal.

Verblüfft blieb ich stehen. Das Haus war schäbig und heruntergekommen, wie so viele hier, und das Lokal war das, was man früher als Gassenschänke bezeichnet hätte. Ich stand hinter einem geparkten VW-Bus und starrte verwundert die Tür an, hinter der sie verschwunden war. Ich hätte erwartet, dass sie, bei so einem Wetter, mit ihren Freunden am Brunnen sitzen würde, in einer Anlage, oder vielleicht auch in einem Straßencafé, und wenn sie schon in ein Lokal gehen würde, dann doch nicht in so eines, sondern in eine Pizzeria, ein Bistro, eine Bar, von denen es hier so viele gab. Es erinnerte mich an die Kneipen unseres Viertels, in denen ich früher, als Kind, so oft nach meiner Mutter gesucht hatte, und während ich unschlüssig dastand, dachte ich, bei Dunkelheit wäre es keine Gegend, in der ich gern herumlaufen würde.

Langsam, sehr langsam ging ich die Straße entlang und überlegte, was ich tun sollte. Ich wollte nicht einfach nach Hause fahren, zum einen gebe ich nur ungern auf, wenn ich etwas angefangen habe, zum anderen wäre es mir wie ein Eingeständnis meiner eigenen Dummheit vorgekommen, und gar zu lange, dachte ich, wird sie ja nicht da drin bleiben. An der nächsten Querstraße drehte ich mich um und ging zurück, wobei ich die Tür, hinter der sie verschwunden war, nie länger als ein paar Sekunden aus den

Augen ließ. Ab und zu ging jemand hinein, ab und zu kam jemand heraus, aber nicht Annabella.

Ich kannte diese Gegend nur vom Vorbeifahren, sie ist das, was man zwielichtig nennt, keines der Lokale sah so aus, dass es mich gereizt hätte, hineinzugehen und etwas zu essen, selbst wenn ich hungrig gewesen wäre, und die Shows, für die mit Fotos von nackten oder halb nackten Mädchen geworben wurde, reizten mich erst recht nicht. Die Passanten waren vorwiegend Männer, und ab und zu bemerkte ich neugierige oder abschätzige Blicke. Ich setzte mein abweisendstes Gesicht auf und ging sehr gerade, mit leicht nach hinten geschobenen Schultern, immer den Abschnitt zwischen zwei Querstraßen hin und her, hin und her. Allmählich wurde es dunkel, und wenn ich den Kopf hob, sah ich, wie sich die Häuser über mir zusammenzuschieben schienen, wie eine Schlucht war die Straße, aber alles andere als düster und still, im Gegenteil, es gingen immer mehr Lichter an, es wurde immer lauter.

Ich dachte über meine Rosengärtnerin nach. Sie hatte Anastasia dabei ertappt, wie sie an einem Samstagmittag, während ihr Vater schlief, seinen Schreibtisch durchsucht hatte. Er hatte in den verschiedenen Schubladen immer irgendwelche Geldscheine versteckt, seine eiserne Reserve nannte er das, und die Rosengärtnerin war schon lange der Meinung, er wisse selbst nicht genau, wo und wie viel Geld er aufbewahrte. Etwas Ähnliches hatte sie schon einmal zu Anastasia gesagt, er ist wie eines von diesen dummen Eichhörnchen, hatte sie gesagt und dabei gelacht, die im Herbst ihre Nüsse vergraben und im Winter nicht mehr wissen, wo sie sie vergraben haben. Nun, als sie die Tür zu seinem Zimmer aufmachte und sah, wie Anastasia mit hochrotem Kopf hastig die Schreibtischschubladen zumachte, fiel ihr das wieder ein, aber sie schob diesen Verdacht gleich von sich, ihre Tochter war keine Diebin. Natürlich erwähnte sie ihrem Mann gegenüber diese Angelegenheit mit keinem Wort, auch mit Anastasia sprach sie nicht darüber, sie tat, als hätte sie nichts bemerkt, aber das Misstrauen, das schon seit geraumer Zeit in ihr wuchs, hatte neue Nahrung bekommen.

Daran dachte ich, während ich dort zwischen zwei Straßenecken hin und her lief, eine Stunde lang, vielleicht auch zwei, ich weiß es nicht, und ich dachte auch an Annabella und meinen Ausrutscher, an die Normalität zwischen uns, die ich, wie ich meinte, verspielt hatte, und machte mir vor, dies hier könne mich ihr wieder näher bringen, könne mir helfen, sie besser zu verstehen, ich glaube, ich betrachtete das Ganze sogar als eine Art Sühne.

Plötzlich packte mich jemand am Arm, ich erschrak und sah das Gesicht eines Mannes dicht vor mir, ein dickes, hässliches Gesicht mit groben Zügen, und als er den Mund aufmachte, schlug mir Alkoholgeruch entgegen und ich konnte seine schadhaften, verfärbten Zähne sehen. Na, schöne Frau, so allein, sagte er viel zu laut. Ich riss mich los, lief über die Straße, zog, ohne lange zu überlegen, die Tür zu der Kneipe auf, in der sich Annabella nun schon so lange aufhielt, und stieß gegen etwas Schwarzes, Weiches. Es war ein dicker Vorhang aus Filz oder etwas Ähnlichem, der, an einer halbrunden Schiene befestigt, in zwei Bahnen von der Decke hing, ein Windfang, wie man sie früher oft hatte, ich hatte so ein Ding schon lange nicht mehr gesehen, seit meiner Kindheit nicht, und zu dieser Jahreszeit war es außerdem völlig überflüssig, sie hätten es zumindest für den Sommer abhängen müssen. Ich teilte den Vorhang mit beiden Händen und trat in einen Raum, der so schäbig und verraucht war, wie ich ihn mir nach dem Äußeren des Hauses hätte vorstellen können, mit nackten Holztischen und einer Theke mit ein paar hohen Hockern weiter hinten im Raum. Ich blieb an der Tür stehen und schaute mich um. Alles sah heruntergekommen aus, auch die Gäste. An einem Tisch links von mir saßen drei Männer mit aufgerollten Hemdsärmeln und spielten Karten, an einem anderen saß eine einsame Frau, den Kopf in die Hände gestützt, mit einem großen, fast leeren Bierglas vor sich, aber es gab auch zwei, drei jüngere Paare.

Dann sah ich sie, Annabella, sie saß mit anderen jungen Leuten – außer ihr waren es noch zwei Mädchen und drei junge Männer – in einer abgeteilten Nische an einem großen runden Tisch, vermutlich einer Art Stammtisch, und in dieser düsteren Umgebung leuchteten ihre Haare noch heller als draußen, jedenfalls kam es mir vor, als hätten sie noch nie so weiß ausgesehen. Alle sechs hatten Biergläser vor sich auf dem Tisch stehen, sie rauchten, unterhielten sich. Annabella saß mit dem Rücken zu mir, sie konnte mich also nicht sehen, und eigentlich wollte ich gleich wieder gehen, doch als ich mich umdrehte, ging dieser schreckliche Vorhang auf, ein paar Leute drängten herein und versperrten mir den Ausgang. Natürlich hätte ich zur Seite treten und warten können, bis sie vorbeigegangen waren, dann wäre mein Weg nach draußen frei gewesen, aber das tat ich nicht. Ich weiß nicht, welcher Teufel mich geritten hat, dort in der Kneipe, aus der ich, ohne Annabella, Hals über Kopf geflohen wäre, jedenfalls machte ich die paar Schritte zum Tresen, schob mich auf einen der Hocker und bestellte mir bei dem Wirt, der mich erstaunt musterte, eine Tasse Kaffee. Erst als der Kaffee vor mir stand und ich einen Schluck getrunken hatte, drehte ich mich halb auf dem Hocker um und schaute zu dem runden Tisch hinüber. Jetzt sah ich ihr Profil, dieses schöne Profil, den langen weißen Hals, der fast von einem Plastikblumenstrauß auf einem der anderen Tische verdeckt wurde, ich sah, wie sich ihre aufgeworfenen Lippen, Schmollllippen, dachte ich wieder, bewegten, sah, wie sie lachte, auch wenn ich ihr Lachen nicht hören konnte, weil in diesem Moment die Karten spielenden Männer anfingen zu grölen.

Der Kaffee, es war meine vierte Tasse an diesem Abend, schmeckte bitter, und ich merkte, dass mein Magen zu rebellieren begann, aber ich trank trotzdem weiter, ich brachte es einfach nicht fertig zu gehen, ich konnte den Blick nicht von ihr wenden, vielleicht weil sie in dieser anderen Umgebung auf einmal so fremd aussah, ganz anders als zu Hause, in meiner Küche, fremd und sehr schön, ich weiß noch, dass ich dachte, ein Paradiesvogel in einem Hühnerstall.

Ein junger Mann mit einem mageren, irgendwie zerknautschten Affengesicht sagte etwas zu ihr und deutete in meine Richtung, sie drehte sich zur Seite und unsere Blicke trafen sich. Ich spürte, wie mir das Blut aus dem Kopf in die Beine floss, und einen Moment lang fürchtete ich, ich könnte ohnmächtig vom Hocker rutschen, ich sah mich bereits auf diesem schmutzigen Boden liegen, doch da schoss das Blut auch schon wieder zurück, alles Blut, und mein Kopf fühlte sich an, als würde er gleich zerspringen.

Sie tat, als kenne sie mich nicht, ihr Gesicht bekam diesen gleichgültigen Ausdruck, den ich schon oft genug gesehen hatte, sie ließ ihre Blicke herumwandern, gelangweilt, als wolle sie betonen, wie wenig sie sich für diese

Frau interessierte, die dort am Tresen hockte und eine Kaffeetasse in den zitternden Händen hielt.

Ich bezahlte und ging hinaus, ohne noch einmal zu ihr hinüberzuschauen, ich war wie betäubt. Was für eine idiotische Idee das war, dachte ich, idiotisch und überflüssig, Micky hatte nicht am Tisch gesessen, aber was bedeutete das schon, nichts. Und selbst wenn er da gesessen hätte, was hätte es dann bedeutet? Auch nichts. Ich ging den Weg zurück, auf dem ich ihr vorhin gefolgt war, ohne auf irgendetwas zu achten, vorbei an dem Café, in dem ich gegen Abend gesessen und gewartet hatte, und dachte, das sind also die Leute, mit denen sie so viel lieber zusammen ist als mit mir, an solchen Orten hält sie sich lieber auf als zu Hause, in meiner Wohnung, was treibt sie nur in eine so triste Umgebung, diese Leute sind doch kein Umgang für sie. Sofort wies ich mich zurecht, du redest wie eine dieser Mütter aus irgendwelchen dummen Filmen, abgesehen davon, dass du gar nicht ihre Mutter bist, zugleich wusste ich aber, dass ich mir für sie einen Freund gewünscht hätte wie diesen Jungen im Café, diesen Schüler, der sich von einem intelligenten, lebhaften Mädchen etwas erklären ließ, ein Junge, der mit ihr ins Kino gehen würde, ins Theater, von mir aus auch mal in eine Disco. Ich würde sie beide zum Essen einladen, wir würden uns unterhalten, einen schönen Abend miteinander verbringen, und hinterher würde Annabella mich anlächeln und sagen, danke, es war wunderbar. Alles Mögliche dachte ich auf diesem Weg zum Parkhaus und auf der Fahrt nach Hause, nur nicht daran, was ich morgen sagen sollte, wenn ich sie treffen würde, diese Vorstellung war mir viel zu unangenehm.

Zu Hause goss ich mir ein Glas Wein ein und machte

mich an die Arbeit. Mir war nämlich bereits morgens, beim Durchlesen des Manuskripts, eine Idee gekommen.

Meine Rosengärtnerin erkannte zunehmend klarer, dass nicht ihr Ehemann das Problem war, sondern ihre Tochter, mit einem Ehemann kann man sich arrangieren, viele Frauen schaffen das, warum sollte sie es nicht auch schaffen, das Problem war die Tochter. Sie fühlte sich plötzlich von beiden bedroht, und ich war mir noch nicht ganz klar darüber, warum das so war. Ihre unterdrückten Aggressionen müssen schuld daran sein, überlegte ich, sie hat sich ihr ganzes Eheleben hindurch nie gegen die Ansprüche der beiden gewehrt, und die Mordgedanken, die sie auf einmal hegt, erschrecken sie so sehr, dass sie, um sie überhaupt ertragen zu können, auch anderen Mordgedanken zuschreiben muss. Sie war nämlich auf die Idee gekommen, dass Anastasia insgeheim plante, ihre Eltern umzubringen, und zwar so, dass es wie ein Unfall aussehen würde, ein perfektes Verbrechen, das sie mit einem Schlag wohlhabend und frei machen würde. Sie beobachtete ihre Tochter, die ihr fremd geworden war, ständig mit dem Gefühl einer drohenden Gefahr, hatte Angst, sie würde ihr Gift ins Essen mischen. Vielleicht wird sie Zyankali nehmen oder E605, dachte sie, und es so hinkriegen, dass es wie ein Unfall aussieht, oder noch besser, wie ein Selbstmord, etwa wie bei Madame Bovary, die sich ja wirklich umgebracht hat. Nachts, im Bett, wenn ihr Mann neben ihr schnarchte, grübelte sie über eine andere Variante nach: Vielleicht würde Anastasia ja nur sie umbringen, denn mit ihrem Vater käme sie, wäre er erst verwitwet, leicht zurecht, sie schaffte es ja jetzt schon, ihn um den Finger zu wickeln, und außerdem konnte sie hoffen, dass er aufgrund der Aufregungen einen dritten Herzinfarkt bekommen und daran sterben würde, zumindest würde er, wie es aussah, nicht sehr alt werden. Nein, Anastasias Problem war ihre Mutter, von ihr muss sie sich befreien.

Es bereitete mir körperliches Unbehagen, die Ausweglosigkeit zu schildern, diese zwangsläufige Entwicklung, in die sich meine Rosengärtnerin mit ihrem krankhaften, unkontrollierbaren Misstrauen gebracht hatte, dabei konnte ich es ihr nachfühlen, ich spürte, wie diese fixe Idee auch von mir Besitz ergriff. Das, was ich in Gedanken schon für »Anastasias Doppelleben« geplant und mir zum Teil schon auf Zettel notiert hatte, mischte sich mit der Geschichte der Rosengärtnerin, ohne dass ich es verhindern konnte, und mir wurde immer klarer, dass ich Anastasias Charakter von Anfang an so angelegt hatte, sie war herzlos, gierig und unberechenbar. Und ihr Freund war Pharmastudent, er könnte ihr dabei helfen, ein Mittel zu finden, das sich später nicht nachweisen ließ, so etwas musste es geben, die Rosengärtnerin hatte einmal gelesen, dass man manche der stärksten Toxine am Küchentisch herstellen könne. Sie konnte fast nicht mehr schlafen und der Schlafmangel trieb sie immer tiefer in ihre Angst, die sich langsam zu einer Psychose entwickelte.

Und Karo Sommer, sonst so aufmerksam, bekam überhaupt nichts mit, ihr schien das Leben im Nachbarhaus völlig normal zu sein. Vermutlich lag es daran, dass sie frisch verliebt war, in ihren neuen Kollegen, den Gerichtsreporter, das machte sie blind und taub für ihre Umgebung.

Ich arbeitete bis spät in die Nacht, und als ich schlafen ging, hatte meine Rosengärtnerin noch andere verdächtige Verhaltensweisen an ihrer Tochter entdeckt und Annabella war noch nicht nach Hause gekommen.

Ich lag noch eine ganze Weile wach im Bett, warf mich unruhig von einer Seite auf die andere, lauschte auf die Geräusche, die durch das offene Fenster hereindrangen – in der Nacht hört man jedes einzelne Auto, das unten auf der Straße vorbeifährt –, und überlegte mir wieder und wieder, in welche absurde Situation ich hineingerutscht war, warum ich mich so verhielt, wie ich es tat, und warum Annabella sich so verhielt, wie sie es tat, ich verstand es nicht und meine Gedanken drehten sich im Kreis, immer schneller, immer unkontrollierbarer, und als ich endlich das Gefühl hatte, jetzt könnte ich einschlafen, hörte ich meine Zwillingsschwester flüstern, du bist eine dumme Gans, lässt dich stopfen, damit man dich nachher umso besser schlachten kann, und ich antwortete ihr, halt's Maul, du bist tot, hörst du, tot, du hast nie gelebt und auch ich habe dem Leben nur zugeschaut, lass mich endlich in Frieden, hörst du, wenn man lebt, macht man auch mal Fehler, aber davon verstehst du ja nichts.

Am nächsten Tag überlegte ich ernsthaft, ob ich nicht morgens weggehen und erst spätabends wiederkommen sollte, um Annabella nicht zu treffen, aber ich zwang mich zu bleiben, es war meine Wohnung, ich ließ mich von niemandem vertreiben, auch nicht von Annabella. Es war ein Fehler gewesen, ihr heimlich zu folgen, eine Dummheit, aber ganz unbeteiligt war sie auch nicht, es war ihre eigene Heimlichtuerei gewesen, die mich erst auf diese verrückte Idee gebracht hatte.

Trotzdem zuckte ich zusammen, als sie die Küchentür aufmachte. Sie schaute an mir vorbei und sagte, spionierst du mir nach oder was?

Ich schaute sie auch nicht an, ich räumte die Spülmaschine aus und sagte, ich wäre zufällig an diesem Lokal vorbeigegangen und hätte einen Kaffee trinken wollen, dabei hörte ich selbst, wie falsch meine Stimme klang, zu hoch und zu laut.

Ich warf ihr einen Blick von der Seite zu und sah, wie ihre Mundwinkel zuckten, als sie sagte, so eine wie du kommt nicht zufällig in so eine Kneipe.

Ich antwortete nicht, was hätte ich auch antworten sollen?

13

Anfang Oktober fuhr ich für fünf Tage weg. Diesmal hatte ich mich auf die Lesereise gefreut, hoffte ich doch, ein bisschen Abstand würde mir gut tun und Klarheit in meine Gedanken bringen. Heute, da ich meine Klarheit wiederhabe, betrachte ich verwundert diesen Strudel aus Gefühlen, in den ich mich damals habe ziehen lassen, ich hätte doch wissen können, dass ich mit einer solchen Situation nicht umgehen kann, ich brauche Ausgewogenheit und Mäßigung, für mich sind überschwappende Gefühle eine Gefahr, der ich nicht umsonst mein ganzes Leben lang ausgewichen bin. Ich bin überzeugt davon, dass ein Mensch, ist er nur vorsichtig genug, selbst spürt, was gut für ihn ist und wie weit er sich auf etwas einlassen darf, ohne sein Gleichgewicht zu verlieren, tut er es trotzdem, ist es ein Spiel mit dem Schicksal, ein Spiel, bei dem das Risiko zu verlieren sehr hoch ist, denn niemand kann wissen, welche Karte der Trumpf ist und wann sie gezogen wird.

Ich sehnte mich nach Abstand von Annabella, die mich mit ihrem Verhalten immer mehr verunsicherte, ich ertrug es kaum, dass sie tat, als wäre nichts. Wir trafen uns so häufig oder besser so selten wie früher, wir aßen mittags miteinander und sie lächelte sogar manchmal ihr wunderbares Lächeln, aber sie wich all meinen Versuchen aus, ein Gespräch anzufangen, das über organisatorische Fragen – was wollen wir heute essen, wer kauft ein – hinausging. Bei diesem Ausweichen bewies sie eine aalglatte Geschicklichkeit, die mich jedes Mal mit dem Gefühl zurückließ, die Dumme zu sein, das Richtige gewollt und das Falsche getan zu haben, wie Melanie es einmal formuliert hatte. Seit der Sache mit Micky, seit der Ohrfeige, hatte Annabella niemanden mehr mit nach Hause gebracht, sie verhielt sich mir gegenüber mit der unverbindlichen Freundlichkeit, die man vielleicht für eine Hauswirtin aufbringt, von der man ein möbliertes Zimmer gemietet hat, und das kränkte mich. Nein, es kränkte mich nicht nur, es ärgerte mich, und die Kommentare meiner Zwillingsschwester, die jetzt immer häufiger auftauchte, machten die Sache auch nicht besser, denn sie führten dazu, dass ich mich in die Ecke gedrängt fühlte und Annabella noch hartnäckiger verteidigte. Mir fehlten, als Ausgleich, die Gespräche mit Melanie, die alte Vertrautheit. Wir trafen uns weiterhin, wenn auch seltener, wir telefonierten miteinander, aber die Gespräche waren kürzer und seltsam distanziert. Trotzdem brach die Beziehung nicht ganz ab, vermutlich hatten wir beide das Gefühl, dass man eine langjährige Freundschaft nicht einfach aufgeben dürfe und es besser sei, die Suppe auf kleiner Flamme weiterköcheln zu lassen, statt sie gleich in den Mülleimer zu kippen.

Ich brauchte Abstand von allem, nicht zuletzt auch von dir, von den seltsamen, unkontrollierbaren Wünschen und Sehnsüchten, die mit dir zu tun hatten.

Es war ein paar Tage nach unserem Gespräch abends in der Weinstube, diesem Gespräch, das den Boden unter meinen Füßen so sehr ins Wanken gebracht hatte, dass ich mich selbst nicht mehr verstand. Ich war nicht mehr die selbstsichere Frau, die ihr Leben – bis auf wenige Punkte – recht gut im Griff hatte, ich war eine verwirrte dumme

Gans, die im Maisfeld herumhüpft und mit ihrem Geschnatter den Fuchs anlockt.

Wir saßen in einer dämmrigen Ecke an einem Zweiertisch, einander gegenüber, zwischen uns die obligatorische Kerze, Weingläser, eine Schale mit Erdnüssen und eine zweite mit ein paar Oliven, und unterhielten uns, auch wenn ich jetzt keine Ahnung mehr habe, worüber. Es ist, als hätten die Worte, die nachher gesprochen wurden, allen vorhergegangenen Sinn und Bedeutung genommen und sie zu einer plätschernden Untermalung werden lassen, ähnlich der leisen Musik, die im Hintergrund spielte. Du hast auf einmal mitten im Satz aufgehört zu sprechen, hast meine Hände genommen und über die Kerzenflamme hinweg, die sich in deinem Atem bewegte, gesagt, wir könnten es doch wagen, meinst du nicht auch? Deine Stimme war tiefer als vorher, du hast langsamer gesprochen, jedes Wort betonend, als hättest du die Sätze einstudiert. Ich habe eine gescheiterte Ehe hinter mir, hast du gesagt, du sogar zwei, wir wissen doch beide, worauf es ankommt, wir haben aus unseren Fehlern gelernt, warum ziehen wir nicht zusammen, du und ich …

Es war keine wirkliche Frage, die letzten Worte blieben unentschlossen in der Luft zwischen uns hängen, schwankten in der Flamme, die mit ihrem Flackern helle und dunkle Flecken auf dein Gesicht malte. Du hast so schön ausgesehen, so jung, so verlockend, und verlockend war auch deine Stimme. Trau dich, hörte ich, ohne zu wissen, ob du es sagtest oder ich es dachte, trau dich, eine neue Chance, wer kriegt so eine schon, greif zu, ein neues Leben, ein richtiges Leben, keine Fiktion. Gesteh dir doch endlich ein, dass du in Wirklichkeit nie allein sein wolltest, gib zu, dass du, seit du ihn kennst, auf diesen Moment gewartet hast, weil du zu feige bist, selbst etwas zu verändern, weil du darauf wartest, dass Änderungen von außen kommen. Und dann habe ich die Kerze ausgeblasen und mich vorgebeugt und wir haben uns geküsst, ich habe gelacht und du hast gelacht, wir waren beide erleichtert und haben die Kerze wieder angezündet, mit einer kindischen Feierlichkeit, und uns in unserer dämmrigen Ecke von dieser Stimmung mitreißen lassen, einer Aufbruchstimmung wie vor einer Urlaubsreise, als sei es nicht längst schon zu spät, sich in etwas Neues zu stürzen.

An diesem Abend, beim Kerzenlicht und mit romantischer Musik im Hintergrund, hing der Himmel wirklich voller Geigen und das Leben war sanft und ohne Tücken, eine schwerelose Heiterkeit senkte sich über uns, alles war möglich, Hindernisse wurden übersprungen oder einfach zur Seite geschoben, Realität, was war das schon im Vergleich zu einem Traum, der plötzlich auftauchte und viel realer erschien als jede Wirklichkeit. Wir könnten beide unsere Wohnungen aufgeben und zusammen eine größere suchen, überlegten wir, und du schlugst vor, vielleicht ein Häuschen außerhalb der Stadt, mit einem kleinen Garten und einem Apfelbaum, was hältst du davon?

Wir waren wie zwei Kinder, die sich eine Welt ausmalen, es gab keine trostlosen Wintertage, keine Stürme und keine Unwetter. Auf unserem Bild schien die Sonne an einem blauen Himmel, sie war eine gelbe Scheibe und warf gelbe Strahlen auf unser Häuschen und auf die Bank unter dem Apfelbaum, in dem Vögel zwitscherten, und drüben, am Waldrand, grasten ein paar Rehe. Wir waren wie berauscht von unseren Vorstellungen, wir steigerten uns immer mehr hinein, und erst, als ich fragte, was ist mit Annabella, wo ist ihr Platz in diesem Traum, stolperten wir zurück in die

Weinstube, an unseren Tisch in der Ecke, und schauten uns verblüfft und ratlos an.

Sie kann doch nicht ewig bei dir bleiben, hast du gesagt, du könntest ihr zum Beispiel helfen, ein Zimmer in einer Wohngemeinschaft zu finden, irgendetwas, und als ich nicht antwortete, weil ich nicht wusste, wie ich dir mein Unbehagen erklären sollte, sagtest du noch, du willst doch nicht dein ganzes Leben diesem Mädchen opfern, oder?

Die schwerelose Heiterkeit hatte sich im Weindunst aufgelöst, das Bild stand uns noch deutlich vor Augen, aber ein Schatten war darauf gefallen, die Farben hatten etwas von ihrer Leuchtkraft verloren.

Denk darüber nach, hast du gesagt, als wir die Weinstube verlassen hatten und du mich noch die paar Schritte zu meinem Auto begleitet hast, denk darüber nach, und ich versprach es, noch immer halb in unserem Traum gefangen, und es störte mich auch nicht, dass ein kalter Wind aufgekommen war.

An diesem Abend konnte ich lange nicht einschlafen, der Wind hatte sich zu einem Sturm entwickelt und heulte vor meinem Fenster, und meine Zwillingsschwester ließ mich nicht in Ruhe. Ein Häuschen auf dem Land, sagte sie höhnisch, Gartenarbeit, seit wann interessierst du dich für körperliche Anstrengungen, du hast doch noch nicht mal einen Jogginganzug. Ich hab's doch noch nie versucht, protestierte ich, vielleicht ist es ja das, nach dem ich mich immer gesehnt habe, und sie lachte noch einmal so böse, wie nur sie lachen kann, und sagte, ja, vielleicht ... aber vielleicht willst du ja auch nur Vater-Mutter-Kind spielen. Nur vergiss nicht, dass du kein kleines Mädchen mehr bist, du solltest inzwischen doch wissen, wie solche Spiele enden. Bist du wirklich so dumm oder tust du nur so? Hast du denn nichts gelernt aus dem, was du erlebt hast?

In dieser Nacht träumte ich von Thomas, nicht von der wunderbaren, leidenschaftlichen Zeit unseres Anfangs, sondern vom Ende, vom toten Thomas, jedenfalls glaubte ich das, als ich aufwachte, ohne zu wissen, was ich wirklich geträumt hatte. Ich lag im Bett und kämpfte gegen die Erinnerung an, aber ich war noch zu müde, nicht wach genug, um mich zu wehren, die Erinnerungen überfielen mich, und ich erlebte wieder den Moment, als die beiden Polizisten an meiner Wohnungstür klingelten und sagten, dass er einen Unfall gehabt habe, dass er tot sei, und dann den Gang zur Gerichtsmedizin. Die Polizistin, eine ältere, etwas dickliche Frau, war behutsam, fürsorglich, es fehlte nicht viel und sie hätte mich an der Hand genommen wie eine Mutter, die ihr Kind zum Arzt führt und schon vorher weiß, dass die Behandlung schmerzhaft sein wird. Ich erinnere mich noch, dass sie mir alle möglichen Fragen stellte, vielleicht, um mich abzulenken, aber ich gab ihr keine Antwort, nicht nur deshalb, weil ich noch immer wie betäubt vor Schreck war, sondern auch, um die aufkeimende Erleichterung darüber, dass alles vorbei war, zu unterdrücken, zumindest so lange, bis ich allein sein würde, am besten bis nach dem Abschluss der Untersuchung, damit mir ja kein unbedachtes Wort entschlüpfte, denn damals, in den ersten Stunden und Tagen nach seinem Tod, hatte ich große Angst, jemand könne erfahren, wie es wirklich gewesen war.

Sie führte mich durch ein Labyrinth endloser Gänge, jedenfalls sehen sie in meiner Erinnerung so aus, dann machte sie die Tür zu einem kalten, neonbeleuchteten Raum auf, nahm mich sanft am Arm und schob mich ein paar Schritte bis zu einer Metallschublade, und ein Mann, von dem ich nicht mehr weiß, wie er aussah, vielleicht habe ich es nie gewusst, zog das Tuch weg, um mir das Gesicht des Toten zu zeigen.

An diesem Morgen, in meinem Bett, wusste ich plötzlich wieder, dass ich im Traum nicht Thomas' Gesicht gesehen hatte, sondern das meiner Mutter, und sie war mir so fremd gewesen, wie Thomas mir fremd gewesen war. Auf einmal wurde mir auch klar, warum ich nicht an Thomas denken wollte, warum ich die Gedanken an ihn immer zur Seite geschoben hatte, nämlich weil mich die Gedanken an ihn unweigerlich zu Gedanken an meine Mutter führten, und das wollte ich nicht, das konnte ich nicht ertragen. Übrigens, ich habe dich belogen, ich war nicht vierzehn, als sie sich umbrachte, ich war zwölf, genau genommen noch nicht mal zwölf, es war in dem Jahr, in dem ich zwölf geworden bin. Weißt du, warum ich dich belogen habe? Ich nicht.

Bei ihrem letzten Rückfall war meine Mutter, vollkommen betrunken, von einem Nachbarn in die Wohnung gebracht worden, er hatte sie in der Nähe des Hauses auf der Straße gefunden, in der Gosse, wie er später, als er nicht merkte, dass ich zuhörte, zu einem anderen Nachbarn sagte. Er half mir, sie ins Schlafzimmer zu bringen und auf ihr Bett zu legen, und verabschiedete sich erst, nachdem ich versprochen hatte, meinen Vater anzurufen, aber das tat ich nicht. Warum nicht? Keine Ahnung, vielleicht hatte ich Angst vor dem Streit, der zwangsläufig folgen würde, vielleicht schämte ich mich auch nur für sie. Ich kochte Tee und flößte ihn ihr ein, eine Kanne, zwei Kannen, und ich saß die ganze Nacht an ihrem Bett, während mein Bruder wie immer im Kinderzimmer schlief und nichts mitbekam.

Ich weiß nicht mehr, ob ich geweint habe, ich erinnere mich nur noch, dass ich dachte, ich kann nicht mehr, es muss ein Ende haben. Gegen Morgen kam meine Mutter zu sich, und ich sagte, ich wünschte, du wärst tot, warum trinkst du nicht gleich so viel, dass du endlich tot bist.

Ehrlich gesagt, ich weiß nicht, ob ich es wirklich gesagt oder nur gedacht habe, meine Erinnerung spielt mir an dieser Stelle einen Streich, manchmal gaukelt sie mir vor, ich würde es mir nur einbilden, dann wieder ist alles so klar, dass ich meine eigene Stimme zu hören meine, eine sehr junge Stimme, die eines Kindes, noch jünger als zwölf, auch wenn sie viel zu hart klingt für ein Kind, und dann denke ich, ich muss es gesagt haben, würde ich es mir nur einbilden, müsste ich doch mit meiner heutigen Stimme sprechen.

Noch am selben Tag, keine zwölf Stunden später, hat sich meine Mutter vor einen Zug geworfen. Damals war es mein Vater, der sie identifiziert hat, ich habe sie nur noch einmal gesehen, als sie schon im Sarg lag, sauber, ohne sichtbare Verletzungen, sie müssen alles überschminkt haben, aber in meinen Träumen kam sie noch jahrelang mit zerfetzten Gliedern zu mir und fragte jedes Mal, ist es das, was du gewollt hast?

Ich lag völlig erschlagen in meinem Bett und überlegte lange, warum mich ausgerechnet jetzt, wo ich doch eigentlich glücklich sein müsste, solche Gedanken quälten. War es wirklich nur die Angst vor dem, was die Zukunft bringen könnte, eine durchaus verständliche Angst, wenn man vor einer folgenschweren Entscheidung steht, oder doch etwas ganz anderes? Ich hielt es nicht mehr aus in meinem Bett, deshalb zog ich mich an und ging, was ich um diese Uhrzeit sonst nie tue, hinunter in den Park, noch bevor ich gefrühstückt hatte. Ich hatte gerade die Straße überquert, da kam mir die Löwin in ihrem sandgelben Jogginganzug entgegen, wir trafen uns am Seitentor, und zum ersten Mal sah ich ihr Gesicht aus der Nähe, ein intelligentes Gesicht mit etwas zu scharf geschnittenen Zügen und einem schönen großen Mund, und ich dachte, eine Frau, die ich gerne kennen lernen würde, aber da war sie auch schon durch das Tor gegangen und fing an zu laufen.

Vielleicht sollte ich mir das auch angewöhnen, überlegte ich, sie ist bestimmt nicht viel jünger als ich, wirkt aber ungeheuer vital. Aber ich hatte mich noch nie für Sport begeistern können, deshalb ging ich langsam weiter, und noch bevor ich die zweite Bank erreicht hatte, sah ich sie schon am Brunnen um die Ecke biegen, und meine Gedanken wanderten zurück zu meinem Traum.

Auf einer Bank am Rand des Kieswegs, nicht weit vom Springbrunnen, saß eine alte Frau und starrte vor sich hin. Sie hatte einen dicken Schal umgebunden und auf dem Kopf eine Wollmütze, wie Kinder sie tragen – mein Bruder und ich hatten früher auch solche, handgestrickt, in Blau und Rot –, und ihre Beine waren dick mit weißen Binden umwickelt. Sie reagierte nicht, als ich vorbeiging und guten Morgen sagte, als habe sie mich nicht gehört. Vor dem Hintergrund des Dunstes, der aus der Wiese aufstieg, sah sie tieftraurig aus, todtraurig, dachte ich und fühlte ein heftiges Mitleid mit ihr. Zugleich wurde ich mir aber meines eigenen Körpers bewusst, meines geraden Rückens, der kräftigen Beine, und ich ging noch aufrechter als sonst weiter, spürte die kühle Morgenluft an meiner Haut und dachte, so alt möchte ich nicht werden, so alt und allein und so todtraurig. Vielleicht wird die Rosengärtnerin so aussehen, wenn sie aus dem Gefängnis entlassen wird, dachte ich, und dieser Gedanke deprimierte mich noch mehr.

Am frühen Nachmittag fuhr ich los, zum ersten Mal erleichtert, wegzukommen, diesen Gefühlswirrwarr hinter mir zu lassen. Es war wie eine Flucht, denn ich fürchtete mich davor, dass du wieder mit einer gemeinsamen Zukunft anfangen könntest, an die auch ich ständig dachte, ich wollte die Entscheidung, die du anstrebtest, hinausschieben, ich war hin- und hergerissen zwischen diesem verlockenden Traum und einer unbestimmten Furcht vor einer Veränderung. Schließlich hatte ich mich mit meinem Leben eingerichtet, mit meiner Arbeit, mit Annabella, wozu sollte ich eine Veränderung anstreben?

Der Abstand tat mir auch gut, ich genoss die Autofahrt und fühlte mich mit jedem Kilometer freier und entspannter. Gleich am ersten Abend, nach einer angenehmen Lesung mit vielen verkauften Büchern, lud mich der Chefredakteur einer Tageszeitung zum Essen ein, er machte mir Komplimente und umwarb mich auf eine Art, die mir sehr schmeichelte. Los, stell dich doch nicht so an, flüsterte meine Zwillingsschwester, er sieht gut aus, er ist gescheit und er ist scharf auf dich, was willst du mehr. Ich gebe zu, dass ich mich überwinden musste, sie wegzuschicken, und diesmal ließ sie es sich sogar gefallen, aber nicht, ohne mir, bevor sie verschwand, noch höhnisch zuzurufen, früher wäre das ganz anders verlaufen, merkst du eigentlich, wie langweilig du geworden bist? Und flüchtig schoss mir der Gedanke durch den Kopf, wie es wäre, wenn sie für immer verschwinden würde und ob ich das überhaupt wollte, doch dann konzentrierte ich mich wieder auf den Chefredakteur, lauschte, plauderte, spielte die Rolle, die zu spielen ich gewohnt war. Der Abend war schön, ja, auch ohne dass etwas passiert ist. Im Nachhinein bedaure ich es fast, vielleicht hätte es etwas geändert. Was? Nun ja, ich wäre nicht so selbstgerecht gewesen.

Die Lesungen haben, bis auf eine, gut geklappt, ich habe meine Rolle gespielt, ich wurde bewundert, das alles tat mir wohl, ich genoss auch den Trubel, der mir aber nach drei Tagen zu viel wurde und mir dann als Beweis diente, wie Recht ich damit hatte, meine Ruhe zu wollen. Und als ich am Samstagmorgen nach Hause fuhr, war ich gelassen, fast fröhlich. Ich hatte dich von unterwegs ein- oder zweimal angerufen, auch Annabella – zu Hause, um die Mittagszeit, denn ich hatte ihre Handynummer ja nicht –, nur um zu sagen, dass ich vermutlich Samstag gegen drei ankommen würde. Ich bin keine große Telefoniererin, das weißt du ja, der einzige Mensch, mit dem ich einigermaßen regelmäßig telefoniere und früher manchmal auch lange telefoniert habe, ist Melanie, und das Handy habe ich nur für unterwegs, um einem Veranstalter Bescheid sagen zu können, falls ich in einem Stau stecken sollte.

Auf der stundenlangen Fahrt ging ich in Gedanken noch einmal die Notizen zur Rosengärtnerin durch, die ich mir während der Lesereise gemacht hatte. Ich hatte keine Ahnung, ob es meiner Protagonistin gelingen würde, den Kopf aus der Schlinge zu ziehen, manchmal wollte ich es, dann wieder nicht. Sie litt darunter, ihre Tochter eines Mordplans zu verdächtigen, zweifelte an ihrem eigenen Verstand und kam von ihren Vorstellungen doch nicht los. Ich hatte die drei, Vater, Mutter und Tochter, an einem schönen Herbsttag auf einen Sonntagsausflug geschickt, in ein Berghotel mit einer großartigen Aussicht. Der Vater hatte sich diesen Ausflug zum Geburtstag gewünscht. Nach einer Weile schlug Anastasia noch einen Aufstieg zum Gipfel vor. Ihr Vater lehnte eine Beteiligung mit dem Hinweis auf sein gefährdetes Herz ab, die Anstrengung erschien ihm zu groß, aber die Rosengärtnerin stimmte zu. Während des Aufstiegs, sie war hinter ihrer Tochter geblieben und beobachtete, wie leichtfüßig und geschickt sie sich bewegte, schoss ihr plötzlich der Verdacht durch den Kopf, in die Falle getappt zu sein, das sei es, was Anastasia gewollt habe, sie hinaufzulocken auf einen Berg, um sie dann in einen Abgrund zu stoßen. Und während sie wegen der ungewohnten Anstrengung nach Luft rang, sah sie es vor sich, wie ihre Tochter laut schreiend den Berg hinunterlief, auf die Hotelterrasse zu, wo ihr Vater saß und sich zur Feier seines Geburtstags eine Zigarette gönnte, und sie hörte, wie sie atemlos hervorstieß: ... ein Unfall ... ich ... sie ist abgestürzt ... ich konnte ihr nicht mehr helfen ... sie war zu weit weg ... Nie würde ihr jemand den Mord beweisen können, es würde sogar keiner auf die Idee kommen, es könne sich um einen Mord handeln. Als sie oben ankommen, ist meine Rosengärtnerin hin- und hergerissen zwischen Misstrauen und Selbstvorwürfen, und in einem Akt der Verzweiflung tritt sie an den Rand eines steil abfallenden Felsens, mit dem Rücken zu Anastasia, und denkt, wenn sie es jetzt nicht tut, weiß ich, dass ich mir das alles nur einbilde, und wenn sie es tut, dann soll es so sein ...

An dieser Stelle wollte ich nicht weiterdenken, bevor ich meine Notizen nicht in den Computer übertragen und ausgearbeitet hätte. Eine dramatische Stelle, die entscheidend war für den Fortgang der Geschichte und die mich, wie man so sagt, zutiefst verunsicherte. Es ist nicht gut, sich in Gedanken bereits mit einem neuen Manuskript zu beschäftigen, wenn das alte noch nicht fertig ist, überlegte ich, denn dann geraten einem zu leicht die Geschichten durcheinander, ohne dass man ihren Verlauf noch kontrollieren kann.

Ehrlich gestanden, das Buch gefiel mir nicht mehr, sein Eigenleben machte mich nervös, aber ich hatte mich schon zu lange treiben lassen, das heißt, ich hatte die Geschichte laufen lassen, wie sie wollte, und nun beruhigte ich mich mit dem Gedanken, dass ich, wenn es nichts würde, alles ab der Mitte neu schreiben könnte, das wäre auch nicht das erste Mal, dass mir so etwas passiert.

Ich war vielleicht doch zu schnell gefahren, jedenfalls kam ich früher zu Hause an, als ich erwartet hatte. Die Hausmeisterin warf mir einen bösen Blick zu, als ich durch den Hintereingang das Haus betrat. Ich hatte keine Lust, mir irgendwelche Klagen über Annabellas patzige Antworten anzuhören, darüber, dass sie sich, wenn es regnete, die Schuhe nicht an der Matte abtrat, so dass sie ihr immer hinterherwischen musste, deshalb grüßte ich betont freundlich und ging zum Aufzug.

Annabella war zu Hause, sie saß in der Küche und las die Zeitung, ich glaube, es war das einzige Mal, dass ich sie Zeitung lesen sah. Ich hielt ihr die Hand hin und wunderte mich, wie langsam sie aufstand, um mich zu begrüßen. Bist du krank, fragte ich sie erschrocken, aber sie schüttelte den Kopf, schaute an mir vorbei in den Flur, wo mein Koffer stand, und die Freude, die ich bei ihrem Anblick empfunden hatte, fiel von mir ab, ich war höchstens erleichtert, weil ihr Gesicht keinerlei Anzeichen einer Prügelei zeigte. Annabella muss meinen Stimmungsumschwung bemerkt haben, sie wurde auf einmal fast hektisch, fing an, Kaffee zu kochen, holte mir eine Tasse aus dem Schrank und fragte, wie war die Fahrt, du willst doch bestimmt einen Kaffee. Aber das machte die Situation nicht besser, und auf den Pulli, den ich ihr mitgebracht hatte, reagierte sie verlegen. Nach einigen Minuten zog sie sich in ihr Zimmer zurück.

Ich ging ins Badezimmer und ließ die Wanne voll laufen. Wie immer entspannte ich mich in dem warmen Wasser, ich blieb so lange drin und döste, bis das Gefühl, noch immer im Auto zu sitzen und das Vibrieren des Motors zu spüren, langsam aufhörte und sich meine Muskeln lockerten. Während ich mich abtrocknete, hörte ich Annabellas Zimmertür klappen, hörte ihr »Tschüs, ich gehe jetzt«, das wie immer klang, dann schlug die Wohnungstür zu.

Ich setzte mich an den Computer und fuhr ihn hoch, und sofort merkte ich, dass sich jemand an ihm zu schaffen gemacht hatte, die Oberfläche war verändert, eine neue Verknüpfung war hinzugekommen. Ich war irritiert, doch dann dachte ich, das muss Annabella gewesen sein, und ich wunderte mich, sie hatte noch nie den Wunsch geäußert, an meinen Computer zu gehen, und außerdem hatte ich sowieso keine Spiele geladen. Erst war ich wütend und bedauerte, sie nicht sofort fragen zu können, was passiert war, dann aber beruhigte ich mich und sagte mir, dass das Zeit habe bis morgen. Ich tippte also meine Notizen ab, und nachdem ich mir zum Abendessen eine Scheibe Brot mit Käse belegt hatte, arbeitete ich weiter und ging erst nach Mitternacht ins Bett. Dort lag ich noch lange wach und dachte an dich. Du warst an jenem Wochenende auf einem Seminar, weißt du noch? Wir waren erst für Sonntagabend verabredet.

Am nächsten Morgen, während der Kaffee durchlief, machte ich mir einen neuen Ausdruck und setzte mich damit an den Frühstückstisch, korrigierte, änderte und ging wieder zum Computer. Als Annabella mittags aufstand, schlug ich vor, essen zu gehen, wir hatten kaum etwas zu

Hause. Sie zog sich den neuen Pulli an, natürlich taubenhalsfarben, ein sanft schimmerndes Graublau, das hervorragend zu ihren Augen passte, sie sah so schön aus, dass es mir einen Stich gab, ich lachte, aber in meine Freude mischte sich, glaube ich, auch Neid, denn ich wechselte schnell noch meine Bluse und zog die türkisfarbene an, von der du einmal gesagt hattest, ich würde in ihr besonders gut aussehen. Annabella lächelte nicht wie sonst, wenn wir zusammen essen gingen, sie war ernster, bedrückt, kam es mir vor, und im Auto machte sie gleich das Radio an, bevor sie sich zurücklehnte und die Augen schloss.

Ich fuhr mit ihr zum Seerestaurant. Um draußen zu sitzen, war es inzwischen zu kühl, aber wir bekamen einen Platz am Fenster, und während wir warteten, schaute ich hinaus über das Wasser, das heute grau und stumpf aussah, das glitzernde Licht des Sommers war verschwunden. Ich beobachtete ein paar Enten, die langsam am Schilf vorbeizogen, vielleicht waren es ja die Küken, die ich damals gesehen hatte und die inzwischen groß geworden sein mussten. Sogar die Villen am anderen Ufer hatten ihren Stolz verloren, sie sahen so verlassen und unbewohnt aus, als hätten sich ihre Lichter nie im Wasser gespiegelt.

Du warst an meinem Computer, sagte ich, wandte den Blick vom See und schaute Annabella an.

Sie wurde rot und antwortete nicht.

Hast du gedacht, ich hätte irgendwelche Spiele drauf, fragte ich, oder wolltest du dir eine CD brennen?

Sie gab keine Antwort, und das war es, was mich misstrauisch machte. Hätte sie genickt und gesagt, ja, ich wollte ein bisschen spielen oder so etwas, hätte ich mir nichts dabei gedacht, aber sie presste die Lippen zusammen, schaute an mir vorbei und sah aus wie ein Kind, das etwas angestellt hat. Verstockt, wie Melanie das immer nannte, es macht mich wahnsinnig, ich würde sie dann am liebsten schütteln oder sogar schlagen, nur damit sie endlich ein anderes Gesicht macht.

Das ist doch nicht so schlimm, sagte ich, aber warum hast du die Dateien neu verknüpft, und woher weißt du überhaupt, wie das geht?

Sie zuckte mit den Schultern und sagte, er ist mir abgestürzt.

Der Computer?

Ja.

Und?

Die Kellnerin unterbrach uns, sie brachte die Vorspeisen, für Annabella eine Suppe, für mich Salat.

Als sie gegangen war, senkte Annabella ihren Löffel in die Suppe, hob ihn hoch, blies über den aufsteigenden Dampf und sagte, ich habe nur mal sehen wollen, wie so ein Ding funktioniert, und auf einmal ist keine Taste mehr gegangen und nichts. Johannes hat ihn wieder in Ordnung gebracht.

Johannes?

Ich habe ihn angerufen, sagte sie, weil ich nicht wusste, was ich machen soll, und da ist er gekommen und hat alles wieder in Ordnung gebracht.

Warum hat sie mir das nicht am Telefon gesagt, dachte ich, oder er, wir haben doch telefoniert, er hätte, vielleicht mit einem spöttischen Auflachen, sagen können, sie weiß nicht, wie man mit einem Rechner umgeht, kein Wunder, dass er ihr abgestürzt ist, aber für mich war das natürlich kein Problem.

Du warst nicht da, sagte sie plötzlich mit diesem aufsässigen Ton in der Stimme, den sie immer hatte, wenn sie glaubte, sich verteidigen zu müssen. Ich habe an deinem Computer rumgemacht und auf einmal ging gar nichts mehr. Da bin ich erschrocken und habe Johannes angerufen, und er ist gekommen und hat alles wieder in Ordnung gebracht.

Ich glaube, ich wusste sofort Bescheid, es war kein Schmerz, es fühlte sich nicht an wie ein Schlag in die Magengrube, wie ich es erwartet hätte, es war eher wie eine Lähmung, eine Kälte, die mir langsam in die Arme kroch, in die Hände, die Finger. Ich schaute Annabella an, sie wich meinem Blick aus, ihre Lippen bewegten sich, ihre Mundwinkel zuckten. Und dann hatte sie sich wieder in der Gewalt. Natürlich hätte ich sie gleich fragen sollen, ob etwas zwischen euch vorgefallen ist, aber ich habe mich nicht getraut, ich brauchte Zeit, um mich darauf vorzubereiten, um mir klar zu werden, wie ich reagieren würde, wenn es wirklich so wäre.

Wir aßen schweigend, und schweigend fuhren wir nach Hause, aber es war ein anderes, angespannteres Schweigen als das frühere, das mir nun, in der Erinnerung, irgendwie langweilig und gar nicht so unangenehm gewesen zu sein schien, jedenfalls verstand ich nicht mehr, warum es mich geärgert hatte.

Zu Hause setzte ich mich an den Computer und arbeitete weiter, beschrieb das Misstrauen meiner Rosengärtnerin und den Zwiespalt, in dem sie sich befand, und war froh, dass sie den Aufstieg auf den Berg noch vor sich hatte. Vielleicht irrte sie sich ja, schließlich war nichts entschieden und das Ende war offen. Vorläufig noch.

Später stand Annabella in der Tür. Ich gehe jetzt, sagte sie mit abgewandtem Gesicht, und ich sagte, ja, geh zum Teufel, aber ich weiß nicht, ob sie das noch gehört hat.

14

Gegen Abend hast du angerufen, ich bin wieder da, hast du gesagt, ich bin wieder da, kommst du zu mir oder wollen wir uns irgendwo treffen, und deine Stimme klang so einschmeichelnd wie immer, ich schnappte nach Luft und musste mich räuspern, bevor ich ein Wort herausbrachte, deshalb klangen meine Ausreden wohl auch glaubhaft, als ich Müdigkeit und Kopfschmerzen vorschützte. Heute verstehe ich nicht mehr, warum ich dich nicht sofort gefragt habe, ob du mit ihr... Ich glaube, ich hatte zu viel Angst vor der Antwort, vielleicht noch größere Angst vor der Lüge, die ich, wie ich fürchtete, mit einer Bereitschaft akzeptieren könnte, für die ich mich später schämen würde, nur weil ich mir so sehr wünschte, sie möge wahr sein.

Es war sehr still in der Wohnung, normalerweise hätte ich mich noch eine Weile an den Computer gesetzt, zumindest bis zu den Abendnachrichten, doch ich war zu unruhig, um etwas zu tun. Ich lief von der Küche ins Wohnzimmer, vom Wohnzimmer zum Schlafzimmer und wieder zurück, ich zählte meine Schritte und versuchte, gleichmäßig zu atmen, aber es gelang mir nicht, ich hörte selbst, wie keuchend ich die Luft ausstieß, und auch meine Schritte klangen, wenn ich vom Teppich auf das Parkett trat, so laut, dass ich jedes Mal erschrocken zusammenzuckte. Ich hielt es nicht mehr aus, allein in der Wohnung, deshalb zog ich meinen Mantel an und fuhr zu unserer italienischen Weinstube. Unterwegs dachte ich, wenn wir wirklich so viele Gemeinsamkeiten hätten, wie du es dir immer eingebildet hast, würdest du auch hinkommen, wir könnten vielleicht über alles sprechen und es würde mir nicht schwer fallen, dir zu glauben. Ich stellte mir vor, wie du meine Hand nehmen und sagen würdest, und das hast du im Ernst von mir gedacht, und überlegte mir, wie ich dir mein Misstrauen erklären würde, versteh doch, es ist ja nur, weil ich solche Angst habe, dich zu verlieren. Und dann würden wir beide über meine Dummheit lachen.

Du warst natürlich nicht da, ich hatte es gewusst, trotzdem musste ich schlucken vor Enttäuschung. Es war noch relativ früh, der Tisch in der Ecke, an dem wir vor gut einer Woche zusammen gesessen und geträumt hatten, war noch frei. Der Kellner, der mich erkannte, fragte, die Dame ist heute allein, und als ich nickte, zündete er die Kerze an und brachte mir den bestellten Rotwein. Da saß ich nun mit meinem Weinglas, doch der Stuhl mir gegenüber war leer, und niemand machte eine ironische Bemerkung über die romantische Musik, die im Hintergrund spielte. Ich holte mir aus dem Automaten eine Schachtel Zigaretten, obwohl ich schon seit über drei Jahren nicht mehr rauchte, und ließ mir von dem Kellner Streichhölzer bringen. Er gab mir Feuer, und als er sich vorbeugte und das Flämmchen sein Gesicht erhellte, meinte ich, etwas wie Mitleid in seinen Augen zu entdecken.

Die Zigarette schmeckte mir nicht, mir wurde schwindlig, trotzdem rauchte ich weiter, bis hinter der Kerze, in den Rauchwolken, dein Gesicht auftauchte und ich in Gedanken noch einmal unseren Abend von damals erlebte. Doch diesmal verlief er anders, diesmal erschrak ich, als du von einer gemeinsamen Zukunft anfingst. Ich hörte dir zu und dachte, alles, nur das nicht, ich tauge nicht für eine Ehe, auch nicht für ein Zusammenleben, und als du von einem Häuschen im Grünen sprachst, konnte ich nur lachen. Ich halte nichts von körperlicher Anstrengung, schon gar nichts von Gartenarbeit, und ich liebe die Stadt, selbst wenn es dir schwer fällt, mir das zu glauben, weil ich mich meistens zu Hause einigle, trotzdem ist mir das Gefühl wichtig, dass es um mich herum so etwas wie brausendes Leben gibt, dass ich nur hinausgehen müsste, um daran teilzuhaben, und wozu brauche ich einen Garten, der Park reicht mir als Natur. Anschaulich beschriebene Landschaften sind mir allemal lieber als solche, die still und unberührt vor mir liegen, wie man so sagt. Was für eine absurde Idee, mit dir in ein Haus auf dem Land zu ziehen, oder kannst du dir mich mit einer Gartenschürze und einem Spaten vorstellen?

Ich beugte mich vor zu der Kerze und blies vorsichtig in die Flamme, brachte sie mit meinem Atem zum Zittern. Wie konnte mir das passieren, dachte ich, ich weiß doch, wie Kerzenlicht die Welt verändert, wie es die Konturen der Wahrheit verwischt und uns etwas vorgaukelt, Kerzenlicht ist ein Weichzeichner für die Realität, nicht umsonst bevorzugen Frauen, vor allem nicht mehr ganz junge, das Licht von Kerzen. Wäre ich bei Verstand gewesen, hätte ich meine Entscheidung schon damals getroffen, dachte ich in der dämmrigen Ecke, in der noch etwas von der heiteren Schwerelosigkeit zu fühlen war, aber nicht mehr für mich.

Und dann dachte ich auch, sie muss weg, ich lasse es nicht zu, dass mir eine dahergelaufene Göre mein sorgsam geplantes und angenehmes Leben zerstört, was für ein

Vergnügen bietet sie mir denn, dass es sich lohnen würde, das alles in Kauf zu nehmen? Die Rosengärtnerin hat ganz Recht mit ihrem Misstrauen, ich hätte viel eher auf sie hören sollen. Oder auf Melanie, die mich vor einiger Zeit auch gefragt hatte, wie lange Annabella denn noch bei mir bleiben würde, über ein halbes Jahr sei ja wohl eine sehr lange Zeit für jemanden, den ich nur für ein paar Tage zu mir genommen hätte, und ich hatte in betont beiläufigem Ton geantwortet, sie bleibt noch eine Weile, und gedacht hatte ich, was soll sie denn sonst tun, inzwischen ist sie doch zu Hause bei mir.

Vielleicht fühlt sie sich sogar so sicher, dass sie glaubt, mir den Mann wegnehmen zu können, dachte ich nun, in der dämmrigen Weinstube, und dafür gibt es keine Entschuldigung, ich will auch gar nicht über eine nachdenken. Ich bin nicht wie die Rosengärtnerin, die solche Kränkungen klaglos akzeptiert und sich zwischen Mann und Tochter aufreiben lässt. Sie hat für ihren Mann, der ihr oft genug untreu gewesen ist, alles getan, weil es zu ihrem Rollenverständnis gehörte, und jetzt steckt sie in einem Labyrinth aus Misstrauen, Angst und Hass und hat keine Ahnung, ob sie je einen Ausweg finden wird, denn auch ich wusste es nicht, ich war über die kritische Stelle nicht hinausgekommen, aber eines war sicher, ein Happy End würde es für sie nicht geben. Sie tat mir so Leid, wäre sie jetzt da gewesen, in der Weinstube, hätte ich sie schwesterlich in den Arm genommen und gesagt, so sind Männer nun mal, genau wie ihre Mutter es gesagt hatte, auch wenn das kein Trost gewesen wäre, nicht wirklich. Und dann schoss mir noch ein Gedanke durch den Kopf: Aber wenn sie mich jetzt fragen würde, und was ist mit Töchtern, müsste ich ihr die Antwort schuldig bleiben.

Ein Paar hatte sich an den Nachbartisch gesetzt, die Frau sagte etwas, der Mann lachte. Ich schaute unauffällig zu ihnen hinüber, sie mochten etwa in unserem Alter sein und sahen nett aus, etwas zu gut angezogen, vielleicht feierten sie ja ihre Silberhochzeit.

Ich fühlte mich plötzlich sehr allein und ein zweites Glas Wein wollte ich sowieso nicht, deshalb bezahlte ich und fuhr nach Hause. Ich war schrecklich müde und sehnte mich nach Schlaf. Es war eine Müdigkeit, wie man sie empfindet, wenn man die eigenen Gedanken nicht mehr aushält, wenn die Realität so übermächtig wird, dass man fürchtet, erdrückt zu werden, und die Sehnsucht nach Schlaf, würde man sie ernst nehmen, nichts anderes ist als eine Sehnsucht nach dem Tod.

Doch aus dem Schlafen wurde nichts. Manche Bilder lassen sich nicht vertreiben, hat man erst einmal das Licht ausgeknipst, tauchen sie in der Dunkelheit auf und machen sich breit, nicht nur im Kopf, sondern auch im Körper, und je mehr man gegen sie angeht, umso deutlicher werden sie. Ich lag im Bett und führte einen Kampf, den ich nur verlieren konnte, und als ich gegen zwei Uhr nachts hörte, wie die Wohnungstür aufging, war ich bereit zur Kapitulation. Ich sprang aus dem Bett, rannte zum Flur und fing Annabella ab, die gerade ins Badezimmer gehen wollte, sie hielt schon die Klinke in der Hand. Ich packte sie am Arm und lockerte den Griff auch nicht, als sie die Klinke losließ, sich zu mir umdrehte und versuchte, sich zu befreien. Es gelang ihr nicht, selbst dann nicht, als sie begann, nach mir zu treten, ich war stärker, auch wenn ich nicht wusste, was mir solche Kraft verlieh, Wut oder Angst.

Du hast mit ihm geschlafen, sagte ich, gib's zu.

Ihr Widerstand hörte sofort auf, sie wurde schlaff,

sackte zusammen, schien plötzlich ein paar Zentimeter kleiner geworden zu sein. Sie versuchte gar nicht erst zu leugnen, vielleicht war sie auch zu betrunken dazu, sie nickte nur. Ich packte sie noch fester, wollte ihr wehtun, als könnte ich meinen eigenen Schmerz auf sie übertragen. Einen Moment lang war es sehr still im Flur, so still, dass das Tropfen des Wasserhahns, das aus der spaltbreit geöffneten Badezimmertür drang, sich anhörte wie das extrem verlangsamte Ticken einer Uhr, doch bevor ich noch etwas sagen konnte, fing sie an, sich zu verteidigen, mit einer weinerlichen Stimme und so nuschelnd, dass ich sie kaum verstand. Es ist doch nur passiert, weil du nicht da warst, er hat es einfach gemacht, was hätte ich denn tun können, ich kann nichts dafür, ich habe es nicht gewollt, und so weiter und so weiter. Mühelos schlüpfte sie in die Rolle des Kindes, das nach Ausreden sucht, um einer Strafe zu entgehen.

Als ich nicht darauf reagierte, fing sie plötzlich an zu lallen und zu stöhnen. Ich ließ sie angewidert los, sie torkelte, fiel gegen die Badezimmertür, die aufsprang und hart an die Wand schlug. Annabella lag auf dem Boden, krümmte sich, griff sich mit beiden Händen an den Kopf und jammerte, mir ist so schlecht, hilf mir doch, bitte ... Eine großartige Vorstellung, aber ich fiel nicht darauf rein, an diesem Abend nicht.

Dann geh halt kotzen, sagte ich, drehte mich um und ließ sie einfach liegen, wie ich sie damals schon hätte liegen lassen sollen.

Ich ging in die Küche und machte mir eine Flasche Wein auf. Als ich mit dem vollen Glas ins Wohnzimmer kam, hatte sich meine Schwester schon auf dem Sofa breit gemacht und grinste schadenfroh, hast du's endlich kapiert? Ich beachtete sie nicht, ich trank das Glas leer, ohne es einmal abzusetzen, dann goss ich mir in der Küche noch einmal Wein ein. Aber dieses Glas, es wäre das dritte gewesen, trank ich nicht mehr, ich setzte mich an den Computer, denn an Schlafen war nicht zu denken, und Arbeit war schon immer meine Rettung gewesen.

Ich ging zu der Stelle zurück, an der sich die Rosengärtnerin an die junge Sekretärin erinnert, mit der ihr Mann ein Verhältnis gehabt hatte. Warum hat sie sich damals nicht von ihm getrennt, warum hat sie ihn noch nicht einmal zur Rede gestellt? Sie stand vor dem Badezimmerspiegel, betrachtete ihr Gesicht, dem man schon ansah, wie es aussehen würde, wenn sie wirklich alt war, und stellte sich daneben das hübsche, noch fast kindliche Gesicht der Sekretärin vor. Was hatte sie ihrem Mann schon zu bieten? Das Gefühl der Demütigung wurde so übermächtig, dass sie am liebsten den Spiegel zertrümmert hätte, um diese hübsche Fratze für immer zu zerstören. Doch das tat sie natürlich nicht, sie wusch sich das Gesicht mit kaltem Wasser und schminkte sich besonders sorgfältig. Dann strich sie ihr Kleid glatt und drückte auf die Wasserspülung, bevor sie die Tür aufschloss und das Badezimmer verließ. Niemand durfte erfahren, dass sie es wusste, denn sonst hätte sie die Demütigung und die Scham anderen gegenüber zugeben müssen, und dadurch wäre das, was sie jetzt empfand, zu einer alles umfassenden, unentrinnbaren Realität geworden, der sie ausgeliefert wäre, ohne sich auch nur einmal für kurze Zeit zurückziehen zu können. Es war einfacher, so zu tun, als wüsste sie nichts, das Verstellen bot ihr die Möglichkeit, zumindest vorübergehend, die Wahrheit auszublenden. Sie hat gewartet, dachte ich, sie hat sich zu lange im Warten eingerichtet wie in einem unangenehmen Hotelzimmer, in dem man nur bleibt, weil man nicht den Mut oder die

Energie hat, sich ein anderes zu suchen. Das wird mir nicht passieren.

Meine Müdigkeit war verschwunden, ich arbeitete die ganze Nacht hindurch, automatisch, wie betäubt, ich habe einfach getan, was ich immer tue, die Arbeit war nicht nur Ablenkung, sie war die Rettungsleine, an die ich mich klammerte, um nicht unterzugehen.

Am nächsten Morgen, als ich in der Küche stand, noch immer nicht müde, obwohl ich keine Minute geschlafen hatte, und Kaffee in die Filtertüte füllte, kam Annabella herein. Lisa, sagte sie mit einer Stimme, die leiser und höher klang als sonst.

Ich gab ihr keine Antwort, ich drehte mich auch nicht zu ihr um, ich überlegte nur, wann sie mich das letzte Mal mit meinem Namen angesprochen hatte, aber es fiel mir nicht ein. Dann spürte ich, wie sie von hinten die Arme um mich legte, und ich hörte sie sagen, bitte, sei mir nicht böse. Wie ein kleines Kind. Ich weiß nicht, ob sie es wirklich so gemeint hat, heute halte ich es für möglich. Damals, in der Küche, rührte es mich nicht, ich dachte nur, wie sehr ich mich früher über dieses Angebot an Nähe gefreut hätte und wie wenig es mir jetzt bedeutete. Nichts, einfach nichts. Sie spielt wieder einmal Theater, dachte ich, sie will mich einwickeln, um ihr bequemes Leben nicht zu verlieren, sie ist ein raffiniertes Luder, das ist alles. Als sie sich fester an mich schmiegte, befreite ich mich aus ihrer Umarmung, drehte mich um, schob sie von mir und sagte, geh in dein Zimmer, ich will dich nicht sehen. Und die blau gewordene Druckstelle an ihrem linken Oberarm, die man unter dem Rand ihres kurzen Ärmels genau sah, erfüllte mich mit Genugtuung.

Es stimmte, ich wollte sie nicht sehen, sie nicht und

dich auch nicht, aber ich wusste, dass es sein musste. Am Abend hatte ich mich so weit in der Gewalt, dass ich mich stark genug fühlte, zu dir zu fahren, ich wollte die Wahrheit wissen. Auch wenn es zwischen mir und der Rosengärtnerin durchaus einige charakterliche Ähnlichkeiten gibt, hätte ich es nicht ausgehalten, dich nicht zur Rede zu stellen.

Ich brauche dir nicht zu erzählen, wie es abgelaufen ist, du musst doch selbst gemerkt haben, wie erbärmlich deine Verteidigungsversuche waren, wie kläglich und lächerlich. Du hast dich entschuldigt, es ist doch nicht das erste Mal, dass so etwas passiert, eine gute Beziehung sollte das aushalten, und es tut mir ja auch Leid, das musst du mir glauben, es hat nichts mit uns zu tun, es war eine rein körperliche Reaktion, sie hatte kaum etwas an, als ich gekommen bin, du weißt doch, wie leicht Männer sich verführen lassen, es ist der Trieb, verstehst du, mit Liebe hatte es nichts zu tun, ich liebe nur dich, ich will dich immer noch heiraten, und wenn du da gewesen wärst, wäre das auch nie passiert ...

Ich wurde immer kälter, je eindringlicher und flehender deine Stimme klang, und dann sagte ich, ja, so sind die Männer nun mal, drehte mich um, verließ, ohne ein weiteres Wort, deine Wohnung und lief die ganzen acht Stockwerke zu Fuß hinunter.

Im Auto dachte ich, wieso schämt sich die Rosengärtnerin eigentlich, sie war es doch nicht, die ihren Mann betrogen hat, vielleicht sollte ich diese Stelle doch noch einmal überarbeiten. Das habe ich aber, um es gleich zu sagen, dann nicht getan, vermutlich habe ich ihre Demütigung und ihre Scham doch zu gut verstanden.

Zu Hause lief ich wieder in meiner Wohnung herum

wie ein eingesperrtes Raubtier im Käfig, aber die Gitterstäbe waren meine Gedanken und als Wärterin fungierte meine Zwillingsschwester, die mich mit ihren gehässigen Sticheleien verrückt machte. Du weißt doch, wie schön sie ist, sagte sie, du kennst doch ihren nackten Körper, kannst du dir nicht vorstellen, wie sie sich vor seinen Augen ausgezogen hat? Vielleicht haben sie es ja hier getrieben, auf deinem Sofa, weiße Haut gegen schwedenblaues Wildleder, etwas Schöneres kann ich mir kaum vorstellen.

Lass mich in Ruhe, sagte ich in dem vergeblichen Versuch, mich zur Ordnung zu rufen, ich wollte mir die Rolle der älteren Frau nicht erlauben, die es kränkt, wenn ihr Partner eine junge Geliebte hat, doch als ich die Tür zu meinem Schlafzimmer aufmachte, fuhr ich beim Anblick des Bettes zurück, ich sah euch vor mir, nackt, ein weißer und ein bräunlicher Körper auf taubenhalsfarbenem Laken, und meine Schwester flüsterte mir ins Ohr, ein hübscher Porno, nicht wahr, warum regst du dich eigentlich auf, sonst macht dir so etwas doch auch Spaß, oder?

Diese Schlampe, dachte ich, ohne mich zu entscheiden, ob ich meine Schwester oder Annabella meinte. Und dann fiel mir ein, dass du einmal gesagt hattest, ich glaube, sie ist ein Luder. Warum hatte ich an dieser Stelle nicht genauer hingehört? War es das, was du dir damals vorgestellt hast? Hast du sie damals schon in Gedanken nackt ausgezogen und ihr die Beine gespreizt, um diese feuchte, warme, enge Spalte zu sehen? Hast du ihre Schamlippen auseinander gezogen und dir mit deinen schönen bräunlichen Fingern den Weg bereitet? Ich konnte an nichts anderes mehr denken, ich war meinen Vorstellungen ausgeliefert, den Bildern, gegen die ich mich nicht wehren konnte, bei solch einem Kampf kann eine nicht mehr ganz junge Frau nur verlieren, so sind die Spielregeln der Männer nun mal, es sei denn, dachte ich, eine Frau erkennt diese Regeln nicht an, aber dann wird sie gar nicht erst zum Spiel zugelassen. Plötzlich verstand ich die Rosengärtnerin besser, als mir lieb war, sie verstellte sich und nutzte die Zeit, die sie damit gewann, für ihre Rachepläne, und wenn jetzt irgendein Mann etwas von hinterhältig oder heimtückisch sagt, kann ich nur mit den Schultern zucken und sagen, na und?

Es war vielleicht der Schlafmangel, der mich immer tiefer in eine seltsame Erregung trieb, in mir kochten und brodelten all die Worte, die ich nicht zu dir gesagt hatte und an denen ich jetzt fast zu ersticken meinte. Ich weiß nicht, warum ich dich in diesem Moment nicht einfach angerufen und gesagt habe, du bist doch der letzte Dreck, wie meine Zwillingsschwester es getan hätte, du bist doch der letzte Dreck, was bildest du dir ein, glaubst du, ich lasse mich von dir so behandeln?

Aber das schaffte ich nicht, ich habe nie so direkt reagieren können wie meine Schwester, ich muss immer alles vorher durchdenken, um mich sicher zu fühlen, abgesichert, wenn du so willst, und ich weiß selbst nicht genau, ob das ein Zeichen von Klugheit oder von Feigheit ist, es ist mir auch egal. Jedenfalls betrachtete ich das Telefon und sagte laut, du bist ein Arschloch, aber ich griff nicht nach dem Hörer.

Ganz kurz überlegte ich auch, ob ich Melanie anrufen sollte, wusste aber sofort, dass es besser war, das bleiben zu lassen, nicht nur, weil unsere Beziehung abgekühlt war. Hätte ich etwa sagen sollen, stell dir vor, was mir passiert ist, da bin ich kaum ein paar Tage weg und mein Liebhaber hat nichts Besseres zu tun, als gleich mit einer jüngeren und schöneren Frau zu schlafen, noch dazu mit dem Mädchen, das mir viel bedeutet, an dem ich so viele Wünsche und Hoffnungen festgemacht hatte. Ausgerechnet mir muss das passieren, in meinem Alter. Ja, in deinem Alter, hörte ich Melanie sagen, in welchem denn sonst? Weißt du denn nicht, wie Männer sind? Wo bleibt deine Erfahrung, wo bleibt deine Menschenkenntnis? Natürlich würde sie so etwas sagen, ich hätte noch ganz andere Sachen gesagt, und dass ich mir auf meine Menschenkenntnis noch nie viel einbilden konnte, wusste ich schließlich, aber wo war meine Vorsicht geblieben? Ich rief Melanie nicht an, ich berührte nur kurz den Hörer, wie ich ihre Hand berührt hätte, wenn sie da gewesen wäre, und dachte, bald, lass mir noch ein bisschen Zeit, dann erzähle ich dir alles.

An diesem Abend schrieb ich den entscheidenden Satz, den ich so lange vor mir hergeschoben hatte: Nelly Miller stand am Felsrand, und während sie über die Gipfel hinweg in den blauen Himmel blickte, dachte sie an ihre Rosen. Das Letzte, was sie spürte, war der Stoß in den Rücken.

In den Tagen danach zog ich mich zurück und überließ mich meinem Groll, ich hegte und pflegte ihn, fütterte ihn mit Erinnerungen, Eingeständnissen, Auslegungen und Umdeutungen, mit Vorwürfen und Anschuldigungen.

Meine erste Reaktion war natürlich gewesen, sie vor die Tür zu setzen. Was zum Teufel hat mich dazu gebracht, eine Wildfremde in meine Wohnung zu nehmen, ich bin kein mitleidiger Mensch, verstehst du, und Verantwortung für andere wäre wirklich das Letzte, um das ich mich reißen würde. Ich war auf sie reingefallen, am ersten Tag, ich habe mich täuschen lassen, sie hat mir etwas vorgegaukelt, mich in die Irre geführt, auch wenn sie vielleicht gar nicht wusste, was sie tat – obwohl es mir schwer fällt, noch an die

Naivität zu glauben, die ich ihr anfangs zugeschrieben habe –, jedenfalls hat sie Hoffnungen und Sehnsüchte in mir geweckt, von deren Existenz ich keine Ahnung gehabt hatte. Noch heute denke ich oft an jenen ersten Tag zurück und frage mich, wie es passieren konnte, es war wohl der Satz, meine Mutter ist eine Säuferin, er muss mich tiefer getroffen haben, als ich mir eingestand, denn nie hätte ich das so einfach ausgesprochen wie sie, aber ich verstand sofort, was es bedeutete, für mich waren das nicht fünf Wörter, sondern viele, viele Kapitel einer schrecklichen Geschichte, die ich nie erzählt habe und nie erzählen werde, höchstens einmal andeutungsweise bei irgendwelchen Milieubeschreibungen, die unbefangene Leser nie mit mir in Verbindung bringen können.

Ich wollte sie also vor die Tür setzen, doch dann dachte ich, nicht gleich, nicht sofort, diesen Triumph werde ich ihr nicht gönnen, ich brauche es nur abzuwarten, sie wird mir einen anderen Grund liefern, und dann werde ich zuschlagen. Dann, wenn sie sich nicht mehr vor sich selbst damit rechtfertigen kann, dass sie mir die Schuld gibt, wenn sie nicht die Chance hat zu sagen, ich kann doch nichts dafür, dass ich jung bin, sie ist nur eifersüchtig, weil meine Haut glatt ist, sie ist eine alte, vertrocknete Hexe, die ihre Enttäuschung und ihre Trauer über alles, was sie nicht gelebt hat, an mir auslässt. Als ob Annabella je so etwas hätte denken können. Und natürlich dachte ich auch, was werden die anderen denken, eine alternde Frau, die eine jüngere aus Mitleid bei sich aufnimmt und sie dann aus Eifersucht im Stich lässt. Diese Demütigung wollte ich nicht zugeben, es reichte, wenn ich von ihr wusste. Auch du solltest nichts davon erfahren, als wäre meine Scham eine nachträgliche Rechtfertigung für dich. Du hast immer wieder angerufen, aber ich habe dich abgewimmelt und gesagt, ich brauche noch Zeit, lass mich in Ruhe nachdenken, und wenn ich aufgelegt hatte, verstand ich nicht, warum ich nicht gesagt hatte, geh zum Teufel. Aber kaum hörte ich deine Stimme, war ich unglücklich und wünschte mir nichts heftiger, als dass dies alles nicht passiert wäre, und zugleich verachtete ich mich dafür, dass ich unglücklich war. Ich müsste froh sein, dass ich dich los bin, dachte ich, warum bin ich das nicht?

Doch nach den ersten Tagen gelang es mir, meine Verwirrung zu überwinden, nicht dass ich Ordnung in meine Gefühle gebracht hätte, davon war ich weit entfernt, es war eher so, wie wenn man, statt aufzuräumen, alles Herumliegende und Störende in einen großen Schrank stopft, die Tür abschließt und den Schlüssel versteckt. Außen hui und innen pfui, nannte meine Stiefmutter das immer. Aber ich brauchte das damals, ich war an einem Punkt angekommen, an dem ich nur noch Sackgassen vor mir sah. Ich packte also alle ungeklärten Gefühle in einen Schrank und versteckte den Schlüssel, merkte mir aber gut, wo er lag, und machte mich an die Rosengärtnerin. Ich überarbeitete das ganze Manuskript, eine Seite nach der anderen, und überlegte bei fast jedem Wort, ob es richtig gewählt sei. Es waren keine nennenswerten Veränderungen, die ich vornahm, höchstens an den Stellen mit Anastasia, deren Charakter ich schärfer und bösartiger zeichnete, notwendige Korrekturen, wie ich dachte, um die Zwangsläufigkeit der Ereignisse zu erklären.

Während ich damit beschäftigt war, Anastasias Skrupellosigkeit zu beschreiben, wurde mir allmählich klar, dass auch Annabella skrupellos war, wenn es darum ging, ihre Wünsche durchzusetzen. Sogar ihre Bedürfnislosigkeit, die ich immer bewundert hatte, die mich geradezu rührte, hatte, wenn man es richtig bedachte, einen doppelten Boden. Solange sie sich bei ihren Wünschen auf das Notwendigste beschränkte, gab sie nichts von sich preis. Selbstbeschränkung als Mittel der Ausgrenzung. Sie hatte nie wirklich etwas mit mir zu tun haben wollen, erkannte ich damals, in den zwei Wochen danach, ich war ihr bequem, ich gab ihr ein Zuhause, von dem aus sie ihr anderes, ihr richtiges Leben leben konnte, ich gab ihr Geld, ich stellte keine Forderungen an sie. Gut, sie ist ein Mensch, der es nicht leicht gehabt hat im Leben, sagte ich mir, aber selbst da war ich mir nicht mehr so sicher. Sie war der Typ, der es immer einfach haben würde, weil ihr die anderen egal waren, ihre Rücksichtslosigkeit war keine Folge jugendlicher Gedankenlosigkeit, sondern von Gleichgültigkeit. Vielleicht war es ja auch das, was mich zu ihr hingezogen hat, nicht nur die Kumpanei des Elends. Zum ersten Mal hatte ich jemanden getroffen, der mir ähnlich war, jemand, der sich klar nach außen abgrenzt und Einflüsse nur zulässt, wenn sie ihm selbst nützen. Aber auch das habe ich mir vielleicht nur eingebildet.

15

Es geschah an einem Mittwoch, noch nicht einmal vierzehn Tage nach meiner Rückkehr von der Lesereise, obwohl es mir vorkam, als läge eine Ewigkeit dazwischen, ein ganzes Leben. Ich hatte tagsüber viel gearbeitet, nicht an der Rosengärtnerin, sondern an einem Vortrag über Stereotypen und Klischees in Kriminalromanen, den ich in zwei Monaten halten sollte. Ich hatte die Anfrage eines Germanistikprofessors dankbar angenommen, froh über die Abwechslung und die Herausforderung, die mir wirklich gut tat, nicht nur, weil sie mich ablenkte und mir neues Selbstbewusstsein gab, ich kam auch mit der Rosengärtnerin nicht weiter, ich steckte fest, zumindest dann, wenn ich nicht wollte, dass Anastasia ungeschoren davonkam, deshalb hatte ich das Manuskript leichten Herzens zur Seite gelegt, vorläufig, wie ich dachte, um mich auf den Vortrag zu konzentrieren.

Es war also Mittwoch, und ich hatte den Entwurf in groben Zügen fertig. Um mich zu belohnen – und um mir selbst zu beweisen, dass ich dich nicht nötig hatte, um einen interessanten Abend zu verbringen –, wollte ich ins Kino gehen, in die Spätvorstellung, allein, wie immer, seit es passiert war, um mir einen Film anzuschauen, von dem ich eine gute Kritik gelesen hatte, und als ich an der Kasse stand und die Karte bezahlen wollte, merkte ich erst, dass mein Portemonnaie nicht da war, es steckte in meinem Regenmantel, ich hatte vergessen, es herauszunehmen.

Ich ärgerte mich, weil ich es lästig fand, bei diesem Dreckwetter noch einmal zurückzufahren, um das vergessene Portemonnaie zu holen, aber mir blieb nichts anderes übrig.

Als ich die Wohnungstür aufgemacht hatte, wunderte ich mich zuerst, dass das Licht im Flur brannte, ich hatte es ausgemacht, ich mache es immer aus, wenn ich die Wohnung verlasse, auch von Annabella hatte ich es verlangt, doch manchmal vergaß sie es. Dann sah ich ihren Wohnungsschlüssel auf der Kommode liegen, aber ihr Mantel, der warme silbergraue, den ich ihr gekauft hatte, du kennst ihn ja, hing nicht am Haken.

Noch während ich dastand und überlegte, was das zu bedeuten hatte – vermutlich runzelte ich die Stirn und schüttelte den Kopf –, hörte ich einen tiefen, röchelnden Atemzug aus Annabellas Zimmer, gefolgt von einem seltsamen Keuchen. Sie ist betrunken, dachte ich, schon wieder mal, und Hass stieg in mir auf. Schnell nahm ich mein Portemonnaie, das wirklich, wie ich angenommen hatte, in der Tasche meines Regenmantels steckte, schob es in meine Umhängetasche und wollte wieder gehen. Doch ich war noch nicht an der Wohnungstür, da hörte ich das Röcheln wieder, lauter, als ich es je gehört hatte, es hallte, auch als es aufgehört hatte, in meinen Ohren nach, als würde sein Echo von den Wänden zurückgeworfen. Einen Moment lang stand ich wie erstarrt, unfähig, mich zu bewegen, die Tür aufzumachen und wegzugehen, obwohl ich wegwollte, nur weg.

Aber es passiert ja oft, dass man gegen seinen ersten Impuls handelt und es hinterher vielleicht sein Leben lang bereut, ich legte jedenfalls meine Tasche auf die Flurkommode, langsam, ging ebenso langsam zu Annabellas Zimmer, das irgendwann wieder mein Arbeitszimmer werden würde, und schob, noch langsamer, die nur angelehnte Tür auf, widerwillig, als hätte ich in diesem Moment schon gewusst, dass es besser gewesen wäre, diese Bewegungen nicht auszuführen.

Im Lichtstreifen, der aus dem Flur wie ein Scheinwerfer auf ihr Gesicht fiel, sah ich Annabella. Sie lag auf dem Bett, angezogen, mit geschlossenen Augen, und röchelte. Sie war betrunken, natürlich war sie das. Sie reagierte nicht auf die plötzliche Helligkeit, ihre Augenlider blieben geschlossen, zuckten nicht einmal, und ihre Wimpern warfen Schatten auf die graue Haut. Ihre Nase, sonst klassisch schön, sah auf einmal länger und spitzer aus, ihr Mund war verzerrt, die Oberlippe hochgezogen, so dass ihre Schneidezähne zu sehen waren. Nichts Kindliches war mehr an ihr, so wird sie in zwanzig Jahren aussehen, dachte ich, so hässlich und abstoßend. Auf ihrem Kinn und an ihrem Hals waren Spuren von Erbrochenem, auch auf ihrem Pullover, und auf einmal roch ich es auch und fragte mich erstaunt, warum mir der Geruch nicht gleich aufgefallen war, als ich die Wohnung betreten hatte, aber lange dachte ich nicht darüber nach, denn sie fing wieder an zu röcheln, ohne die Augen aufzumachen.

Sie sah schrecklich aus, zerbeult wie die alte Zelluloidpuppe, die ich als Kind einmal gehabt hatte, und ich wusste auf der Stelle, dass ihr Zustand ernst war, schlimmer als damals, als sie betrunken nach Hause gekommen war, und natürlich dachte ich sofort, dass ich sie in eine stabile Seitenlage bringen und den Notarzt rufen müsste, aber ich tat es nicht. Ich stand nur da und betrachtete sie, wie ich damals meine Puppe betrachtet hatte, die unter den wütenden Fußtritten meiner Mutter zerbrach.

Das Röcheln hatte aufgehört, aber ihr Gesicht war so verzerrt wie vorher. Ich fror trotz des Mantels, den ich immer noch anhatte, ein Schauer lief mir über den Rücken, und ich fühlte, wie mir unter den Ärmeln eine Gänsehaut die Arme hochkroch, ich konnte den Blick nicht von ihr wenden. Keine Ahnung, was ich gedacht habe, während ich dort am Türrahmen lehnte, aber ich könnte dir mühelos vormachen, in welcher Haltung ich dagestanden habe, das Gewicht auf dem linken Bein, den rechten Fuß etwas vorgeschoben, und so verkrampft, dass mein linker Oberschenkel anfing zu zittern. Das Zittern hörte nicht auf, auch als ich das Standbein wechselte, und ich fror immer mehr. Auf dem Sessel lag, achtlos hingeworfen, ihr silberner Mantel. Ich nahm ihn, wickelte ihn um mich und setzte mich hin, bevor ich auch noch meine Hände unter den glatten, gefütterten Stoff schob, so dass ich das Gefühl hatte, wie in einer Zwangsjacke gefesselt dazusitzen, hilflos, bewegungsunfähig, als würde ich von etwas, das stärker war als meine Vernunft, gezwungen, mir ein Schauspiel anzusehen, das ich nicht sehen wollte.

Ich weiß, was du jetzt sagen wirst, deine Zwillingsschwester war es, gib's doch zu, aber sie war nicht dabei. Es wäre so leicht, alles auf sie zu schieben, aber sie war nicht dabei, ich war allein mit Annabella. Ich betrachtete sie und sie war mir fremd, sie war nicht mehr die Annabella, über die mein Urteil feststand, die in meinen Augen eine Krake war, eine bunt schillernde Krake, die ihre Fangarme nach allem ausstreckte, was ihr in den Weg kam, ziellos, nicht auf ein bestimmtes Opfer gerichtet, nur so zum Spaß oder weil sie nicht anders konnte, als Reflex, sozusagen. Ich brauchte nicht mehr über sie nachzudenken, hatte ich gedacht, ich könnte in Ruhe meine Zeit der Rache abwarten, sie würde kommen.

Aber die Frau, die dort in Annabellas Bett lag, hatte nichts Schillerndes an sich, sie war eine andere, eine, die mich nichts angeht, dachte ich, zumindest glaubte ich später, ich hätte das gedacht, aber vielleicht war das auch nur eine Ausrede dafür, dass ich nichts empfand, noch nicht einmal so etwas wie Triumph, einfach nichts, oder meinst du, man kann etwas fühlen und es gleich wieder vergessen? Ich sah ihren Haaransatz und dachte, Annabella hätte sich längst die Haare gefärbt, sie hätte es nicht so weit kommen lassen, ihre fast weiße Stachelfrisur war das Ergebnis sorgfältiger Pflege, das wusste ich, und während ich das graue, wächserne Gesicht betrachtete und mir den rosafarbenen Schimmer von Annabellas Haut vorstellte, kam mir schon wieder die Zelluloidpuppe in den Sinn, und ich versuchte vergeblich, mich zu erinnern, womit ich damals meine Mutter so wütend gemacht hatte, es fiel mir einfach nicht ein, ich sah nur ihren Fuß, wie er auf die Puppe hinabstieß, hörte das splitternde Knacken. Vermutlich hatte es geregnet, denn das schwarze Leder ihrer Pumps glänzte nass und ich sah Schmutz an dem spitzen Absatz, bevor er sich in den Puppenbauch bohrte.

Ein heftiger Husten riss mich aus meinen Gedanken, ich hob den Kopf und sah, dass sie krampfhaft zuckte, ihr Kopf fuhr hoch, sie keuchte und aus ihrem Mund kam unter fürchterlichen Geräuschen ein Schwall Kotze. Dann fiel ihr Kopf wieder zurück, noch bevor sie aufgehört hatte, sich zu erbrechen, sie röchelte, dem Röcheln folgte ein schreckliches Gurgeln, wieder versuchte sie zu husten, ihr Gesicht wurde ganz blau vor Anstrengung, dann wurde das Husten leiser, stockender, und ging in ein rasselndes Atmen über, bis auch das Rasseln aufhörte. Die Stille wurde nur ab und zu von einem erneuten Rasseln und Gurgeln zerrissen, und mir schien, als würden die Abstände dazwischen immer länger.

Ich weiß nicht, wie ich dort weggekommen bin, ich muss sogar nach meiner Umhängetasche gegriffen haben, denn später, im Auto, hatte ich sie ja wieder. Das Nächste, an das ich mich erinnere, ist, dass ich die Treppe hinunterging, doch auch da war ich wohl noch unfähig zu einem Gedanken, ich habe einfach registriert, wie sich meine Füße bewegten, ein Fuß nach dem anderen hob sich von einer Stufe hoch und senkte sich auf die darunter liegende. Erst als ich im Auto war, setzte, soweit ich mich erinnern kann, meine Denkfähigkeit wieder ein, ich überlegte fieberhaft, was ich jetzt tun sollte, das Kino kam nicht mehr in Frage, das hätte ich nicht ausgehalten, und außerdem hatte der Film längst angefangen. Am liebsten wäre ich zu Melanie gefahren, aber mir fiel absolut keine Ausrede ein, mit der ich mein plötzliches Auftauchen hätte erklären können, ich fürchtete auch, sie könne etwas ahnen, vielleicht Schlussfolgerungen ziehen, die ich selbst noch nicht ziehen wollte, und so viele Leute, zu denen ich mitten in der Nacht fahren könnte, kannte ich nicht, deshalb kam ich zwangsläufig auf dich. Ich hatte mein Handy in der Tasche, zum Glück, und deine Nummer war gespeichert, ich bezweifle, dass ich in diesem Zustand in der Lage gewesen wäre, sie einzutippen, selbst wenn sie mir eingefallen wäre.

Ich weiß noch, wie erleichtert ich war, als ich deine Stimme hörte. Ich will zu dir kommen, sagte ich, und weil mir nichts anderes einfiel, sagte ich noch, ich will mit dir reden, weil du immer wieder angerufen und gesagt hattest, lass uns wenigstens ein Mal noch miteinander reden, bitte.

Unterwegs zu dir konnte ich nicht darüber nachdenken, was ich dir sagen sollte, das Fahren verlangte meine ganze Aufmerksamkeit, obwohl ich langsam fuhr – ich musste mir jeden Handgriff, jede Bewegung klar machen, ich musste mir sagen, jetzt die Kupplung treten, jetzt schalten, jetzt bremsen, jetzt Lenkrad drehen –, und trotzdem wusste ich, als ich vor deinem Haus parkte, nicht, wie ich die ganze Strecke geschafft hatte.

Ich drückte auf die Klingel, der Türöffner summte sofort, du musst bereits oben im Flur gestanden und gewartet haben, und der Aufzug fuhr viel zu schnell, als dass er mir Zeit zum Nachdenken gelassen hätte, deshalb wusste ich immer noch nicht, was ich dir sagen sollte. Aber es war dann ganz einfach. Du standest in der offenen Tür, mit ausgebreiteten Armen und einem Gesichtsausdruck, der zwischen Zweifel und Hoffnung schwankte. Ich ließ mich in deine Arme fallen, was hätte ich auch sonst tun sollen?

Danach saßen wir auf deinem Sofa, du hast mich angeschaut und gesagt, Lisa, ich bin so froh, dass du da bist, aber ich war nur froh, dass ich nicht mehr zu Hause war, ich legte den Finger auf deinen Mund und sagte, nicht reden, heute nicht, vielleicht morgen oder übermorgen, und meine Schwester sagte, ficken, ich will mit dir ficken.

Ich habe nie verstanden, warum du überhaupt nichts gefragt hast, vermutlich war es dir bequemer, als dich wieder zu verteidigen und nach neuen Argumenten zu suchen, denn auch deine Lust war nicht so groß, schien es mir, aber das kann ich mir auch nur eingebildet haben.

Wir haben zusammen geschlafen, genauer gesagt, du hast mit mir geschlafen, ich habe mich auf deine Stimme konzentriert, auf dein zärtliches Flüstern, um nicht an das Röcheln und Gurgeln denken zu müssen, das ich doch nicht aus den Ohren bekam. Mein Körper funktionierte, wie er immer funktioniert hat, er war nicht trocken und abweisend, wie er eigentlich hätte sein sollen, ich weiß nicht, ob du überhaupt bemerkt hast, dass ich in Wirklichkeit gar nicht in deinem Bett war und dass es mich ungeheure Anstrengungen kostete, die Bewegungen auszuführen, die nun mal zu einem Beischlaf dazugehören. Mein Orgasmus war gespielt, wie hätte ich auch Lust empfinden können, wenn dein Keuchen in meinen Ohren zu einem Röcheln wurde und der laute Ton, mit dem du gekommen bist, zu einem Hilfeschrei.

Du bist sofort eingeschlafen, wie immer, wenn du befriedigt warst, du hast neben mir gelegen und tief und ruhig geatmet, so wie ich mir gewünscht hätte, dass sie atmete, auch wenn ich wusste, dass es ein vergeblicher Wunsch sein würde. Ich spürte deinen warmen Körper neben mir, aber mir war kalt, so entsetzlich kalt, und als du einmal, im Schlaf, deine Hand ausgestreckt und auf meine Brust gelegt hast, hob ich sie hoch und legte sie wie einen fremden Gegenstand zur Seite. In dieser Nacht war ich allein, so allein wie nie in meinem Leben, und wehrlos meinen Gedanken ausgeliefert, denn schlafen konnte ich nicht, wie hätte ich auch schlafen können, nach allem, was passiert war.

Und während ich neben dir lag, ein bisschen abgerückt, um der direkten Berührung auszuweichen, dachte ich an Annabella und wie es so weit hatte kommen können. Es ist so leicht, die ersten Anzeichen zu ignorieren, einmal, zweimal, immer wieder, und wenn das Unheil tatsächlich passiert, bildet man sich ein, es sei plötzlich, aus heiterem Himmel, über einen hereingebrochen, aber wenn man aufmerksamer gewesen wäre, hätte man es wissen können. Aufmerksamer und weniger auf sich selbst bezogen.

Bei uns gab es viele Anzeichen, schon früher, zum Beispiel den Satz, den Annabella einmal gesagt hatte, mir hätte es nicht Leid getan, wenn meine Mutter mich abgetrieben hätte, da hätte ich von dieser ganzen Scheißwelt nichts gewusst, aber schon damals war ich nicht fähig, auf sie einzugehen, ich habe nur die Kumpanei des Elends empfunden. Auch ihre Unfähigkeit zu lachen war ein Anzeichen, aber es ist mir erst hinterher aufgefallen, dass sie nie gelacht hat, höchstens gelächelt. Und spätestens dann, nach der Sache mit dir, hätte ich die Gefahr erkennen müssen, schließlich konnte ich ja sehen, dass ihr Haaransatz dunkler nachwuchs, ohne dass sie Anstalten machte, sich die Haare zu färben, ich konnte sehen, dass sie tagelang im selben Pullover herumlief und sich nicht um einen hässlichen Fleck auf ihrer Hose kümmerte, ich konnte sehen, dass sie kaum etwas aß und immer dünner wurde, ihr ganzes Aussehen, ihr Verhalten, war ein Flehen um Hilfe. Aber ich war taub und blind gewesen, ich hatte meine eigenen Wunden geleckt und nicht daran gedacht, ihre Wunden auch nur zur Kenntnis zu nehmen.

Und ich dachte auch an dich, und mir wurde klar, dass das, was mir an dir gefallen hatte, auch genau das war, was mich abstieß. Da war vor allem deine Triebhaftigkeit, die mir, wenn sie mich betroffen hatte, so angenehm gewesen war, aber dass du sie bedenkenlos auch mit Annabella ausgelebt hattest, war mir unerträglich. Doch es gab auch noch andere, weniger wichtige Punkte, die mich störten. Deine ironischen Bemerkungen über andere Leute fand ich amüsant, wenn wir in einem feinen Lokal oder bei einer Gesellschaft waren, hast du aber über deinen Postboten gelästert, über irgendeinen Kollegen, der zu dumm sei, eine Reisekostenabrechnung korrekt auszufüllen, klang es in meinen Ohren arrogant. Die Art, wie du mir mit einer besitzergreifenden Geste den Arm um die Hüfte gelegt hast – mein Primatengriff, hast du es einmal genannt, erinnerst du dich? –, hat mich im Bett erregt, während mir der gleiche Griff, wenn wir an der Kinokasse anstanden, peinlich war, da fand ich ihn demonstrativ und irgendwie herablassend. Und was manchmal so selbstsicher und elegant an dir war, weltmännisch, wie Melanie es formulieren würde, stilvoll, wie ich es nannte – oft genug hatte ich, durchaus mit einem gewissen Stolz, gedacht, er hat Stil, man kann sich mit ihm sehen lassen –, wirkte zu einer anderen Zeit, an einem anderen Ort, überheblich und anmaßend. Die selbstverständliche Bewegung, mit der du den Ober herbeigewunken hast, um noch ein Glas Wein zu bestellen, wurde nachträglich überlagert von der Bewegung, mit der du das Geld genommen hast, das ich dir unauffällig – ein dummer Anpassungsversuch meinerseits – hinhielt, nachdem der Ober die Rechnung gebracht hatte, als meinen Anteil am gemeinsamen Essen. Ich würde es nicht Geiz nennen, dass du das Geld genommen hast, denn natürlich war mir klar, dass ich mehr verdiene als du, aber dieses verstohlene danach Greifen machte die vorherige Eleganz zunichte, ließ sie, es tut mir Leid, dass ich das sagen muss, als dümmliche Großspurigkeit erscheinen.

Ich hatte mit Melanie darüber gesprochen, und ihr Kommentar dazu war gewesen, was willst du, Männer sind nun mal Gockel, und dort, in deinem Bett, dachte ich, sie hat Recht, aber das kann doch nicht alles gewesen sein, wenn du nur ein Gockel gewesen wärst, hätte ich es doch erkennen müssen, bevor es zu spät war.

Seltsam übrigens, dass in beiden Beziehungen, in der zu dir und in der zu Annabella, Geld letztlich eine große Rolle gespielt hat, auch bei ihr erkannte ich, wie bei dir, am Anfang das Problem nicht, vielleicht wollte ich es nicht erkennen, weil ich mir in der Rolle der Großzügigen gefiel, denn inzwischen weiß ich, dass ich keineswegs wirklich großzügig war, es war eine Geste, für die ich einen Gegenwert erwartete. Was für einen, willst du wissen? Nun, Liebe, Bewunderung, was weiß ich, zumindest ein bisschen Dankbarkeit. Aber bei euch beiden kam meine Gutwilligkeit nicht an, am wenigsten bei Annabella, obwohl ihr Geld doch so wichtig war, dass sie mir öfter etwas aus dem Geldbeutel genommen hat – ja, hat sie, aber ich überging es, aus welchen Gründen auch immer, und außerdem handelte es sich auch nie um größere Summen. Vielleicht hat sie ja auch ganz automatisch geklaut, weil sie nichts anderes kannte, oder es war ihre Form der Rache für die Abhängigkeit, in die sie wohl oder übel durch mich geraten war. Vermutlich bin ich nicht ganz unschuldig daran, denn ich habe mich sicher auch ungeschickt verhalten, weil ich es nicht besser wusste. Die ersten Male, als ich ihr Geld gab, dachte ich noch, die Ärmste, sie traut sich nicht, mich um Geld zu bitten, wie wenig Vertrauen sie doch hat, wie wenig Hoffnung, und später dachte ich, sie kann nicht bitten, sie ist zu verschlossen und zurückhaltend, und nach der Sache mit dir dachte ich, schon ziemlich aufgebracht, wie ich zugeben muss, sie hat es gar nicht nötig zu bitten, sie bekommt sowieso immer, was sie will, sie versteht es meisterhaft, andere Menschen dazu zu bringen, dass sie sich für sie Arme und Beine ausreißen.

Ich lag die ganze Nacht neben dir, auch wenn es mich drängte, aus deinem Bett zu steigen und deine Wohnung für immer hinter mir zu lassen, aber nichts in der Welt hätte mich dazu gebracht, jetzt nach Hause zu fahren, ich ahnte, was mich erwartete. Und immer wieder überlegte ich, wie ich mich verhalten musste, um mich nicht zu verraten. Ja, ich habe es ganz kühl und klar überlegt und geplant.

Am nächsten Morgen stand ich auf und schützte einen dringenden Termin vor, auch du solltest nichts merken, du hast auch nichts gemerkt, glaube ich, du hast mir deine Liebe beteuert und warst nur enttäuscht, dass ich nicht mit dir frühstücken wollte, aber das konnte ich nicht mehr, das wäre zu viel gewesen, ich fuhr nach Hause.

Sie war tot. Ich erschrak nicht darüber, ich hatte es mir während der Nacht so oft vorgestellt, dass es nur noch eine Bestätigung meiner Gedanken war, ich wunderte mich nur darüber, wie entspannt ihr Gesicht aussah, eine schöne Maske, nicht mehr wie die Annabella, die ich kannte, aber auch nicht so fremd wie am Abend zuvor, als ich sie zum letzten Mal gesehen hatte.

Ich rief den Notarzt an, die Polizei, und sah völlig gefühllos zu, wie sie weggebracht wurde, ich kam mir vor wie in einem Film, einem von der Sorte, die man schnell wieder vergisst. Ich könnte dir noch sagen, wie der Polizeiarzt ausgesehen hatte, jung, kahlköpfig, mit melancholischen Augen und schönen Händen, die mich, ganz kurz nur, an deine erinnerten, Hände, die empfindsamer sind als du selbst. Die Kriminalbeamten müssen mein starres Gesicht als Zeichen von Trauer angesehen haben, sie verhielten sich entgegenkommend, ja mitfühlend, besonders der Polizeiarzt.

Natürlich habe ich dann meine Aussage gemacht, es war problemlos, ich hatte mir vorher oft genug überlegt, was ich sagen musste. Ja, ich habe sie bei mir aufgenommen, aus Mitleid, ich wollte nicht, dass ein so junges Mädchen auf der Straße lebt, aber wirklich gekannt habe ich sie nicht, tut mir Leid, ich weiß nichts über ihre Angehörigen, auch nicht, wo sie ihre Abende verbracht hat, nur einmal habe ich sie zufällig in einem Lokal in der Bahnhofsgegend gesehen, ich kann Ihnen auf dem Stadtplan zeigen, wo es war. Ja, sie ist öfter mal betrunken nach Hause zurückgekommen, nein, nicht wirklich betrunken, eher angetrunken. Ich habe sogar erzählt, dass ich an diesem Abend noch einmal zu Hause gewesen war, um meinen Geldbeutel, den ich vergessen hatte, zu holen, denn es hätte ja sein können, dass mich jemand kommen oder weggehen gesehen hatte. Nein, ich war nicht in ihrem Zimmer gewesen, ich wusste gar nicht, dass sie zu Hause war, ich habe nur mein Portemonnaie genommen und bin zu meinem Freund gefahren.

Sie war an Erbrochenem erstickt. Später habe ich erfahren, dass sie auch etwas genommen hatte, eines von den neuen Aufputschmitteln, die in Verbindung mit Alkohol schreckliche Folgen haben können, sagte der Inspektor, der es mir erzählte. Ich habe auch erfahren, dass es Micky war, der sie nach Hause gebracht hatte, ich nehme wenigstens an, dass es Micky war, denn der Mann sprach von einem gewissen Michael, er habe sie auf ihr Bett gelegt und sei wieder gegangen, ohne sich weiter um sie zu kümmern, sagte er. Aber diese Tatsache reichte nicht zu einer Anklage. Was wollen Sie, sagte er zu mir, er wusste nicht, was er tat, vielleicht ist er einfach zu dumm, jedenfalls wird ihn kein Richter verurteilen, das steht fest. Gedankenlosigkeit kann man schließlich nur Leuten vorwerfen, die denken können. Das war die Formulierung, die er benutzt hatte, eine Formulierung, die mir seither nicht mehr aus dem Kopf gegangen ist.

Juristisch gesehen war es unterlassene Hilfeleistung, kein Mord, aber viele Verbrechen entziehen sich der Justiz, das korrekte Wort heißt, sie sind nicht justiziabel, wer wüsste das besser als ich, die Kriminalschriftstellerin.

Epilog

Du fragst dich bestimmt, warum ich dir das alles schreibe. Es ist ihretwegen, der nachträgliche, von vornherein zum Scheitern verurteilte Versuch, etwas zu erklären, was sich nicht verstehen, geschweige denn erklären lässt. Lange glaubte ich, ich würde das alles vor allem für mich schreiben, weniger für dich, doch langsam wird mir klar, dass es Rachsucht ist, die mich dazu getrieben hat. Du sollst nicht länger glauben dürfen, sie sei selbst schuld gewesen oder es habe sich um einen unglücklichen Zufall gehandelt. Es gibt keine Zufälle, jedes Detail, das zu dem zufälligen Ereignis beiträgt, hat seine Geschichte, und ich bin nicht großmütig genug, dir deinen Anteil zu ersparen, meine Rachsucht ist größer als mein Mitleid, du sollst nicht ungeschoren davonkommen. Du sollst dir nicht vormachen können, es ginge dich nichts an, du sollst es büßen, mir und ihr. Denn inzwischen weiß ich, dass es dein Tod war, den ich gewollt habe, nicht ihrer, sie hat mir etwas gegeben, was mir bisher kein Mensch gegeben hat, die Illusion dessen, was hätte sein können.

Es tut mir Leid, es tut mir schrecklich Leid, aber das nützt nichts, es ist ein müßiges Gefühl, auch die vielen Grübeleien, wie es anders hätte ablaufen können, wenn du oder ich oder sie da oder dort anders gehandelt hätten.

Ich denke fast jeden Tag an sie, es gibt Tage, da habe ich das Gefühl, an nichts anderes zu denken. Wenn ich einen

Apfel esse, denke ich, sie hat keine Äpfel gemocht, und wieder wundere ich mich darüber, und manchmal denke ich, wenn ich an einem Laden vorbeigehe und etwas Schönes zum Anziehen sehe, das würde ihr gefallen, vielleicht sollte ich es ihr mitbringen, und dann fällt mir ein, dass sie nicht mehr da ist. Wenn ich eine CD einlege, erinnere ich mich daran, wie sie von meiner, zugegeben nicht besonders großen, Sammlung enttäuscht war, das wunderte mich nicht, ich bin musikalisch nicht sehr gebildet, ich kaufe Sachen nur zufällig, trotzdem war ich ein bisschen gekränkt, denn ich dachte, so viel gebildeter als ich kann sie ja nicht sein, und weil mir meine beleidigte Reaktion peinlich war, gab ich ihr einen Hunderter und sagte, hier, kauf dir, was du gerne hören möchtest. Oder ich sehe ihr Gesicht vor mir, wie sie an einem der wenigen Abende, die wir zusammen verbrachten, vor einer Kerze saß, die Augen, die Nase, die halb geöffneten Lippen, darüber die hellen Haare, deren Spitzen im Kerzenlicht leuchteten wie ein Strahlenkranz auf mittelalterlichen Gemälden. So hätte es sein können, vielleicht, wenn die Umstände anders gewesen wären.

Meine Wohnung ist leer, ich bin wieder eine allein stehende Frau in den Wechseljahren, die sich mit ihrer Einsamkeit arrangiert hat. Ich stelle morgens die Kaffeemaschine an und beobachte, während das Wasser gurgelnd durchläuft, die Jogger im Park. Dann, beim Frühstück, lese ich die korrigierten Seiten meines Manuskripts durch, und anschließend setze ich mich an die Arbeit. Denn ich schreibe weiter, was sollte ich auch sonst tun? Ich habe ein neues Buch angefangen, einen Kriminalroman mit einer Polizistin als Hauptfigur, ein Buch voller Stereotype und voller Klischees, die es mir erlauben, alle Figuren und Ereignisse schnell einzuordnen, ohne groß darüber nachdenken zu müssen. Wie nützlich das sein kann, ist mir bei der Ausarbeitung meines Vortrags klar geworden.

Die Rosengärtnerin ist unvollendet geblieben, jeder Versuch, einen einigermaßen akzeptablen Schluss zu finden, ist misslungen, das Manuskript ist mir entglitten. Und Anastasias Doppelleben werde ich vermutlich nur in Gedanken schreiben. Manchmal blättere ich meinen Zettelkasten durch, es sind viele Notizen, die ich in den Monaten mit Annabella gemacht habe, und manche sind wirklich gut, aber ich werde nie den Mut haben, mich an diese Arbeit zu setzen, auch nicht in ein paar Jahren, wenn die Zeit, wie man uns verspricht, alle Wunden geheilt haben wird, das glaube ich sowieso nicht. Ich merke immer wieder, wie sich die Vergangenheit in die Gegenwart verwandelt, ebenso schnell und unberechenbar, wie uns die Gegenwart entgleitet.

Mag sein, dass wir, du und ich, uns noch einmal begegnen, irgendwann und irgendwo, denn so groß ist die Stadt nicht, dann werde ich mich – hoffentlich – verwundert fragen, wie uns so etwas hatte passieren können. Und ich werde an dir vorbeigehen und einen anderen anlächeln.

Gesamtverzeichnis *Belletristik*

Weitere Informationen: www.berlinverlag.de

André Aciman
Damals in Alexandria

Jorge Victoriano Alonso
Die Hundertjahrfeier

Katrin Askan
- *Aus dem Schneider*
- *Wiederholungstäter*

Margaret Atwood
- *Der blinde Mörder*
- *Der Salzgarten*
- *Tipps für die Wildnis*
- *Oryx und Crake*

Trezza Azzopardi
Das Versteck

Dieter Bachmann
Grimsels Zeit

Lima Barreto
Das traurige Ende des Policarpo Quaresma

John Barth
- *Der Tabakhändler*
- *Die schwimmende Oper*
- *Tage ohne Wetter*

Hans-Georg Behr
Fast eine Kindheit

Eduardo Belgrano Rawson
Schiffbruch der Sterne

Tahar Ben Jelloun
Das Schweigen des Lichts

Gail Bowen
Der gläserne Sarg

Marcus Braun
- *Delhi*
- *Hochzeitsvorbereitungen*
- *Nadiana*

Jan Peter Bremer
Feuersalamander

Leopoldo Brizuela
Inglaterra

Bliss Broyard
Mein Vater, tanzend

Frederick Busch
Der Nachtinspektor

Raymond Carver
- *Erste und letzte Storys*
- *Kathedrale*
- *Wovon wir reden, wenn wir von Liebe reden*
- *Würdest du bitte endlich still sein, bitte*

Javier Cercas
Soldaten von Salamis

Michael Chabon
Sommerland

Rosa Chacel
- *In der Oase*
- *Leticia Valle. Memoiren einer Elfjährigen*
- *Teresa*

Susanna Clarke
Jonathan Strange & Mr. Norrell

Domenico Conoscenti
Das Zimmer der roten Lichter

Janina David
Eurydikes Augen

Patricia Duncker
- *Der tödliche Zwischenraum*
- *James Miranda Barry*

Jean Echenoz
- *Cherokee*
- *Ich gehe jetzt*
- *Am Piano*

Péter Esterházy
- *Das Buch Hrabals*

- *Eine Frau*
- *Fancsikó und Pinta*
- *Harmonia Cælestis*
- *Verbesserte Ausgabe*
- *Was für ein Péter (Hg. Angelika Klammer)*

Rainer Fabian
Das Rauschen der Welt

Richard Flanagan
Goulds Buch der Fische

Richard Ford
- *Eifersüchtig*
- *Eine Vielzahl von Sünden*
- *Rock Springs*

Paula Fox
Kalifornische Jahre

Nell Freudenberger
Lucky Girls

Roman Frister
Die gestohlene Identität

Christian Gailly
- *Bebop*
- *Ein Abend im Club*
- *KV 622*

Luiz Alfredo Garcia-Roza
- *Das Schweigen des Regens*
- *Die Tote von Ipanema*

- *Ein Fenster in Copacabana*
- *Südwestwind*

Camilla Gibb
- *Die Geschichte von Emma und Blue*
- *Worüber niemand spricht*

Dagoberto Gilb
- *Holzschnitte von Frauen*
- *Der letzte bekannte Wohnsitz des Mickey Acuña*

Patricia Görg
Meer der Ruhe

Hans Graf von der Goltz
Anderland

Mario González Suárez
Als Kind

Nadine Gordimer
- *Beute*
- *Ein Mann von der Straße*
- *Telling Tales*

David Grand
Louse

Undine Gruenter
- *Bild der Unruhe*
- *Nachtblind*

- *Sommergäste in Trouville*
- *Vertreibung aus dem Labyrinth*

Kirsty Gunn
- *Featherstone*
- *Regentage*

David Guterson
Das Land vor uns, das Land hinter uns

Amir Gutfreund
Unser Holocaust

Robert Haasnoot
Wahnsee

André Heller
Als ich ein Hund war

Bettina Hesse (Hg.)
Dolce Vita

Chloe Hooper
Märchen eines wahren Mordes

Khaled Hosseini
Drachenläufer

Alan Isler
Klerikale Irrtümer

Frances Itani
Betäubend

Nina Jäckle
- *Es gibt solche*
- *Noll*

Fleur Jaeggy
Die seligen Jahre der Züchtigung

Elfriede Jelinek
- *bukolit*
- *Der Tod und das Mädchen I–V*

Liz Jensen
Das neunte Leben des Louis Drax

Viktor Jerofejew
Der gute Stalin

Nick Johnstone
Mit 14 war ich zum ersten Mal betrunken

Sayed Kashua
Tanzende Araber

Imre Kertész /
Péter Esterházy
Eine Geschichte

Alona Kimhi
Die weinende Susannah
Ich, Anastasia

Malcolm Knox
Sommerland

Marie-Sissi Labrèche
Borderline

Tim Krabbé
Das goldene Ei

Ragnar Kvam
Die Strafe

Shaena Lambert
Die fallende Frau

Linda Lê
Die drei Parzen

Sibylle Lewitscharoff
Der höfliche Harald

Irina Liebmann
- *Berliner Mietshaus*
- *In Berlin*
- *Letzten Sommer in Deutschland*
- *Mitten im Krieg*

Arnost Lustig
Ein Gebet für Katharina Horowitzová

Dagmar Lutz
Bittere Rache

Patrick McGrath
- *Groteske*
- *Spider*

Eoin McNamee
Blue Tango

Ib Michael
- *Das Vanillemädchen*
- *Der zwölfte Reiter*
- *Prinz*

Anne Michaels
Fluchtstucke

Juan Miñana
Nachrichten aus der wirklichen Welt

Perikles Monioudis
Palladium

Lorrie Moore
Was man von einigen Leuten nicht behaupten kann

Molly Moynahan
Der Steingarten

Olaf Müller
- *Schlesisches Wetter*
- *Tintenpalast*

Alice Munro
- *Das Bettlermädchen*
- *Der Mond über der Eisbahn*
- *Die Jupitermonde*
- *Glaubst du es war Liebe?*
- *Kleine Aussichten*
- *Offene Geheimnisse*

Haruki Murakami
Wie ich eines schönen Morgens im April das 100%ige Mädchen sah

Julie Myerson
Etwas könnte geschehen

Péter Nádas
Schöne Geschichte der Fotografie

Péter Nádas/Richard Swartz
Zwiesprache

Natalja Nikolajewa
Grüß den Kanzler schön von mir

Kurt Oesterle
Der Fernsehgast

Katja Oskamp
Halbschwimmer

Boris Pahor
Nekropolis

Alexis Panselinos
Zaide oder das Kamel im Schnee

Tim Pears
Wach auf!

Ulrich Peltzer
Bryant Park

Sabine Peters
Abschied

Ljudmila Petruschewskaja
Der schwarze Mantel

Jayne Anne Phillips
MutterKind

Mirjam Pressler
Rosengift

Yasmina Reza
Eine Verzweiflung

Gregor von Rezzori
- *Denkwürdigkeiten eines Antisemiten*
- *Der Schwan/Über dem Kliff/Affenhauer*
- *Ein Hermelin in Tschernopol*
- *Ödipus siegt bei Stalingrad*

Jean Rhys
- *Guten Morgen, Mitternacht*
- *Irrfahrt im Dunkel*
- *Sargassomeer*

Susanne Riedel
- *Die Endlichkeit des Lichts*
- *Eine Frau aus Amerika*

Michael Roes
- *David Kanchelli*
- *Haut des Südens*

James Salter
Lichtjahre

George Saunders
Bounty-Land

Hans-Jürgen Schmitt (Hg.)
Sturz in den Himmel

Elke Schmitter
- *Leichte Verfehlungen*
- *Frau Sartoris*

Jean-Jaques Schuhl
Ingrid Caven

Alexander Schwarz
Tag der Frösche

Zeruya Shalev
- *Liebesleben*
- *Mann und Frau*

Kamila Shamsie
Kartographie

Gary Shteyngart
Handbuch für den russischen Debütanten

Israel J. Singer
- *Die Brüder Aschkenasi*
- *Die Familie Karnovski*
- *Von einer Welt, die nicht mehr ist*

Jane Smiley
Tausend Morgen

Gustaf Sobin
- *Das Taubenhaus*
- *Der Trüffelsucher*
- *Venusblau*
- *Auf der Suche nach einem verlöschenden Stern*

Vladimir Sorokin
LJOD Das Eis

Tilman Spengler
- *Das Glück wartet draußen vor der Stadt*
- *Der Maler von Peking*
- *Lenins Hirn*
- *Meine Gesellschaft*
- *Wenn Männer sich verheben*

P. F. Thomése
- *Schattenkind*
- *Über der Erde*

Olga Tokarczuk
Ur und andere Zeiten

Barbara Trapido
- *Der Tempel des Entzückens*
- *Jonglieren*

Tina Uebel
Ich bin Duke

Jane Urquhart
- *Die Bildhauer*
- *Fort*
- *Im Strudel*

Jennifer Vanderbes
Osterinsel

Serena Vitale
Der Eispalast

Keto von Waberer
- *Blaue Wasser für eine Schlacht*
- *Der Schattenfreund*
- *Fischwinter*
- *Heuschreckenhügel*
- *Die Mysterien eines Feinkostladens*
- *Schwester*

Jeanette Winterson
- *Das Geschlecht der Kirsche*
- *Das Powerbook*
- *Das Schwesteruniversum*
- *Orangen sind nicht die einzige Frucht*
- *Verlangen*

Henk van Woerden
Der Bastard

John Wray
Die rechte Hand des Schlafes

Berlins Beste

Arnulf Conradi (Hg.)
Best. Short. Stories.

Marion Gräfin Dönhoff
Kindheit in Ostpreußen

David Guterson
Schnee, der auf Zedern fällt

Haruki Murakami
Der Elefant verschwindet

Ingo Schulze
33 Augenblicke des Glücks

Zeruya Shalev
Liebesleben

Lebensgeschichten

Aliza Barak-Ressler
Weine ruhig

Rada Biller
Melonenschale

Ronnie Golz (Hg.)
Ich war glücklich bis zur letzten Stunde

Liliana Kern
Der feurige Engel

Ella Lingens
Gefangene der Angst

Richard Newman/
K. Kirtly (Hg.)
Alma Rosé
Wien 1906/Auschwitz 1944